听风

TING FENG

时代出版传媒股份有限公司
安徽文艺出版社

图书在版编目（ＣＩＰ）数据

听风/高愉著.—合肥：安徽文艺出版社,2023.6
ISBN 978-7-5396-7321-9

Ⅰ.①听… Ⅱ.①高… Ⅲ.①长篇小说－中国－当代 Ⅳ.①I247.5

中国版本图书馆CIP数据核字(2021)第217422号

出 版 人：姚　巍
责任编辑：张星航　　　　　装帧设计：秦　超　徐　睿

出版发行：安徽文艺出版社　　　www.awpub.com
地　　址：合肥市翡翠路1118号　邮政编码：230071
营 销 部：(0551)63533889
印　　制：安徽新华印刷股份有限公司　(0551)65859551

开本：880×1230　1/32　印张：11.375　字数：300千字
版次：2023年6月第1版
印次：2023年6月第1次印刷
定价：59.00元

(如发现印装质量问题，影响阅读，请与出版社联系调换)

版权所有，侵权必究

目录

001　　主要登场人物介绍

001　　第一章　　军校毕业
007　　第二章　　再遇戈壁
021　　第三章　　等待
033　　第四章　　天线操作手
045　　第五章　　新兵培训
055　　第六章　　导弹营里的炊事班
071　　第七章　　仓库老兵
081　　第八章　　地平线
093　　第九章　　风声
111　　第十章　　在测量站里种菜
121　　第十一章　李伟强和麦嘉的秘密
133　　第十二章　命运里的机会
145　　第十三章　0.8秒
163　　第十四章　冬训竞赛

175	第十五章	小米的心事
189	第十六章	林营长
199	第十七章	沙漠玫瑰
211	第十八章	重逢
221	第十九章	穿越时间的试验报告
233	第二十章	沙场演习
243	第二十一章	冷夜
251	第二十二章	真相
259	第二十三章	噩梦
269	第二十四章	迷雾
281	第二十五章	288根电线杆
297	第二十六章	报考军校
305	第二十七章	时空距离
321	第二十八章	红旗9号
341	第二十九章	听风

主要登场人物介绍

蓝　戈　追随已故父亲的事业来到戈壁，在导弹基地发现了父亲的秘密
麦　嘉　因为沙漠梦做出了错误选择，成了测量站试训股的参谋
小　米　导弹基地后方医院的护士，与蓝戈、麦嘉是室友

龚　平　受过处分的新兵，后来在炊事班磨炼自我
汪守义　导弹基地技术室主任，蓝戈的师父
苏　扬　三站遥测分析室副主任，年轻导弹专家
邓柏平　53号站点的分队长，倾心于小米
田学民　蓝戈的养父，蓝戈父亲蓝一石的亲密战友
李伟强　蓝戈的同事，内敛的山东大汉
林道源　标靶营营长，小米仰慕的技术尖兵
王　栋　炊事班班长，喜欢做思想工作

第一章　军校毕业

20世纪90年代初,蓝戈和胡海涛在同一所军事院校读书。

再过一个月就要毕业了,胡海涛已经确定留校读研,蓝戈的分配去向还是个未知数。按照惯例,毕业生将奔赴各军区导弹部队,开始他们各自不一样的军旅生涯。

眼看毕业分别即将到来,再不表白心意就来不及了。

胡海涛晚饭吃得心不在焉,他早早离开饭堂,在门侧一棵梧桐树后等蓝戈。同学们纷纷走出来,三三两两地往教室去了。胡海涛在人群中寻找熟悉的身影,直到人快走完了,才看到蓝戈一个人走出来。

两人并排往教室走,胡海涛说:"我问过你们队教导员,你符合留校工作条件,留下来吧!我毕业后也要争取留校。"

蓝戈停下了脚步。部队条例对军校生有规定,学员在校期间不允许谈恋爱,她从没有这方面的想法,学好专业回基地是她唯一的目标。现在毕业临近,同学们马上要去不同的工作单位,分配的不确定性注定现在不是开始恋情的好时机。蓝戈声音虽轻,态度却很坚决:"我交了申请要去导弹试验基地,很快就走了。"

胡海涛很吃惊,他没想到她已经想好了去哪,更没想到她要去那么远的部队。导弹试验基地中驻扎着特殊的导弹部队,那里是空军部队进行导弹定型试验和批抽检试验的靶场,那里的部队兼具科研部队和基层部队的特点。不过它只有科研的枯燥和基层的辛苦,没有科研的学术环境和基层的发展平台,加上基地地处沙漠边缘,生活环境艰苦,是一个对毕业生来说非常敏感的选择意向,谁都知道去那儿工作意味着要经受更多磨砺和考验。

"为什么要去基地?"

看着胡海涛满脸的疑问,蓝戈没说话,笑着指了指他的头顶。

胡海涛抬头，看到刚绑到树上的横幅：

毕业了，到祖国最需要的地方去！

毕业季，军校各个角落里弥漫着爱国情怀，强军之梦在大家心中涌动，"到祖国最需要的地方去""到艰苦的环境中寻求斗志"是很多同学的理想。胡海涛不想她因为一时的冲动而做出仓促的决定，使得留在条件更好的内地部队的机会丧失，使得两人进一步互相了解的机会丧失。"思想磨炼比身体历练更能让人产生斗志，在每个部队都可以实现强国强军理想，重要的是想清楚适合自己的是什么。"

"适合我的工作和生活，就在导弹基地。"蓝戈收起笑容，郑重地看着胡海涛说。

"你别急着做决定，再考虑考虑！周末公布方案之前还可以改。"

学员队教导员也关注着同样的事。晚自习的时候教导员叫蓝戈到办公室，他手里拿着蓝戈的申请书："系里经过毕业生综合素质评估，决定安排你留校工作，但是我们看到你申请去导弹试验基地，而且前后递交了两次申请，所以我想在公布分配方案之前再听听你的意见。"

蓝戈把申请书重新放到教导员面前："谢谢教导员关心，我想好了，我要去基地工作。"

"我想提醒你，留校以后比别的部队进修机会多，工作环境也更适合女干部。我不想给你留遗憾，希望你充分考虑各方面的因素，在知情的前提下再做选择。"

"我对基地很了解,是在知情情况下写的申请。留校名额给其他同学吧,我要去基地。"

分配方案公布后,学员队内一片哗然。大家议论纷纷,说蓝戈是导弹制导专业凤毛麟角的女生,什么好单位去不了?现在出人意料要去条件最差的基地,而且是自己主动申请的,她这么做是为了什么?

学校里掀起了一阵小小轰动,各种猜测满天飞。最多的一种说法是蓝戈的父亲是基地的领导,她一回基地就能留在师级机关工作,在晋职晋衔上也会比到其他部队机会更多,所以她才会选择去最偏远的导弹部队。

直到这些议论传到胡海涛耳中,他才相信蓝戈没听他的建议,真的去了基地。看来他的挽留和城市的便利都不能与她父亲为她打下的事业基础相抗衡,他们俩认识这么长时间,胡海涛还是在这次分配风波中才得知她父亲是基地的领导干部,这让他觉得自己和蓝戈之间隔着一段距离,这段距离中有很多比他更了解她的人。

胡海涛去找邓柏平打探消息。邓柏平是胡海涛在篮球队的队友,和蓝戈从小学开始就是同学,高中毕业后两人又一起考到这所军校,对蓝戈的情况最清楚。胡海涛问他:"听说蓝戈的父亲让她毕业后马上回基地,把工作都安排好了,有这回事吗?"

邓柏平上下打量他:"你问这个干什么?"

"我想说服蓝戈留校工作,可是她坚持要回基地,所以想从侧面了解了解情况,看看有没有什么补救办法。"

邓柏平迟疑了一下,没有给出胡海涛希望听到的答案:"兄弟,我真想帮你,但这事儿还得靠你自己,她的想法得她亲口告诉你。"

邓柏平拍拍他的肩走了。

胡海涛垂头丧气地回到教室。教室后墙上有一幅巨大的军事地图，上面标着驻军名称和位置，导弹基地和学校中间隔着连绵的山峦、沟壑和戈壁。胡海涛在心里暗暗叹气，遥远的物理距离和千山万水的重重阻隔，横亘在他和蓝戈之间，等待着他去跨越。

　　毕业典礼一结束，蓝戈就走了，她没和同学们告别，是一个人悄悄走的。

第二章　再遇戈壁

蓝戈十岁那年父母双亡。她的父亲蓝一石当时是基地测量站的高级工程师，母亲杨柳在基地计量所任工程师，父亲在一次试验任务中因事故牺牲，父亲去世后没多久，母亲也病故了。

当年测量站的站长田学民是蓝一石最亲密的战友，他和爱人周丽收养了蓝戈。蓝戈在养父养母的照顾下长大，在她对亲生父母印象越来越模糊的时候，突然得到一封妈妈留给她的信。

这是在蓝戈高考之后。当时养父把一个牛皮纸信封交给她，对她说这是她母亲留给她的。信封是基地最常用的制式信封，上面印着部队番号，里面有薄薄两页纸。蓝戈快速读了一遍，信上没有太多信息，更像是对女儿的情感倾诉，她印象最深并且记忆很多年的是一段提到爸爸的话：

小戈，我和爸爸陪伴你的时间短暂，没能给你幸福的家庭生活，希望你长大后能理解我们。每一名军人都要承担使命和责任，在完成使命的过程中，有时候需要付出青春，有时候需要付出生命，这份使命和责任注定了我们的归宿。你是军人的女儿，终究会理解这一切，记住爸爸，成为像他那样的人。

爸爸是一名优秀的军人，我敬重他，爱他，所以追随他来到基地。他常说："没有完不成的任务，更没有克服不了的困难。"我相信他，由此相信就像他说的那样，所有的任务都会完成，所有的困难都能克服。我还相信我们会一起去完成很多任务，一起战胜很多困难……但是他走了，我的力量也被带走了，工作和困难，成了我再也无法逾越的大山。

和他在一起的时光是我最幸福的时光，这让我觉得所做的一切都有意义，这意义不会因时间短暂而消失，就像妈妈对爸爸的爱,也像妈妈对你的爱。

她看不懂妈妈信里说的话是什么意思,但她被一种缱绻眷恋的情绪所笼罩,心里很难过。

写信日期是妈妈去世前一周。当年妈妈意外病故,蓝戈一直以为事发突然,妈妈没来得及留下片言只语,养父养母也从来没和她提起过还有这么一封信。她问:"田叔,为什么过去了这么多年才给我?"

"那时候你年纪太小,看了也理解不了,所以我和你阿姨一直替你保管着。现在你马上要离开基地去上学,我们希望你毕业以后留在外面工作,不要再回基地了。这封信给你,你在这儿的生活就画个句号吧。"

蓝戈看了好几遍,总感觉有什么地方不对,但是哪里不对她暂时还没想明白。田学民看出她的疑问,说:"你妈那时候精神抑郁,思绪混乱,信里的话词不达意,你看不明白也很正常。不用多想,收起来吧,这是她留给你的,我们最终还是得交还给你。"

蓝戈在填报高考志愿时报了军事院校。在外上学的几年中她时常揣摸母亲信中的话,有一天她突然明白为什么会觉得这封信写得反常。田学民一直说妈妈去世是一次治疗意外,但妈妈在信中的语气像是预先知道自己将不久于人世,她觉得反常是因为养父的说法和她的直觉产生了矛盾。

蓝戈毕业前,田学民专门去军校联系毕业分配的事。军校学员毕业后会被随机分到天南海北的部队去,但是导弹试验基地和军校有很多业务联系,军校对基地这样边远艰苦地区的子女有优先分配的政策,现在田学民又以烈士孤儿监护人的身份向学校提出申请,所以蓝戈留校工作这件事符合规定。

田学民把他的想法告诉蓝戈:"你姐姐也在这个城市,你们姐儿俩互相照应,在这儿好好生活,我和你阿姨就安心了。"

田学民没想到自己安排迟了,蓝戈已经向学员队递交了去基地的申请,她说:"我要回基地,我想去爸爸当年工作的部队。"

"我不同意你回去!"田学民有点激动,他的态度让蓝戈觉得意外。田学民是导弹试验基地的参谋长,行事风格强硬严厉,平时在单位处理事情果断利落,说一不二,但是在家里完全相反,尤其是对蓝戈。蓝戈的姐姐也就是田学民的亲生女儿在外省工作,田学民身边只有蓝戈一个孩子,加上她父母都已不在世,所以夫妇俩对蓝戈一向关爱有加。在选择工作单位这件事上,蓝戈以为养父母尚在基地,她回去是顺理成章的事,没想到田学民会持反对意见。

"田叔,我已经长大了,是一名军人了,可以对自己做的选择负责。"

"留在学校做做机关工作不好吗?多少同学想留还留不下来。况且基地的工作环境也不适合女孩子,基层官兵的背后,是常人难以忍耐的辛苦和枯燥,是没有尽头的寂寞和付出,甚至还有意想不到的危险。你爸爸妈妈在咱们基地奉献了一辈子,这就够了,你应该生活得更好一点。"

蓝戈对田学民的话不以为然:"我有这个思想准备,没觉得有什么不适合。"

"你现在还看不清选择对未来意味着什么。只要我还在基地,你回去是很容易的事,但是留校的机会就只有这一次。"

她打定主意一毕业就回基地,不管田学民怎么说都不吭声。

田学民离开学校后,蓝戈向学员队交了第二份申请,果然像她猜测的那样，田学民已经瞒着她和学校敲定了留校方案。好在教导员看她意向坚定，在宣布方案前征求了她的意见。

学员队一宣布分配命令，蓝戈就离开学校返回基地。田学民看到她手里的"行政介绍信"和"供给介绍信"，明白这个事实已经不可更改。

回基地的第二天，蓝戈到政治部干部科报到，她申请去32号测量站，那是父亲蓝一石去世前工作的地方。接待蓝戈的干事在"毕业学员分配名单"上找到她的名字，告诉她她被分到了计量所。

计量所和基地司政后勤机关以及家属生活区建在一起，是基地所有点号中生活条件最好的，基地机关为了照顾家属随军的干部兼顾生活，一般会安排孩子随军过来的干部在计量所工作。蓝戈知道这条尽人皆知的"惯例"，她妈妈就是在生下她之后才调到计量所的，所以听说让她去计量所她有点儿吃惊："我刚毕业就去计量所不合适，而且我没有一线工作经验，这样的研究单位不适合我。我要去32号锻炼。"

干部科干事正准备出门，一边把一摞资料往包里装一边回答她："计量所不合适？那32号就更不合适了，你的专业和测量站专业不对口。"

"是同一个专业大类，我可以边工作边学习，很快就能适应。"

"32号这么偏远的小点号，我们从没往那分配过女技术干部。"

"二十年前就有女干部在小点号工作了。"

那名干事着急要走，出门前告诉她："咱俩争这些没用，这个名单是领导定的。"

蓝戈上楼去找田学民，田学民解释得极尽耐心："毕业前给你联系留校就是不想让你再回来，你不打招呼悄悄回来了，那就要规划好自己的职业发展。你听我的没错,以后你会明白的。"

"田叔,我现在就想明白,为什么是计量所?我已经回来了,在哪儿工作不一样呢?"

"不一样。计量所是你妈妈待过的地方,你可以了解了解她当年的工作情况,那儿的工作半理论半实践,适合你将来发展。而且计量所在基地生活区,离咱们家近,你和阿姨互相照顾更方便。"蓝戈从他滴水不漏的回复中看出来了,他早就想好了怎么安排,压根没给她选择的余地。

蓝戈记忆中的田叔不是这样的。以前,田叔和周丽阿姨非常尊重她的想法,他们的家庭氛围宽松且民主,从小时候起她的事情就是自己做决定。如果说有变化,那是在她高中毕业的时候,当时她想填报军事院校的导弹制导专业,田叔执意要她选政治工作或法律专业,两个人谁都不愿意妥协,第一次产生了争执。从那时起田叔就变得固执而执拗,和他以往的风格完全不同。

蓝戈这一次还是不愿妥协:"我认为计量所不适合我。"

"小戈,你说想去32号,那个小点号离生活区将近一百公里,生活条件很艰苦,而且小点号的技术岗位都是男性,先不说工作,单是在那儿生活就很不方便。"

"小点号的条件是众所周知的,您和我爸爸在那儿工作了那么多年,你们在乎过吗?我知道你们从来不在乎,我也不在乎。"

面对一个什么都不在乎的人,没有任何可以阻挡的理由,但田学民还是不想让她去:"我知道你是想去了解你爸爸,但是了解有很多种方法,不一定非要亲身经历。"

既然田叔知道她的想法,蓝戈就不再解释了,无论她怎么解释他都是不同意的。蓝戈怄气说:"除了32号测量站,我哪儿也不去!"

晚饭后周丽来蓝戈房间找蓝戈说话。蓝一石夫妇去世后,周丽从内地随军来基地照顾蓝戈,她和蓝戈共同生活了九年,这九年里除了照顾蓝戈的生活,还要关心她的思想,在关键的节点给她建议,比一般孩子的母亲还要尽心尽力。蓝戈在这样的家庭环境中长大,也比一般的孩子要早熟和理智,她理解他们想代替她的父母帮助她的苦心。今天周丽来找蓝戈说话,不用猜蓝戈也知道她是受田学民指派来劝说自己的。

周丽确实是说这件事。蓝戈抱着她的胳膊,头靠在她肩上:"阿姨,你和田叔照顾我这么多年,就和我的亲生父母一样,但是我还是会想起爸爸妈妈来。尤其是这几年,我越来越好奇他们是什么样的人,都做过些什么事。现在,我毕业了要工作了,更想知道他们当年是怎么工作的。我妈说她希望我成为像爸爸那样的人,但是他是什么样的人?作为女儿我对自己的父亲一点儿也不了解,我又该怎么去做?所以我有一种强烈的愿望,想去走近他,了解他。"

"我理解你的心情,你田叔也理解你。其实他反对你的想法很简单,一是不想让你再受他们受过的苦,二是怕你陷入过去的伤心事,毕竟都是过去的事,人总是要向前看的。"

"阿姨你说得对,那都是过去的事了,了解过去是为了更好地向前走,我不会纠结于过去。至于条件艰苦,你们就更不用担心了,我就在这儿长大,早就习惯了。"

"如果你想好了,阿姨支持你,我去和你田叔说。"

测量站遥测室正在机房组织训练,主任汪守义接到政治处温干事的电话通知,说给他们分来一名女干部,第二天就来报到。汪守义以为自己听错了,反复询问才确认确实是名女干部。他朝话筒那边的温干事嚷嚷说:"有没有搞错?遥测工作野外作业多任务又重,男同志说走就走,在戈壁滩过夜也是常事,这么多年,啥时候给我们遥测室分过女干部?给我重新换一个!"

温干事一字一句地告诉他:"没搞错!今年给你们分了两名毕业学员,一男一女,男同志已经去你那儿报到了,这女同志你也得接收。"

测量站高工周德明刚进机房,汪守义就向他抱怨:"咱这工作是女同志能干的吗?我找政治处赵主任去,让他给我换个人!"

周高工负责全站技术室的技术工作,他知道汪守义为什么这么着急。遥测室技术干部本来就缺编,今年室里的副主任又调到基地司令部了,遥测操作手齐工程师也马上要转业。汪守义多次给机关反映缺人的事,政治处答应今年给他们分两名毕业生,现在干部是分来了,但是有一名女干部,明显承担不了当前的工作,这让他怎么执行任务?

汪守义说罢就要出门去机关,周高工拦住他:"你别去了,基地干部科移交档案的时候说了,这是基地领导定的,没法改。"

汪守义瞪大了眼睛:"基地领导?领导应该往好岗位安排人才对,往咱这小点号塞人,这是有啥说法?"

周高工悄声说:"是蓝一石的女儿,她来是田参谋长打过招呼的。"

"田参谋长什么意思?女同志安排到机关不好吗?他是不是想让她来咱这儿锻炼?锻炼几个月不还得走吗?那我还是缺人啊!"汪守义发出一连串的疑问,越问越着急。

"倒不是锻炼,田参谋长打电话说一不要咱们照顾蓝戈,二不让给蓝戈安排工作,田参谋长希望她在这儿受受挫,让她早点儿离开测量站。"

"那何苦还要来这一趟？你说得我更不明白了！"

"田参谋长希望她去计量所工作，人家孩子不愿意，这不就希望咱帮着施加点压力吗？"

汪守义着急上火，嚷嚷说："我哪有这个闲工夫陪他们绕圈子？工作头绪这么多！现在不给我人，那我就得给她安排工作，她能撑下来吗？她干不了不得误事吗！"

"她撑不下来自然就走了。"

汪守义拉着脸不愿意："白费力气培养一个用不了的干部！"

"咱们站的工作确实不适合女同志，我寻思这丫头未必能坚持多长时间，应该很快就会走，随便安排个岗位过渡一下吧。"

田学民送蓝戈去32号测量站报到。

蓝戈上一次来测量站是在七岁那年，妈妈杨柳当时在计量所任工程师，有一次去32号校验设备，顺便带她去看爸爸。那是蓝戈第一次去小点号，妈妈对她说，小点号是对驻扎在戈壁深处的部队的统称，每个小点号都有用数字表示的代号，爸爸工作的小点号叫32号。

32号有四五个连成一排的机房，其中一栋是爸爸工作的地方，那里面有非常大的测量设备，比爸爸妈妈还要高。那天爸爸妈妈和叔叔们都各自忙碌，没人陪她。她把设备上的仪表灯和指示盘逐个看了一遍，表盘和指针看上去很相像也很枯燥，她看了一会儿就不想看了，出了机房一个人去玩。小蓝戈怎么也不会想到，自己的命运那时候就和这个小点号连接在了一起，十几年后她将在这里步入自己的工作生涯。

小吉普风尘仆仆地来到32号测量站。测量站还是十几年前的老样子，营区里除了树木长得粗壮了，营房、操场、饭堂、礼堂以及机房都没有变，就像十几年前妈妈拉着她的手看到的一样，这让再次踏上32号的蓝戈生出回家的激动和兴奋。高中毕业离开时这里还是父亲的军营，现在她回来了，从今天起这里就是自己的军营了！

蓝戈来到后勤处给她安排的宿舍。宿舍是三人间，小小的屋子里放了三张写字桌、三张木板床、三个小衣柜，紧凑而简洁。

宿舍空无一人，从陈设看已经住进来两个人了。其中一位保留着军校的生活习惯，洁净的床铺上平平整整，上面放着绿色军被，虽然没有叠成"豆腐块"，但明显带有"豆腐块"的痕迹。另一位则完全相反，被子随意叠放在床头，靠床的墙上挂了幅抽象画，床侧桌上插了一小瓶姿态张狂的骆驼刺。

蓝戈把行李放到空着的那张床上，以后这里就是自己的家了！正收拾行李，两个穿迷彩作训服的女孩子走了进来。她们一个梳着齐耳短发，面庞圆润，肤色白皙，正细眉细眼地向她微笑；另一个留着削薄的短发，头发用摩丝揪出乱发的造型，她面容秀丽，眉毛飞扬，两只大眼睛打量着蓝戈，一只手拎着迷彩帽扇着风。

那个细眉细眼的女孩子走上前拉住蓝戈的手："你是蓝戈吧？我们已经等你好几天了！以后咱们三个就住在一起，我叫小米，黄小米，这是麦嘉。"

小米手脚麻利地打开背包，帮蓝戈收拾，麦嘉倚在门框上向蓝戈介绍情况。一会儿工夫，蓝戈就在麦嘉的快言快语和小米的补充解释中了解了两位室友的基本情况：小米是基地后方医院的护士，后方医院就驻扎在32号，主要收治周边小点号的伤病员，处理轻微的日常疾病。麦嘉是测量站机关试训股的参谋，测量站机关和遥测室紧挨着，两幢楼相距只有一百多米。她们两人和蓝戈一样，都是刚毕业的学员，因为32号女军人少，加上营院住房紧张，后勤处就安排她们三人集中住在遥测室的宿舍楼。

和蓝戈同时分到遥测室的还有一位男干部，叫李伟强，是军校遥测专业毕业生。李伟强是个山东大汉，待人实诚本分，干活毫不惜力，没几天就深得汪守义主任的信任。遥测室负责遥测设备的老齐马上就要转业走了，李伟强来了正好顶上，汪守义决定好好培养他。

按照干部上岗工作程序，李伟强和蓝戈要参加培训和测试，测试通过后才能上岗工作。

培训在35号三站举行。35号距离32号三十公里，是导弹技术阵地，导弹加注、测试都在35号厂房完成。厂房里阵列着各类型号的导弹，是进行现场教学的最佳场所，所以基地在35号设了一个培训中心，每年新分配的干部学员和新入伍的战士都在这里进行集中培训。

汪守义也来35号了，他来给新学员讲遥测课。和汪主任一起担任遥测授课的还有一位年轻同志，他是三站遥测分析室的副主任苏扬。蓝戈在上课时得知，测量站和三站共同承担着试验弹的遥测部分，但两个站各有分工，测量站负责遥测数据采集、传输和转换，三站负责遥测数据分析、处理及驱动终端，所以两个站的干部在试验任务中会有大量工作交集。

一个月后新学员参加测试，测试分为理论答题和设备操作。在参加遥测专业测试的十名干部中，李伟强两项成绩都是优，平均分数第一；蓝戈设备操作合格，理论答题不合格，平均分数最差。

汪守义拿着李伟强的试卷喜得满脸堆褶，嚷嚷说没看错人，要好好调教；蓝戈的成绩单他只瞟了一眼就扔在一边，似乎这个人和他没什么关系。苏扬在一旁看得纳闷，若是往常，别说测试不合格，就是分数低了他也要暴跳起来。苏扬问："汪主任今天怎么这么淡定？这名不合格的学员可是你们室的干部。"

汪守义把李伟强的试卷递给苏扬："这也是我们室的干部，怎么样？底子不错吧？以后咱们俩好好带带。"

"好啊，那这名不合格的干部怎么办？是你带回去单独教学，还是留下来跟下一批学员回炉？"

汪守义摆摆手："这名干部就是个过渡，由她去吧，咱们俩就不费这个心了。"

遥测室周会上，汪守义宣布要收李伟强做徒弟。齐工程师对李伟强说："小李你真有福气，咱们汪主任轻易不收徒，但只要是他带出来的，个个都是测量站的顶梁柱，你可要珍惜机会好好干！"

大家热闹地祝贺李伟强，说能被汪主任相中说明李伟强本身素质好，将来前途无量。李伟强听了又高兴又激动，除了谢主任谢齐工谢大家，再也说不出别的话来。

大家正吵着要李伟强请客，汪守义用笔敲桌子："还有一个决定，蓝戈同志测试不合格，暂时不参与室里的工作。一个月以后再次测试，如果还不合格，政治处会重新安排。"

蓝戈窘迫地低着头，大家都噤了声。"这不是我个人的决定，这是咱们站机关的规定。当然了，如果你下次测试合格，也会有相应的岗位安排给你。"汪守义黑着脸说。

蓝戈到新岗位的热情遇到了"戈壁风"，被吹得瞬时降了温。

齐工程师临走前把业务书都留给了蓝戈，他要蓝戈抓紧时间补课，说："你的专业是导弹大类，其实各细分行业理论联系很紧密，你只是忽略了导弹在试验阶段的复杂性和对干部理论要求的高标准。

把这几本书的内容看懂吃透，你一定能通过测试，也完全可以执行任务。"

蓝戈学习的这段时间，汪主任安排她记录机房日志，整理遥测资料。她每天和同事们一起上机，看着和她一起毕业的李伟强操作越来越熟练，而自己还停留在记工作日志阶段，她恨不得一晚上就把那几本遥测书都背熟。

第三章 等待

暑假还没过完，胡海涛就准备去基地看蓝戈。他给蓝戈带的东西塞了整整三个大包，自己只带了简单的洗漱用品就急匆匆上了车。

火车一路向西，一直驶入戈壁滩。傍晚起了风，窗外腾起滚滚沙团，车内飘浮着密密沙尘，一片雾蒙蒙的灰黄。凌晨，列车静静地停靠在一个小站上，这就是胡海涛的目的地。从长长的列车上只下来两三个人，火车停留了很短的时间就开走了。

出了站是个小镇子，四面见不到一个人。胡海涛身上背着重重的双肩包，又一手提一个大包，很是不便，寻思得先找个地方住下来，等天亮了再找人问怎么走。他正在犹豫，有人拍他的肩膀，把他惊出一身冷汗。

胡海涛身后站着一名年轻男子，这名男子穿着空军部队的野外作训服，留着短短的小平头，英气中带着豪爽，正上下打量他："伙计，你这是要进去吗？"

胡海涛从他的短头发和作训服上猜出他是军人，连连点头："对对！我想去试验基地。"胡海涛满眼希望地看着他，"同志，你是基地的吧？出站的时候工作人员告诉我九点以后有进基地的专列，我不知道现在去哪儿等。"

小伙子指着一个方向告诉他："当然是去招待所等。看样子你是第一次来，带通行证了吧？"

胡海涛两眼茫然："我要进去看人，不知道还要通行证，也没通行证。"

"没通行证你进不去，招待所也住不了。那你告诉我要看的人是哪个团站的。"

"不知道。她刚毕业来了不到一个月，我不知道她分到哪个团站了。"

小伙子替胡海涛着急,大声说:"你这是看人吗?知道他叫什么名字不?"

胡海涛连忙解释:"知道知道。是这样的,我要去看我女朋友,她叫蓝戈,我是她军校的同学。"

小伙子听了满脸兴奋,热情地接过胡海涛的包:"蓝戈是我同事,闹了半天你是我们站家属!行了,你跟我走吧!"

小伙子带着胡海涛向一条小街巷走去,边走边自我介绍:"我叫李伟强,也是今年刚毕业的学员。我来车站本来是要接个同事,她回学校办手续走得急,没拿通行证,我来给她送通行证,没想到把你接着了。"

李伟强说:"你今天就先在招待所住下来,然后用招待所的军线给蓝戈打电话,等她出来见你。"他带着胡海涛在没有路灯的小镇子上穿行,七拐八弯地往招待所走去。

胡海涛跟在李伟强身后,想到自己所面对的是蓝戈生活的一部分,而他正经历着蓝戈的"生活",因此对周围的一切充满兴趣。他好奇地观察沿路景物,尽管在黑暗中看不清楚。

进入招待所门厅,李伟强熟门熟路地走到一个小窗口跟前敲玻璃。半响里面亮了灯,里面的人掀起帘子一角,扔出个登记本来。李伟强把军官证和通行证隔帘递进去,一边登记一边向里面的人解释胡海涛的情况,小门帘里响起翻找钥匙的窸窣声。

住宿不是需要通行证吗?这么容易就办好了入住手续,看来有没有通行证也不是那么重要。胡海涛问李伟强:"兄弟,你看我没通行证也住下了,是不是也有办法进基地?能不能想想办法让我今天和你一起进基地?"

"你必须得有通行证,没通行证你上不了专列,进我们基地只有坐专列这一条路。"李伟强回答得十分肯定。

"那你带出来的那张通行证能不能借我先用？通融一下，反正你接的人还没到。"

李伟强一脸严肃："那不行！按照我们基地军务科的规定，通行证不能借用，而且专列上有军务科的参谋，他们会一一核对证件。这个忙我不能帮，这是原则问题。"

胡海涛非常失望，争辩说："我也是军人，咱们本来就是一家人嘛，难道还不能进你们基地？"

李伟强一脸坚持原则的样子："我们基地是保密单位，即便他是军人也不能随便出入。"

胡海涛后悔自己来之前没打听清楚，这下计划全被打乱了，还不知道自己得在这儿等多长时间。"刚才服务员说电话线路中断了，打不了电话，线路什么时候能修好？我什么时候才能见着蓝戈？"

"电话什么时候能打不好说，沙尘暴在我们这儿是常事，所以经常会造成线路故障。不过你别着急，我一进去马上联系蓝戈，最快两天你们俩就能见面了。"

李伟强补觉先睡了。外面起了风，窗外的光线一点点变亮，又一点点混沌下去，沙尘细密地从窗户缝隙渗透进来，在屋子里四处飘扬。

胡海涛站在窗前张望，屋外一片昏黄，白杨树干前仰后合，扑簌得叶子都要被扯下来。李伟强被风声吵醒，嘀咕说："今天怕是走不了了。"

果不其然，服务员敲门通知他俩专列停开。

两人在招待所的小房子里待到中午，顶着风出去吃了碗面，吃完返回招待所继续等待。

风刮了一整天，直到天黑也没有要停的迹象。胡海涛无数次跑到窗边看天，又无数次把自己扔回床上。他在十几平方米的小房子里跑来跑去，频率越来越高，脾气越来越躁。

与他的烦躁不同，李伟强对被困招待所这件事很淡定，他除了翻看随身带的一本业务书，就是饶有兴趣地观察胡海涛。在胡海涛不知第几次叹气后，李伟强终于开口问他："你真的是蓝戈男朋友？我怎么没听蓝戈提起过你？"

胡海涛正在心烦，看他一副置身事外的样子，不由得话里带刺："听你的意思你们俩关系不一般？"

李伟强忙不迭地摆手："兄弟别误会，俺俩关系很一般！我们都是今年的毕业学员，认识也就一个月，不了解不了解！"

海涛没心情和他闲扯，躺倒在硬板床上。

李伟强继续向他解释，一着急说话直打磕绊："我不是说她专门告诉我，我是说她没告诉大家，不，我的意思是说大家都没听她说起过。"

胡海涛白他一眼说："你们这保密单位还真是没有秘密。"

李伟强对胡海涛的态度毫不介意，满脸憨笑："俺们基地人少，互相之间都比较熟悉。"

胡海涛听了翻身坐起，问道："这么说你们都很了解了？我问你件事，你认不认识蓝戈的父亲？"

李伟强一脸坦诚地说："知道，大家都知道！她父亲生前是俺们站的高工。"

"她父亲去世了？"胡海涛愣了。

"不光她父亲去世了，她母亲也去世了。我说你这个男朋友，当得可真够省心的！"

"那是不是她父亲还有老部下在基地？我们同学说她在基地很受照顾，晋职晋衔也能更快。"

李伟强仍然一脸坦诚："部下肯定是有，不过让我看，蓝戈要是真心想走仕途，直接去司令部当个参谋多好，现在跑到那么远的32号去干技术，那不是吃力不讨好吗？所以你说的照顾这事，我不知道该怎么回答你。"

胡海涛暗暗吃惊，他相信李伟强所说的全都是事实，但这个事实和他听到的传言完全不同。他问："那照你看，她为什么要回基地工作？她完全不用回这儿的！"

李伟强手指敲击床板，如同弹琴一般带着节奏，他用探究的眼神看着胡海涛，一脸得意："这应该是男朋友想的事，俺可不操这闲心！"

胡海涛一阵心烦，躺倒在床上。李伟强看胡海涛情绪不高不再和自己说话，便打破沉默说："估计是习惯了吧，从小在这里长大的嘛。蓝戈有个军校同学邓柏平，对了，他也是你同学，你应该认识，他毕业后也回基地了。"

胡海涛没再搭话，他在这些凌乱的信息中梳理思路。从毕业前到现在不过短短一个月，蓝戈去向坚决的申请、父母是基地领导的传闻、孤儿的身世、只身一人返回戈壁的选择，这些事情就像一团迷雾萦绕在他和蓝戈周围，让他越来越看不清她，他突然对自己莽撞地跑来看她生出疑惑。

第二天凌晨李伟强又去接站了。胡海涛早上睡得正香，被李伟强的大嗓门叫醒，说人接到了，赶紧帮忙拿行李。

胡海涛迷迷糊糊地跟着李伟强来到货运仓库，看到仓库正中摆着两个巨大的木箱子，吃惊之下顿时清醒了。这两个大木箱用木板拼装而成，一看就是专门定做的，里面不知装了什么重物，装得严严实实，外面还有加固条。

箱子旁站着位女军人，穿着和李伟强一样的作训服，正朝着他们来的方向张望。李伟强对胡海涛说："这就是我接的同事，叫麦嘉，是我们测量站试训股的参谋，这些箱子是她随身携带的行李。"

胡海涛这才知道叫他来是做搬运工的，小车站当天只有一名搬运工人，搬运小哥说拖车坏了没办法搬，如果着急就自己想办法搬到专列上去。

胡海涛使出浑身力气试了试，箱子纹丝不动，靠他和李伟强两个人肯定搬不动。胡海涛围着箱子转了一圈，寻思这箱子里装的会不会是测试导弹的设备仪器，这么重要的东西，怎么就派个女孩子来押送？他问："如果不保密的话，能不能告诉我，箱子里装的什么东西这么重？"

女孩子瞥他一眼："什么都有。"

"什么都有？你这是进货呢？"

她瞪他一眼："进什么货！就是个人日用品。"

胡海涛吃惊得半张着嘴："日用品要这么多？这得用几年才用得完？"

女孩子脸上现出既厌恶又烦恼的复杂表情："别提了，我们那地方啥都没有，所以趁着出去多囤点儿，下次再出去就得一年以后了。"

这话说得让胡海涛担心起来，没想到基地里面物资这么短缺，不知道蓝戈是怎么过的。在胡海涛走神的那会儿工夫，李伟强向麦嘉介绍说："这是蓝戈的男朋友，这两天电话打不通，蓝戈还不知道他来了。"

"蓝戈男朋友来了？"麦嘉转转眼睛，"李伟强，你的通行证让他先用。你在招待所等着，我找人给你带一张出来。"

胡海涛听了大喜，赶紧跑过来："谢谢谢谢，我时间紧，让我先进去，多谢两位成全！"

李伟强把麦嘉拉到一边，低声说："麦参谋，你们试训股不是禁止借用通行证吗？你这么做会犯错误的！"

麦嘉白他一眼："你怎么这么迂腐？制度是死的人是活的，再说了，他不也是军人吗？"

胡海涛期待地看着他们俩，只要他们中有一个人肯借出通行证，他就能见到蓝戈了。

李伟强说："麦参谋，汪主任只准了我两天假，他让我一接到你就马上回去。而且这两天咱们站在准备抽检任务，你们试训股天天加班，你恐怕……也得回去。"

麦嘉瞪他一眼："那就赶紧的！再找俩人搬行李，要是耽搁了还得多待一天！"

麦嘉转身对胡海涛说："对不住了，你在这儿多等一天吧。"

那个叫麦嘉的女孩子对李伟强说话毫不客气，一副颐指气使的样子，李伟强那么大的块头，在这个小姑娘面前倒是顺从，听了她的话忙不迭地跑去找人了。麦嘉把李伟强支走后也出去了，只剩下胡海涛苦恼地蹲在行李旁。

一会儿工夫李伟强和麦嘉回来了，一起回来的还有四名青年男子，他们都穿着作训服，看样子也是基地的军人。这几名青年男子热情地围着箱子合计，费了九牛二虎之力才把大箱子扛上了专列。

李伟强和麦嘉乘专列进基地了，他们走后的第二天，沙尘暴卷土重来，专列又宣告停驶。

胡海涛开始了一个人的等待。

无事可做的时候，时间过得特别慢。胡海涛一遍遍往服务员值班室跑，他问服务员什么时候专列才能恢复正常，什么时候电话能打通，有什么办法能进基地……这些问题服务员没有一个能回答出来，这一切都有赖于风什么时候停，而在戈壁滩上刮风是常有的事，更是没有规律的事。

胡海涛的胡子和心情一样乱七八糟地冒出来，他这才发现走得匆忙没带剃须刀。

招待所小卖部没有剃须刀，只有简单的洗漱用品和日用品。胡海涛看了看窗外的滚滚风沙，决定在小卖部找个替代品。他把小卖部库存的几个纸箱子从角落拖出来，蹲在地上翻腾半天找出一把折叠小剪刀。

胡海涛跑到水房对着镜子试手。原来用剃须刀的时候没觉得刮胡子是多大事，用剪刀才发现这是个技术活儿，剪轻了胡子没变化，剪重了利器近身简直就是危险操作，尤其是面对着镜子操作，常常因为镜像把方向搞反，小剪刀在脸上留下了几道血痕。

胡海涛修修剪剪大半个小时，胳膊又酸又累，如同刚考完单杠科目。有了第一天的尝试，第二天就镇定了，他耐心地等胡子长长，这种耐心让他觉得是在等一个正向他赶过来陪他的伙伴。

有期盼的等待消解了无聊，时间都像是按了快进键。第三天一早，他站在镜子前端详长长的胡子，心里隐隐生出大干一场的充实感。

他手指轻触胡楂，小剪刀精准地对准一根，轻巧利落地将其剪断。他极有耐心地剪剪停停，摸摸看看，享受着小剪子咔嚓咔嚓的悦耳之声。为了延长修剪带来的充实感，他舍不得一刀剪太多，而是一根一根地剪，耗费了大半个时辰，在他还兴致勃勃意犹未尽之时，发现脸上已经没有胡子可剪了。

从这天开始，胡海涛每隔一天便会在胡子上消磨小半晌。

除了剪胡子，胡海涛靠给等待的时间"加料"来缓解枯燥的生活。他每天早上醒来第一件事是拉开窗帘看天，如果风不大就能到镇子上去吃面，这一天会因为有走出招待所的活动内容而变得丰富。他会慢慢洗漱，慢慢剪胡子，慢慢叠被子，慢慢地收拾房间，然后慢慢地慢慢地走出门去。

如果风大出不了门，他就在房间里泡方便面。他在小卖部买了个不锈钢大肚杯当饭碗，泡面前先去值班室提一壶开水，回房间把碗仔细烫一遍，然后拆袋子取面饼，小心且尽量完整地把面饼放入碗里。焖泡三分钟倒掉浮油，再加半杯开水焖面，用小剪刀把火腿肠剪成薄片扔入汤中，将面与肠焖至半软再加半杯开水，同时将料包悉数倒入，焖五分钟。

胡海涛一边自言自语地讲解制作过程，一边有条不紊地放这个倒那个，繁复程序做的泡面味道当然与众不同，多半他还会再独自表演一番。

然而再复杂也就是泡个方便面，怎么折腾也不过是个把小时，吃了面还得坐在那儿等。胡海涛从早到晚被困在房子里，刚来时的耐心大打折扣，他一天中的大多数时候是躺在硬板床上耗时间，盼着什么时候风停什么时候蓝戈能出来。

胡海涛仍然每天去打电话，仍然线路不通。他盘算李伟强一定回到单位了，那么蓝戈就会得知他住在招待所，说不准现在正想办法出来见他，再说已经等了一周了，总不能半途而废，再坚持一下！

白天还算好过些，招待所的夜晚静得可怕，胡海涛在寂静漫长的黑夜中变得神经衰弱，好不容易进入睡眠，一点点声音又会把他惊醒。偶尔有火车经过，本来是远处汽笛的低鸣，但在安静的夜里他听得到车轮轧在铁轨上的隆隆声。他不知道这是自己臆想出来的还是真的，按理说招待所离车站不近，怎么声音听起来就像是在耳边呢？

他的脑中出现火车越跑越快的车轮，以及带动车轮做往复运动的连杆，车轮与连杆在脑中奔跑着、运动着，与李伟强反复敲击桌面的手指叠加在了一起，它们越跑越快，手指也越敲越快……

胡海涛心跳过速，呼吸急促。他长嘘一口气放慢呼吸，听见枕边手表嗒嗒嗒嗒的行走声，秒针在招待所寂静的楼道里肆意穿梭，回声越来越大、越来越大……

胡海涛辗转反侧，又是一个不眠之夜。

胡海涛掐指算了算，他在招待所已经住了九天，这九天里他像困兽一样扒着窗户向外张望，盼着风小一点儿能外出放风。他天天看天吃饭，臊子面、凉面、方便面，方便面、凉面、臊子面……这样的吃面频率对他这个南方人真是致命的考验。

但是这些考验都不是这几天让他饱受折磨的原因。在那些睡不着的夜晚他一直在想：蓝戈在基地没有亲人，她为什么那么坚决要回去？她明知军校条件更优越，为什么不选择留校？这几个疑问让胡海涛百思不得其解。他为蓝戈设想了许多种无奈许多种可能，他试图站在她的角度思考，想去靠近她的思想理解她的选择，但又都被自己一一否定。

更让胡海涛措手不及的是，来招待所前他没有想到自己即将面临的难题，那就是非基地工作人员根本无法进入基地，这意味着他要想与蓝戈交往，毕业后就得来这里工作。胡海涛问自己，已经做好这样的思想准备了吗？

从千里之外赶到这里的胡海涛发现他和蓝戈的距离还是那么遥远，遥远得中间隔着一座无法跨越的荒漠。

在招待所等待的九天里，胡海涛经历了风沙、寂寞与无望，这些都让他明白这里的生活远比想象的要残酷。

人生最大的痛楚莫过于情感在受到一连串密集事件冲击之后所感受到的将被夺去希望的痛楚，在漫长的等待中，胡海涛的内心备受煎熬，矛盾重重。

他决定再做最后一次努力。胡海涛把三个大包和一封信交给招待所服务员，托她带进基地捎给蓝戈。

胡海涛把选择权交给蓝戈，带着忐忑的心情踏上了列车，他不知道蓝戈会做什么选择。

第四章 天线操作手

蓝戈通过了上岗前测试，但是汪守义没给她重新安排工作，他好像忘了当初说的话。

春节要到了，汪守义在支部大会上说，今年基地试验任务重，要全员上阵不能休假，趁着春节期间没任务，能休假的官兵全都休假，节日假期只留少量人员在岗值班。汪主任还说，设备就是技术干部的战位，维护设备是技术室的首要工作，就算是大年初一也不能停，休假期间他会代替同志们上机维护。

除夕之前，遥测室大部分官兵都休假走了，技术干部只剩了蓝戈一个人，她一直没去请假，她要留在32号过春节。

春节期间的32号更冷清了，走到哪儿都看不到人。蓝戈心里暗暗高兴，上机维护这么重的工作汪主任一个人怎么完成得了？汪主任肯定得给她安排工作，这样她上机就是顺理成章的事了。

大年初一，汪主任、席教导员和蓝戈三个人列队去机房。汪主任让蓝戈填维护手册，他一个人维护设备。蓝戈站在他身边，看着他开机调校、关机检测，一个人默不作声地忙活，蓝戈说："主任，让我来干，您告诉我怎么做。"

"就这么点儿活儿，教你的工夫我就干完了。"汪主任一脸的爱搭不理。春节假期那几天，蓝戈每天满怀希望地去机房，又满心失望地回到宿舍，汪守义从没和她提过上机操作的事，任她每天无所事事跟着来机房。

蓝戈不知道汪主任为什么这么做，是因为自己基础太差让他失望，还是他有意安排轻松的工作照顾她？为了让汪主任明白自己的决心，蓝戈写了一份长长的申请，请求批准她上机执行任务。她在申请书最后写道："我承诺：无论将来遇到什么困难，都绝不畏惧，勇敢面对；无论在工作中遇到什么阻碍，都绝不退缩，永往直前。

我愿意为这项事业付出所有的努力,对自己的选择始终如一,无怨无悔……"

那一晚蓝戈失眠了,她想起小时候和爸爸妈妈一起在机房的情景,想起妈妈信中的期望,她对自己的未来做了很多设想和规划,一直想到大半夜。她相信汪主任一定会被她的决心打动,第二天就会批准她上机。

后来她又认为汪主任会在第二周做安排。

期待就像戈壁滩的风,忽然一阵来了,忽而又走了,在每天的渴望、等待与失望中,一晃就到了月底,蓝戈递交上去的申请如同石沉大海,汪守义没有给她任何回复。

32号马上就要进入一年中最忙碌的试验任务高峰期,休假的同事们陆续返回岗位,蓝戈上机的事还是没有丝毫进展。

周一早上,机关后勤处宋助理给汪守义打来电话:"基地军需科把夏天的被服发下来了,让你们司务长来出个公差。"

"没问题,不过我们司务长这两天忙得很,我给你另派个人。"

宋助理说:"来谁都行,就是帮忙整理一下。"

汪主任叫蓝戈马上去机关,告诉她:"出公差也是遥测室经常要做的工作,以后少不了这种事儿。"

蓝戈匆匆赶到军需股,正等着基层来人帮忙的少尉宋助理傻眼了,他本来是要找个人来出苦力,谁想到来了个比他军衔还高的女中尉,而且女干部在男性扎堆的基地可是稀缺资源,哪能让这些"稀缺"去干重体力活?

宋助理把蓝戈让到椅子上喝水,说了一堆客气话,然后就急火火地忙去了。

出公差的人坐在一旁喝茶休息,派公差的人爬高上低忙得满头是汗。蓝戈坐不住了,她要帮宋助理搬被服,宋助理说什么都不让她干,两人争执推让一番,宋助理最后勉强同意她帮着登记报数。

蓝戈看这样子猜出了大半,这个公差平时八成是派战士来的,甚至都不会是有些兵龄的老兵。汪主任这么做是什么用意?谁都能看得出来,汪主任不想让她参与核心工作。

汪主任后来又派她出了两次公差,情况和这一次大同小异。

蓝戈对自己的选择和坚持产生了怀疑。毕业时她放弃留校回到基地,坚持来到这个偏远点号,甚至和田叔争得不愉快,她这么做是为了什么?难道是为了这些可干可不干的公差?为了记可有可无的工作日志?她的坚持到底是为了有价值的事情坚持,还是为了自己的倔强而坚持?

已经过去近半年时间,她日复一日重复着这些毫无意义的事,眼看着时间匆匆而过,自己在工作中没有任何进步。曾经以为基地是实现理想充满激情的热土,哪想到军营生活不过如此,每天值班、上机,记工作日志、去机关出公差,每一天都平淡琐碎,没有价值。她真害怕这种日常的平淡会磨去自己所有的锐气,更害怕自己距离母亲所期待的"成为优秀的人"这一目标越来越遥不可及。

周日下午,遥测室照例开周会安排下一周工作,会议结束前汪守义像往常一样问:"其他人还有要说的吗?没有了散会。"

"等一下,我有话要说。"蓝戈站起来,"汪主任,我请求上机执行任务。我已经通过了上岗测试,符合上岗工作的前提条件,这几个月还自学了遥测理论,我相信我能胜任咱们室的技术工作,请汪主任批准我上机执行试验任务!"

汪守义的脸沉下来说:"你相信?我不太相信看不到的东西,我只相信结果。况且记日志也是任务流程的一项内容,也需要有人去干。"

"我认为自己可以在记好日志的同时，完成更复杂更有难度的工作。"蓝戈说得铿锵有力。汪主任在测量站被人叫作汪黑脸，平时的坏脾气远近闻名，没有谁敢这么无所顾忌地挑战他，况且挑战者还是个刚毕业的学员，房间里的空气突然变得紧张。

汪守义的脸眼见得越来越黑，像一块生铁："现在机房的各个设备都有操作手，你认为应该怎么安排？"

"只要能参与试验任务，什么工作我都可以干。"

"什么都能干？现在天线岗战士马上就复员了，我正急着找操作手呢，你能干吗？"

"可以！我来干。"蓝戈斩钉截铁答应下来。

汪守义说的天线操作是遥测室的八木天线，八木天线位于机房楼顶，在导弹发射后操作手要手动操作跟踪导弹轨迹。天线操作一直由天线班的战士担任操作手，眼下的操作手本来在两个月前就应该退伍了，因为新兵没分配下来延迟了退伍时间，现在家人生病让他回去照顾，测量站军务股已经批准他退伍返乡，再过两天就走了，汪守义正着急上火找不到合适的人顶替。现在汪守义随口一说本想搪塞一下，谁知蓝戈一口答应要去，把他激得不知该怎么接话。

汪守义寻思如果让一名干部去战士岗，他该怎么向试训股解释，但是如果不让她去难免有政令多变之嫌，军事干部最大的忌讳就是朝令夕改，遥测室官兵六七十号人，如果说话出尔反尔，以后他怎么管理部队？

大家齐刷刷看着他，场面一时有点儿不受控制，汪守义装作果断的样子回答："行！那你就去吧！"但他没忘给自己留一手，"让你感受感受，权当是搞训练了。但是我劝你好好想想，自己到底适合做什么，不要把时间就这样浪费了！"

八木天线位于机房楼顶一侧，引向器对着不远处的发射阵地，站在天线底下可以看到导弹掩体。天线班老兵告诉她，天线操作手要在导弹发射瞬间跟踪、接收遥测信号，并传送给楼下设备转换为电信号。

老兵给蓝戈突击培训了一天，蓝戈就正式上岗了，老兵临走前告诉她："八木天线方向性好，只要对准发射方向稍微调整俯仰角就行，这活儿没太大难度，但是有一点你得做好思想准备，就是等发射的时间长，上任务前你要把能穿的衣服全穿上。"

蓝戈后来明白老兵说的全是经验之谈。

蓝戈成为天线操作手的第二天，各小点号开始设备合练，要为一周后的导弹发射工作做准备。

已经立春了，但是戈壁滩的气温仍在零下二十摄氏度，凌冽的寒风一整天都在吹，感觉上还要更冷一些，蓝戈才在室外待了一小时，就浑身冻透，手脚麻木。耳机里时不时传来指挥所调度的命令，蓝戈一次次摇动天线捕捉模拟信号，尽管她穿着厚厚的棉大衣戴着棉手套，但手还是被冻得不听使唤，摇天线的动作也有点跟不上口令。

中午吃饭时蓝戈回到机房，室内外强烈的温差令她一时不适应，眼泪鼻涕一齐流下来，不住地打着冷战。她知道自己肯定很狼狈，因为同事们都在默默看着她，目光里充满同情，李伟强甚至不忍和她对视，转身走开了。

蓝戈一边搓着手一边想，估计再没有比她更背的人了，在基地这个男性居多的环境里，女干部一向受照顾受优待，像她这样吃苦出力都不受待见的，估计也算是独一无二。而且作为基地参谋长的女儿，自己不仅没有顺利上岗工作，还莫名其妙经受这样的不公待遇，真让人尴尬，好在脸还处于冻僵状态，尴尬的表情浮现不出来。

但是蓝戈也知道，走到今天这一步怪不得别人，是自己非要来测量站，如果她当时听了田叔的建议，肯定不会有这些烦恼。

走到今天这一步田叔肯定也不会帮她。来32号之前田叔说了，给她半年时间适应，半年内她随时可以离开测量站去计量所。如果她现在坚持不下来，就得回计量所。想到这儿蓝戈心里生出一股叛逆之气，激起她的执拗与斗志，这时候上岗的不顺利和汪守义的苛刻都变得没那么重要了，她相信，只要一心想干一件事，就不可能做不好。

吃过午饭继续上楼合练，蓝戈按照调度要求一次次竖起天线捕捉目标，又一次次放下天线等待下一次开始。那天的设备合练一直持续到晚上八点才结束。

过了几天蓝戈明白了，这样的操练是每天的日常工作，每一次发射任务前，各站设备都要依次调校，要有很多次这样的合练，无论是调校、合练或是正式发射，操作手都要在寒风中等待，短则三四个小时，长则十几个小时。

连续一周暴露在强烈的紫外线下，蓝戈的眼睛被灼伤，看一会儿目标就泪流不止，泪水浸泡着皲裂的脸颊，隐隐作痛。蓝戈天天待在低温环境里，没多久手脚就被冻伤了。冻疮一天天严重，白天晚上瘙痒难耐，然而冬天的寒冷还远没有结束。

小米从医院拿来眼药水和冻疮膏，劝她："你不能再这样了！要保证休息和保暖。"

麦嘉皱着眉发牢骚："就是战士操作也有两个操作手替换，现在让个女同志风里来风里去独自坚守，汪黑脸这是想干啥？"

小米说:"我觉得汪主任是想考验蓝戈,他猜想蓝戈坚持不了多长时间,所以专门这么安排。"

两人说话时蓝戈没吭声,听到这儿她说:"我能坚持。"

蓝戈发现,八木天线看似操作简单,但要达到最佳效果并不容易,甚至有两次她摇得慢了跟丢了目标。八木天线的引向器和反射器由金属棒组成,体积大,自重沉,如果想在导弹飞行时精准捕捉目标,就要摇出准确的仰角和方位,这对操作手手摇的力度、速度有很高要求,并没有老兵说得那么简单。

为了保证执行任务时天线跟踪的准确度,蓝戈常常一个人在天台上练习。她一遍遍摇起天线、变换角度,揣摸如何在细微的角度变化中提高测向精准度;她盯着夜空的星光练习目力,希望在夜间发射时也能准确捕捉目标。

天台上的戈壁风比低处更加猛烈,夜里的温度也比白天更低,蓝戈双手红肿,脸上也被吹出了高原红。

男同事们看不下去了,开支部会的时候七嘴八舌冲汪守义提意见:"这么做是不是有点儿过了,让一名导弹专业的大学生摇天线,这不是浪费人才吗?"

"确实有点不太合适,原来咱可从来没给干部安排过战士岗!"

"一帮大老爷们坐在暖气房里,让女同志在外面吹风受冻,太说不过去了!你们坐得住我可坐不住!"

大家一声比一声高,吵得汪守义也坐不住了,他一拍桌子站起来,脸越来越黑:"干不了可以走啊,没人请她来。"

后来大家又提了几次建议都被汪守义顶了回去,他对蓝戈的态度越发冷淡。

这天合练结束得早,蓝戈吃了饭上楼顶去练习,不知道汪守义是什么时候上到天台来的,她听到身后传来冷冷的声音:"有本事让别人提意见,不如自己明智点儿早做打算。"

汪守义远远地看着她,这距离就像他们的关系,蓝戈看不清他的表情但听得出他冷冰冰的语气。她不吭声,转过身去继续练习。

蓝戈练习了大半个晚上,想起老兵曾说试验过不同振子长度对天线性能的影响,准备下楼去找他留下来的笔记。蓝戈走到机房门口听到里面传来汪守义的说话声,她不想面对他,转身返回天台。

戈壁滩这么大,却没有一个可以去的地方,机房也成了她不愿踏入的区域,只有楼顶的天台是她的。

这是个安静的夜晚,空气中没有一丝声音,就像每一个普通的戈壁日子一样。但蓝戈听到了风的声音,她知道风要来了。

她坐在八木天线旁等风来。她是在风中长大的孩子,知道一场风在来临之前总会制造这样无声的空白时段,就像在酝酿一场有预谋的风暴。整个世界都异常安静,无声的世界让人生出迷茫与恐惧……或许这就是人类所能理解的孤独的极限,就像蓝戈现在的状态。

一阵风缓缓吹过来,带着轻柔的哨音。一会儿工夫风越走越疾,在不远处与不同方向的风遭遇,发出充满韵律的呼啸,忽而又有杂乱无章的碰撞和吼叫。从小到大听了那么多次风,每一次都不一样,今天的风更是变化多端,刚才还龙争虎斗般带着恣意横行的跋扈,忽然就丢盔弃甲溃不成军,风声渐弱。

蓝戈平静下来,她想她的老朋友是要告诉她,人生就像风一样,在不同境遇下有不同的精神风貌,无论是风还是人,在一路前行中必会经历斗志昂扬与黯然神伤的交替变化,有跌宕起伏,也有喜怒哀乐,这才是人生常态。

蓝戈估摸汪守义应该走了,下楼回机房。走到门口时发现里面还有同事,她听到李伟强的声音:"主任,外面太冷了,要不我去叫蓝戈回来?"

"给你的《常见故障》里的内容都搞明白了吗?"

"没……主任,我觉得蓝戈可以和我一起学习遥测操作,别的设备操作都有 AB 角,多个人就多份保险不是吗?"

"多操心自己的事,别人的事少管。"

"我……就是有点儿不忍心,我们俩一起分来的……再说我主要怕别人说闲话,我不想让别人议论师父。"

"我不怕被议论。"

门突然被打开,正往外走的汪守义差点撞上蓝戈,他瞟了蓝戈一眼,扭头走了。

蓝戈走进机房,对李伟强说:"这是我自己愿意干的,不用你替我说情。"

为了躲开同事们复杂的目光,蓝戈独来独往,越发沉默。她常常在楼顶待着,不合练的时候也不愿回机房,吃饭时端着碗远远坐着,和谁也不说话。

蓝戈在自己的世界里坚持,她觉得自己就是一只刺猬,唯有竖起坚硬的刺才能保护柔弱的心。

孤僻为她砌了一道坚固的堡垒,她躲进自己的世界里,但是她的内心并不平静,心里一片彷徨。她渴望压力与挑战,相反,她畏惧每一个耗尽气力却黯淡无光的时刻,她害怕自己变成一个庸碌平凡的人,就像戈壁滩上一块块毫无特点的样子差不多的石头。

随着春天的来临,天台上的风不那么凛冽了,蓝戈手脚上的冻疮已经溃烂,新裂的伤口夹杂着初愈的伤痕,手背上颜色斑斑驳驳。

她的脸颊也混杂着晒伤和冻疮，站在队伍里十分显眼，和几个月前刚来时相比，多了些让人不忍直视的狼狈和粗糙。

几个月下来，遥测室的干部战士们被蓝戈的毅力感动，大家说："这姑娘有咱小点号的兵样子！"后来中午吃饭的时候，大家知道她总是最后才去打饭，就故意把菜盆里的肉留给她，还有的同事把偶尔才能吃到的水果悄悄放到她桌子上。

这些无言的支持让蓝戈感动，在别人不理解她的时候她孤单倔强地撑着，当大家理解她支持她的时候，她却像突然被戳中软肋一样变得脆弱。蓝戈大口大口吃着饭不敢停下来，生怕一停下会控制不住已经往外涌的眼泪，她做出冷静的样子把自己伪装起来，她要把这倔强坚持下去。

汪守义也有点儿心软，蓝戈坚持下来了，他却快坚持不住了。但他在遥测室一向以冷脸出名，从来不擅长干儿女情长之事，况且蓝戈是否能在小点号坚持下去，是否适合遥测工作，光看这几个月还不能下结论，他不能因为这些表面现象打乱自己的计划和节奏。

这个月新兵连训练结束了，新兵被分到各个团站，按照基地惯例，分配后马上要进行新兵业务培训，对基地技术工作进行普及性学习。

早饭后大家在楼前集合，准备列队去机房，汪守义喊蓝戈："最近你不用去机房了，交接一下工作，你有一项新任务。"

蓝戈疑惑地看着他。汪守义说："咱们室分来三个新兵，其中一个叫龚平的，新兵训练期间私自离队，在新兵连受了处分。现在他们要到35号去参加业务培训，我怕他出乱子，所以这次你也一起跟着去培训，一方面熟悉一下业务，另一方面把他看住，要确保他在培训期间不出任何问题。"

蓝戈一听急了:"主任,他是个男人,我又不能 24 小时看着他,我完不成这项任务!"

汪守义皱着眉头,很不满意她的回答。"以后我再也不想听到这句话!基地军人从来不说'完不成'这三个字。"汪守义对着她吼道。

正往门外走的同事路过他们俩人,看汪守义脸拉得老长,声调老高,不敢多停留快速走了。

"主任,为什么出公差、记日志这样的事总是让我干?"

"怎么,这就受不了了?那我告诉你还有更多这样的事,如果你干不下去,趁早向后转,别在这儿耗时间!"

蓝戈委屈得声音颤抖:"我不是受不了,我的意思是说可以多安排些技术工作让我干。"

"我不知道除了这些工作你还能干什么。"

"设备操作、数据处理,这些我都可以干!我一定会好好干!"

"你先参加新兵培训,等学完再说。"汪守义语气敷衍,甚至不愿向她解释,走了几步又转回来说,"你们两人少一个结业证就别回来!"

值班员带着队列朝机房去了,蓝戈一个人站在楼前,看着一队人越走越远,她离她的同事们越来越远。

第五章 新兵培训

蓝戈和龚平来到35号三站，这里将进行为期一个月的新兵培训。

参加培训的战士来自各个小点号，共有一百多名，除了蓝戈一名干部以外，全部是当年入伍的新兵。培训第一天授课教员就发现了课堂上不同以往之处——台下清一色的战士当中坐着一名女干部，中尉军衔在列兵中格外晃眼，而且她脸上的高原红更显得特别。教员朝蓝戈喊道："这位女同志，你是来送新兵的吗？哪个单位的？"

蓝戈站起来："报告，我是来听课的。"带队干部正坐在第一排边上的位置，他拿起水壶去给教员倒水，借机悄悄解释："估计是专业不对口要从头学。"

那节课以后，蓝戈的名字就在35号传遍了，说是这一期新兵培训班里有一名女干部，因为业务能力太差，被测量站送到新兵培训班来学习。

新兵培训内容涉及导弹专业知识，龚平高中没毕业，文化基础不好，学起来很吃力。蓝戈找来新兵培训课程安排，发现大部分内容她都学习过，半年前齐工程师送给她一二十本理论书，她在准备岗前测试时通读了好几遍。她安慰龚平："别着急，这些课程我有一些学习心得，以后每天下课咱们俩一起'复盘'，这样你相当于学了两遍，肯定能跟上。"

龚平听说基地女干部女战士少，平时大家都很照顾她们，他原以为蓝戈会是高高在上或是娇气的人，在一起上了几天课发现根本不是他想象的那样。蓝戈既不娇气也不搞特殊，她每天早上和男兵一起跑步出操，饭后和大家一起打扫饭堂卫生，课堂上也是认认真真的，该记笔记就记笔记，该回答问题就回答问题，比有的新兵还认真。更让龚平感慨的是，人家是军校毕业的大学生，他是受过处分名声不好的小战士，他们俩无论在哪方面都有着悬殊的差距，现在却能坐在一起学习，蓝戈还真心实意给他补课，龚平从内心里感激她。没过多长时间，龚平就和她无话不谈了。

蓝戈从龚平口中了解了他的情况。龚平出生在北方县城的一个普通家庭，父亲是当地钢厂的工人，母亲在他五岁那年就生病去世了。龚平父亲的目标就是让孩子吃饱穿暖不生病，在他的粗放式管理之下，龚平自由自在没有约束地长大了。

高中时他成了班主任最头痛的学生，别的同学都在为高考紧张备战，他在校园里闲逛生事，打架斗殴，碰到这种情况老师也没什么办法，只能打电话让他父亲来学校领人。年近五十的父亲在学校里挨着年轻老师训斥，赔着笑脸给受伤学生和家长道歉，有时候还得搭上医药费，龚平回家后挨打挨骂成了家常便饭。

龚平父亲在暴打了儿子几次之后对管教孩子这件事彻底失去信心，他期待部队这个大熔炉能把龚平教育过来，能让他的儿子脱胎换骨重新做人。出于这个目的，龚平父亲想尽办法把儿子塞进了部队。

龚平就这样稀里糊涂入伍了，他发现自己来错了地方。部队是个纪律严明的团队，不光管训练还要管生活，部队的要求和他的生活习惯格格不入，辛苦的训练更是让他难以忍受。他不想在这里度过四年，于是暗地里串通两个同样厌恶新兵连生活的战士，悄悄策划"逃"出军营。在一个轮他站岗的夜晚，三个人带了简单的行李出逃了。

逃出新兵连龚平才发现自己犯了更大的错误，茫茫戈壁没有任何路标指示，三人没走多远就迷了路。对三个新兵来说，零下三十多摄氏度的戈壁夜晚比新兵连还要可怕，他们动了回去的念头，但是在黑暗中找到回营区的路比走出戈壁滩更难,最后还是连长带着人找到他们把他们救了回去。

龚平就是这样在新兵连受到处分的。

蓝戈问龚平:"为什么要出走,是新兵连太苦吗?"

"那倒不是,当了兵有吃有喝有衣服穿,事事有人张罗,比我在家的时候好多了。"这个回答让蓝戈不解:"那为什么新兵训练还没结束就想走?"

一提这事龚平就深恶痛绝:"不自由呗!我平时自由自在惯了,来部队后有一大堆人想管我,从班长到排长,从连长到指导员,是个人就是管我的人。我早上一睁眼这些人就开始管我,起床洗脸叠被子,走路吃饭睡觉……干啥都得合规矩,什么饭前要唱歌、站立要挺直、牙杯要按顺序摆放、见了人要敬礼问好……事儿怎么这么多!有时候手脚没放对也挨班长的训。"这些都是痛苦的回忆,龚平一说起来脸上肌肉都在跳。

蓝戈一听都不是什么大事:"部队的日常生活就是这样,你习惯了就不觉得难做了。"

"部队有些规定就是莫名其妙!就说这站岗吧,戈壁滩是个鸟不拉屎的地方,别说人了,连个动物毛都没有,站岗吓唬谁?冬天晚上零下三四十摄氏度,班长还要拉我们起来站岗,这是什么破规矩!这简直就不是人待的地方!"

军训了三个月,龚平还有这么强烈的抵触心理,蓝戈有点儿理解汪守义为什么对龚平不放心了。"自律之下的自由才是真正的自由。你可以把约束当作自由的边界,在这个边界之内你能做任何你想去做的事。"

龚平倒是满不在乎:"受不了约束大不了走人,不就是个处分吗，也没啥损失。"

龚平在新兵培训班还算守规矩，培训课程激发了他对军事的兴趣，他特别喜欢听《导弹型号介绍》和《战争中常用武器讲解》这两门课，开始上课的时候还是蓝戈催着他跟自己一起复习，后来就变成他主动请教，他不光跟上了讲课进度，还在几次测试中得了高分受到教员的表扬，越发激励他对导弹专业知识的兴趣，他向蓝戈打听遥测室都有哪些岗位，盘算着自己回遥测室后去干什么好。

这天的课是红旗2号导弹的发展历史，授课老师是三站分析室副主任苏扬，他曾在干部培训时给蓝戈上过课。

"红旗2号地空导弹是我国自行生产的导弹，在咱们基地进行了大量试验后，于1967年定型列装部队，后来不到两个月就在实战中显示了优异性能：当时刚从美国完训的"黑猫中队"驾驶U-2在嘉兴上空侦察，被导弹十四营用红旗2号锁定，U-2发现后向制导雷达施放了角度偏频应答干扰，但因为我们加装了反电子干扰设备，红旗2号反干扰成功，最终将U-2击落……"

蓝戈听着有点走神，这些熟悉的内容小时候爸爸给她讲过，她仿佛看到讲台上站着的是爸爸，正在讲他做了一辈子试验的红2导弹。

龚平也听得激动，他在入伍前看过这个事件的纪录片，没想到这个著名事件竟和自己所在的基地有这么紧密的联系，这种联系让他产生了一种自豪感，仿佛自己加入了这支英雄部队成为英雄战士中的一员。入伍几个月来，他第一次觉得来基地当兵来对了！他还暗暗决定，等回了遥测室就去向领导要求，他要干发射导弹那样的事，等复员回家，还不把他那些弟兄羡慕死。

课后战士们出去活动了，龚平还处于兴奋中，他问蓝戈："什么样的导弹会来咱基地发射?"

"所有地空导弹装备部队之前,都要在咱们基地进行试验,试验成功定型以后才能在战场上发挥作用。今天苏主任讲的是红旗2号,在这个型号的导弹试验成功之后,咱们基地还试验了第二代防空导弹红旗7号,这个型号主要是对付多目标来袭,它的制导系统包括红外、电视和雷达复合制导,它的特点是抗干扰能力强……"

蓝戈和龚平一边复习一边讨论,直到龚平把当天的课程全弄懂了,两人收拾课本准备离开。这时候苏扬走进来:"蓝戈同志,昨天和今天你给这位新兵讲解,我在门外听了一会儿,请你不要介意,我之所以听是想了解他哪儿没跟上。"

蓝戈笑了笑,表示自己不介意。苏扬接着说:"我要祝贺你,与上次培训相比你进步很大,从讲解看你对这些课程非常熟悉,已经具有比较好的理论基础,所以我认为你没必要再参加这个新兵培训,这样太浪费时间,你应该学习更适合你的内容。"

"这个我说了不算,是领导要我参加的。"

"你是说汪守义主任?他这么安排应该是想让你回炉培训,不过他要是这样想显然是不清楚你目前的程度,他不知道你已经掌握这些学习内容了。"

"谢谢你苏主任,我还是跟着上课吧,汪主任要求我必须拿到结业证。"

"你拿结业证没有问题,这个交给我吧,不要把时间浪费在没有意义的事情上。我给你带了几本书,你可以在旁边的自习室自习,不懂的地方来问我,这位新兵补课的事就交给我了。"

蓝戈工作半年多了,这半年她因为上岗不顺利心生怨气,她和汪守义对抗,拒绝同事们的同情,一个人独来独往,别人都以为她是在和汪主任怄气，不知道她是担心自己陷入琐事停滞不前。今天苏扬的关心正切中她的焦虑，她觉得他是唯一能理解她的人。

蓝戈接过书，感激地笑了笑。苏扬比四年前成熟了许多，四年前蓝戈见他时他的眼睛里还没有这样的沉稳，但那时候的他已足以成为她的榜样。蓝戈在上军校的四年里一直把他当作学习的目标，现在回到基地又遇到他，还得到他的帮助，让这段时间自我封闭的情绪刹那间瓦解飘散，就像入春后戈壁滩的寒气四散消融。

周末，蓝戈邀请龚平跟她一起去看个人。蓝戈和龚平两人请了假，步行去十公里外的烈士陵园。

蓝戈告诉龚平，她要看的人是基地烈士陵园的守门人。

守门人杨叔看守墓园十多年了，蓝戈认识他是在十岁那年。那一年爸爸妈妈相继去世，她常在周末独自去陵园看望他们。陵园的守门人原来是两名年轻小战士，不知什么原因，突然有一天换成了一名"老兵"，而且后来再没有人来替换他。

"老兵"注意到独来独往的小蓝戈，他说小孩子不应该一个人走这么远的路，每次都把她送到生活区边缘。

从那以后蓝戈再去陵园，回家时就有了杨叔的陪伴，家属区距离陵园五公里，这五公里的道路孤独而漫长，有了伴儿的路程立刻缩短许多。小蓝戈认为杨叔是和爸爸妈妈共同"生活"在一起的人，对他有一种天然的信任和依赖，而且杨叔无所不知，能回答她五花八门的问题。在一次次的步行中，杨叔为她解答了各种各样的疑问，随着她一年年长大，杨叔成了她遇到问题就去找答案的"智囊"。

蓝戈告诉龚平："那几年我去了陵园多少次，杨叔就陪我走了多少次，杨叔成了我的亲人。当然后来我也知道了，杨叔不是我想象中的士兵，他是小点号的一名技术干部，来墓园之前在28号任光测工程师。"

龚平奇怪地问:"干部?为什么会被派去看大门?"

"你见了就知道了。"

蓝戈和龚平进入大门时,杨叔正在举行升旗仪式。虽然墓园里只有他一个人,但这个仪式仍然十分庄重。他缓缓将国旗摇到旗杆顶部,即使没有奏乐也看得出踏着乐点。升旗完毕他举左手敬礼。

龚平一眼就看出来,杨叔只有左臂,他的右袖筒空空荡荡,在风中飘。

杨叔带他们去门房坐。门房在大门进来的一侧,是杨叔的宿舍。蓝戈看门房前放着几桶水,顺手提起一桶:"今天还没浇树呢?正好我们俩来帮忙!"

龚平听了连忙夺过水桶:"蓝工你和杨叔说话,我去浇树。"

杨叔搬了凳子到门口,两人坐着说话,蓝戈带着烦恼说起这次新兵培训:"这两天正讲红旗2号导弹,这是我爸参与试验过的型号,那时候他都已经是行业骨干了,比我现在的年龄大不了多少,而我呢?我连核心工作都没进入,每天不是打杂就是出公差。"

杨叔静静听着,等她停下来分析说:"让我看这些都不是什么问题,既然你有明确的愿望,那你能依靠的只有自己。人这一生啊,会有很多时候都不满意自己的状态,你只要记住,最重要的不是你所站的位置,而是所朝的方向。只要你的愿望足够强烈,再付出足够多的努力,最终一切目标都会实现。"

蓝戈若有所思:"您说得对,我太纠结自己的位置了,忘了要抬头看方向。"

杨叔问她:"你现在参加的新兵培训属于基地冬训的一部分,你知道咱们基地冬训的由来吗?"

"是为了更好地利用任务淡季这段时间，对吗？"

"不，是为了纪念。基地冬训源于十二年前的一场事故，当时进行红旗3号试验时出现了人员伤亡，你父亲就是在那次事故中牺牲的。"

蓝戈愣了，她不知道冬训竟然和爸爸有关系！

"那次事故一共有六名官兵伤亡，是基地建场以来最大的伤亡事故，为了纪念这六名官兵，也为了减少试验事故，司令部建立了冬训制度。"

蓝戈认识杨叔这么多年，从来没听他说起过这些事，或许他一直把她当小孩子看，直到现在她走上工作岗位成为和他一样的技术干部，他才认为应该告诉她这些事。杨叔说："每年冬季是试验任务最少的时间段，司令部会利用这段空当开展冬训。后来又设立了三年一次的冬训竞赛，这是咱们基地最高级别的竞赛，每次竞赛都会涌现出一批优秀干部受到军区表彰。经过这么多年的实践，冬训竞赛已经成为军区非常有名的技术大比武。"

杨叔的话让蓝戈受到震动，这些看上去普普通通的训练和竞赛，背后竟然是血的教训，是鲜活熟悉的生命。她突然萌生了一个想法，如果自己能够参加竞赛并取得成绩，既是对父亲的告慰，也是对母亲期望她"成为像父亲一样的人"的回应。

蓝戈来到爸爸墓前，对爸爸说："女儿现在到您工作过的岗位了，您放心，我一定好好干，不给您丢脸！我会认真对待每一次培训和训练，三年后我还要参加竞赛，拿到名次再来向您报告！"

那天离开陵园的时候，蓝戈就像被赋予了使命或责任一样，这就是妈妈所说的军人的使命和责任吗？她心里感到前所未有地安稳。

新兵培训结束了，蓝戈回到遥测室就迫不及待去找汪守义，她把自己和龚平的结业证交给他："汪主任，我完成任务回来了，请主任批准我上机参加试验任务，我想尽早熟悉情况，我要参加三年后的冬训竞赛。"

汪主任像是没听到她的请求，而是一副急火火的样子说："你回来得正好，基地司令部刚给咱们站发了一批元器件，器材股让咱派个懂业务的人去帮忙清点，明天你就去器材股仓库报到。"

蓝戈的满腔热情又被汪守义浇了一盆冷水，她情绪激动地站起来大声说："我不去！"

汪守义冷着脸上下打量她："你上了四年军校都学了些啥？不知道军人的天职是服从命令吗？"

"如果没有其他岗位，让我去操作八木天线好了，起码我还能参加试验任务。"

"新兵已经分配到岗了，那个岗位本来就是给战士设置的，你不需要再去了。"

"为什么我没有岗位？为什么老是安排我去出公差？这些公差不是战士干的吗？"

汪守义满脸严肃："你说得没错，管仓库的人就是个士官，出公差这些事也确实是战士和士官去得多，但是如果战士干的工作你都干不好，说明技术岗位的工作不适合你。另外你要记住，别人只会看你的成就，没人在意你的自尊，在你取得成就之前，不要过分在意自尊！"

仓库是机房一楼最里头的三间大房子，测量站所有设备维护、维修所需的元器件以及替换的装备器材都在这里保管，平时是一名老兵负责登记和申领配件。蓝戈来到仓库，看着地上成箱成箱的元器件摊了半间房子，暗暗叹了口气。

第六章　导弹营里的炊事班

新兵培训结束后，龚平和蓝戈一样不顺心，他一回测量站就得知新兵岗位已经分配好了，下了车直接被炊事班班长王栋领回了宿舍。和他一道分下来的新兵有的去了靶标营，有的去了指挥机房，分到遥测室的另外两名新兵去了油机班和天线班，只有他一个人被分到了炊事班。

炊事班是新兵们最看不上的岗位。在导弹试验基地这种技术单位，从事技术工作的战士自认为比后勤岗位的战士地位高，说话都昂头挺胸带着傲气。龚平也有这样的思想，而且他在新兵业务培训期间对导弹萌生了极大兴趣，一心想到技术岗位去从事业务工作，当时大家议论最多的就是各站都有什么岗位，都说要是被分去做饭可就倒霉了，可是龚平这个倒霉蛋就偏偏被分到了炊事班。

新兵到岗后同年兵和老乡轮流聚会，聚在一起时大家话里话外透着炫耀，这个说："知不知道，导弹发射前的供电就是咱油机供的！"那个说："唉，明天哥儿们得加班去，有几盒子光测胶片要洗，命苦啊！"龚平又眼红又生气，越发讨厌炊事班的人和事。

龚平特别郁闷，当别的兵在技术阵地准备导弹发射的时候，他在厨房忙活，当别的兵在发射阵地欢呼打弹成功的时候，他还在厨房忙活，他每天的工作就是围着土豆白菜切切切，切得他看见白菜就闹心。

这绝不是他想要当的导弹兵！他宁可去陵园和杨叔一起看大门，也不想在厨房切白菜。来炊事班后，龚平成了班里的落后分子。

炊事班班长王栋是个荣誉感极强的河南老兵，炊事班在他的带领下年年都在评比中拿优秀，平时的流动红旗也常常挂在他的床头。龚平来炊事班后，不是和油机班的同年兵打架，就是和遥测室的技师吵架，轮到他值班做饭还常常耽误时间，弄得大家都对炊事班有意见,流动红旗也从此和炊事班绝了缘。

为了把龚平"感化"到革命队伍中来,王栋没少操心。促膝谈心、班会教育、严厉批评,该使的招都使了,龚平就是油盐不进,还是该干啥干啥。王栋当了这么多年班长还没遇到过这样的兵,整个班都被他拖累,年底评优秀集体时也落选了。

马上就到春节了,教导员给各班班长开会说这是新兵在部队过的第一个春节,也是他们思想和情绪最不稳定的时候,让班长们注意观察,有什么苗头及时汇报。

王栋觉得龚平还真出现了"苗头"。龚平这一阵子唉声叹气,闷闷不乐,王栋问了几次也没问出情况来。龚平的老乡从小点号来后方医院开药,顺便来炊事班看龚平,两个人神神秘秘到棋牌室说话,像是在故意躲着班长。王栋悄悄在门口听了一会儿,听到龚平说要到烈士陵园去看大门,还说看大门的老兵特别牛,懂好多导弹技术。

王栋担心龚平在这个时间点又惹乱子,再闹个逃跑事件什么的他可担不起责任。于是他去找蓝戈打听陵园老兵的情况,龚平说了,那个老兵是经过蓝戈介绍认识的,王栋决定先搞清楚情况,未雨绸缪想好对策。

王栋来到蓝戈宿舍。麦嘉和小米正在讨论什么事情,王栋听了一会儿才明白她们在说什么"心理护理",小米说国内临床护理正在探索整体护理模式,在对病人进行身体治疗时同时进行心理疏导,这样可以提高病患配合度达到最佳治疗效果。

小米说这叫心理护理,她想在官兵中做些实验:"心理护理除了临床应用,也可以尝试运用到官兵日常训练中,我想通过实践看看能不能帮他们化解思想问题,提高训练成绩。"

麦嘉说:"用不着那么复杂!思想问题那是政治处干事的事儿,做做思想工作就能化解。"

两人争论了好一会儿,王栋在一旁听得着急了:"那龚平这情况是那个什么护理有用还是政治思想工作管用?"

"当然是思想工作管用!""心理护理适合龚平。"小米和麦嘉各执一词。

王栋看看麦嘉又看看小米,不知该听谁的。蓝戈说:"你们俩别争了,我有个想法,你们俩选一个具体帮助对象,各自试用各自的办法,看看究竟哪一个更有效果。"

小米说这是个办法,麦嘉也兴奋地直叫好,她问:"选谁当试验品?"

蓝戈指指王栋。王栋是测量站连续多年的优秀士兵,干活吃苦耐劳,为人老实本分,席教导员常把他当作标杆让年轻战士们看齐,如果说他有思想问题那实在是出乎意料!

王栋在三个人的打量注视下坐立不安,他心虚是不是内心有什么"错误苗头"被蓝工看出来了,小眼睛眨巴眨巴,额头开始往外冒汗。

蓝戈看王栋紧张的样子忍不住笑了:"是王班长的兵——龚平,不如你们俩占领这块'阵地'试试,咱们一起帮他。"

从此龚平成了麦嘉和小米比试的"试验品",也成了她们三人共同的"事业"。

麦嘉领受任务后,就暗暗在龚平身上下了"赌注",为了能干预并影响龚平,她给遥测室汪主任打电话,说试训股要印资料找个人帮忙,点名叫龚平去机关出公差。

龚平去了几次试训股发现有一部长途电话,于是打着给麦参谋帮忙的幌子去打电话。他歪坐在椅子上，脚搭在桌上把一摞文件踢到一边，浑身像抽了筋一样瘫坐着，嘴里胡拉乱扯脏话连篇。

麦嘉在一旁直皱眉，见他放下电话就开始批评说教。她本来不赞成生搬硬套讲大道理，曾经还和政治处的老干事们争论，现在面对龚平吊儿郎当玩世不恭的样子，张口就开始讲道理。她现在明白了，自己原来对政治处同志们的工作方法有误解，不是他们方法单一，是他们的工作对象太让人抓狂。

龚平听着麦参谋嘴里冒出来的"官方语言"，两眼发直头脑发蒙，他搞不明白这么漂亮的一个女孩子怎么能说出这么拗口的词儿，老气横秋的，和席教导员一个样！

龚平精力旺盛浑身有使不完的劲儿，平时班长管着他教导员管着他，现在又多个麦参谋看着他，实在是令他难受。这一阵儿他迷上武侠小说，书里大侠们行侠仗义、云游天下的生活让他很是向往，他觉得那才是他想要的生活，而那种理想状态更反衬出他所处环境的无聊与刻板，现实中的生活与理想中的生活简直差了十万八千里，看来按自己的想法活是彻底没戏了。

饭后龚平无精打采地沿着营房边儿闲逛。营房北面有一排土打垒猪圈，关着靶标营养的十几头猪，靶标营炊事班小徐专门"伺候"这十几头猪，他经常在午饭后放它们出来活动。龚平闲逛时正赶上猪们在戈壁滩"放风"，这群猪嘴巴狭长毛色黑亮，体形精瘦动作机敏，在戈壁滩自由自在跑得四蹄生风，看上去颇有野猪的彪悍之风。

龚平顺手从地上捡起一块石头，瞄准最近的猪打过去，军营里的猪出生后从没受过攻击，对外界没有防备心理，龚平的石块顺利击中目标。龚平在扔扔打打中发泄了一通，浑身舒畅，于是天天中午跑猪圈后面逗它们玩。

猪受过几次攻击后开始迂回，龚平再打它们就不好打中了。它们左挪右躲，上蹿下跳，身形灵敏，龚平跟着猪群东一下西一下地狂奔，腾起的沙土迷了眼，扔出去的石块十之八九落了空。龚平被一群猪耍得团团转，停下来破口大骂"奶奶个腿"。猪见他不追了也就势停下来休息，不时瞥他一眼发出"哼哼"的轻蔑之声。

猪的蔑视激怒了龚平，他恨恨地想，平时这个人管他那个人训他谁说话他都得听，谁让他是新兵蛋子呢，但总不至于这群猪都把他当新兵蛋子吧，瞧那副满不在乎不以为然的德性，简直和班长王栋一个样。

他决定和这群猪斗一斗，一定要斗到它们对他俯首帖耳为止。他每天掐着猪放风的时间点儿出来，揣一兜小石头块练习手法。

猪们体力充沛、强壮彪悍，对龚平扔过来的小石块反感多于惧怕，躲着龚平走走跑跑，游刃有余地和他周旋。龚平在"战斗"中占不了上风，越发激起他的怒气，他将这群猪当作假想敌，发誓要与它们斗到底。他天天跑出来打猪，使出侠客练功的劲头练习瞄准和击打，心想总有一天要把它们打趴下。

龚平持之以恒的苦练没多久就见了成效，他的弹掷功夫又准又狠，每一颗小石子都能准确打到猪身上，不过小石子体积小重量轻，猪们被打中后并无大碍，这让龚平觉得不过瘾。

龚平想，即使是武功高手都有"命门"，如果能攻击到猪的"命门"，必能将猪的"傲气"一击杀之。他精益求精，练习时专攻眼睛，"命门"被击中后猪们痛得嗷嗷叫，后来它们形成条件反射，看见龚平就四散而逃。

这一天午后，龚平照例到戈壁滩练功。他在作训服口袋装满小石块，见到猪群后蹭蹭几步追上，迅速发功出手一扬，石子暗器般射出，精准而有力地击中"命门"。一群猪在他的强大攻势下满地乱跑仰天嚎叫，龚平跟在后面不依不饶狂追不舍，两方势力追追躲躲斗成一团，远远望去，一群猪和一个人在戈壁滩东一下西一下狂奔，所到之处腾起团团沙尘，颇有大侠与对手作战的气势。

靶标营小徐发现他的猪近来有些反常，平时见他提着食桶就会哼哼着围过来，现在见到他却一哄四散往圈里躲，显然是受到惊吓的样子。他注意到有一头猪眼睛周围有淤血，再仔细看还有一头猪鼻子处有伤口。

别小看这群猪，它们可是靶标营的宝贝。前几年为了改善伙食开始尝试养猪，这排猪圈就是大家亲手打土坯一块砖一块砖盖的。军营的猪圈可不是一般猪圈，小徐每天要打扫三四遍，用水把地冲得人能直接躺下睡觉，洁净程度可以和战士宿舍相媲美。戈壁滩冬天温度低，为了给猪圈保暖，大家伙改造猪圈、增加双层玻璃屋顶、配备厚草帘保温，也是下足了功夫。

自从当了饲养员，从来不会照顾人的小徐先学会了照顾猪。为了让猪吃得好长得快，他变着花样准备一日三餐，早上把草帘子拉起来让它们晒太阳，傍晚再放下草帘子保温，每天还定时放风。

去年冬天一只老母猪生小猪仔，为了提高存活率，他晚上直接抱着被子住进猪圈。戈壁滩没有兽医，他成天捧着书自学，因为饲养管理工作做得好，他养的猪生病少长膘快，毛色油光发亮，猪娃产量连年创靶标营新高，被大家叫作"猪班长"。

小徐在这群猪身上投入了大量的精力与感情，他不觉得自己是在养猪，他是在养宠物。这么精心伺候下的宝贝，现在莫名其妙受到伤害，他能不揪心吗？

小徐曾听老同志说过早先时候戈壁滩夜晚有野狼出没，难道是野狼干的？不应该呀，基地建场初期还有过，随着官兵活动范围的固定，多少年都没有听说军营周围还有野狼出没。那到底发生了什么？他决定查清真相，逮住作案"凶手"。

小徐连着几个晚上起来查看猪圈，猪们安安稳稳睡着，没有发现异常。

这天下午，同事们上机去了，整个楼安安静静。小徐正坐在桌前抄政治笔记，隐约听到有猪在嚎叫，仔细听似乎还有搏斗的声音，他拔腿就往营房后面的猪圈跑。跑出营房，远远看到四散在戈壁上的猪正惊恐地东奔西跑，后面跟了一个身手敏捷的人在奋力向猪群投掷石块。

小徐终于明白他的猪遭受迫害的原因，他气得说不出话来，一把拽住龚平要拉他去找领导，两人拉扯中打起来，直到有人发现跑到遥测室去喊王栋，王栋带了几名战士来才把两人拉开。

大家硬把龚平拉回遥测室，小徐一路跟着来遥测室找汪主任告状。

汪主任听了脸立刻坨成一块生铁。小徐越说越激动越说越气愤，上升到尊重生命的高度让教导员评理，龚平冷笑一声："你倒是尊重它，有本事你别吃猪肉啊！奶奶的真他妈虚伪……"

两人各说各的理一声比一声高，汪主任打手势让他们停下，训龚平说："我看你是有劲儿没处使！正好，给你报名10公里负重跑，明天就去训练队报到！"

龚平第二天就到测量站训练队参加训练。来了后他才明白，汪主任要他参加的是武装越野选拔赛，通过的选手将由基地司令部统一训练，最终参加基地冬训竞赛。

训练队的训练节奏十分紧凑，每天早上六点起床，晚上十点熄灯，平均每天训练时间15个小时。周末的运动量小一些，主要以室内体能训练为主，室外项目是十公里武装奔袭，每名队员要肩扛红缨5肩射式防空导弹跑十公里。

龚平每天长途拉练，角逐科目，奔袭回来作训服已被汗碱浸得一块块斑白。训练虽然辛苦，但龚平暂时摆脱了让他厌恶的炊事班，他觉得在训练队受苦也比待在炊事班强。

一个月后，龚平变黑变瘦了，也没劲和大家斗嘴耍怪了。大家都说龚平最近表现不错，看来落后兵开始转变了。只有靶标营小徐对他"余恨"未消，"落井下石"向大家散布说，自从龚平参加训练队，他的猪长膘都快了。

周末龚平从训练队回到遥测室，蓝戈发现他没精打采的，平时看电视时属他声音最大，现在他坐在电视房最后一排沉默着不吭声。蓝戈叫他到宿舍去说话，告诉他："教导员说你在训练队成绩提高很快，开会的时候还表扬你了。"

龚平有点儿泄气："不知道我还能坚持多长时间，训练强度越来越大了，也可能这一轮淘汰赛我就玩完了，就又得回炊事班了。"

"你是钢厂子弟，肯定听说过'不受百炼，难以成钢'，你们训练就像是在炼钢，其中的淬火是个漫长而痛苦的过程，能一天天过来，就是坚持下来了。"

"做到这一点太难了，到了训练队才知道那些老兵有多厉害，背着红缨5还跑那么快，奶奶的我都快跟不下来了。蓝工你说咱基地不是技术流吗？为什么还要进行体能竞赛？如果让我参加个其他项目多好！"

"技术流也需要体能支撑。那天咱们俩去陵园，杨叔给我讲了

063

个故事，和咱们站有关，我给你说说。"

蓝戈继续说："十二年前咱们站参与了一项新型号导弹的试验任务，那个型号的导弹存在致命问题，在发射的时候导弹提前起爆，造成了五人死亡一人受伤，其中有一名战士就是你现在的年龄，只有二十岁。咱们基地为了提高官兵业务技能，减少伤亡事故，从第二年起设立了冬季训练和冬训竞赛。"

"这么说这个选拔赛和试验任务有关，也算得上是技术流。"

"当然了。杨叔对我讲了这个故事后，我就一心想参加冬训竞赛，可是我现在成天在外面出公差，也许我连报名资格都没有。"

蓝戈情绪低落，龚平不忍心看她伤心，安慰说："蓝工你肯定能参加竞赛，到时候咱们一起去基地比赛。"

"好，咱们俩说好了，你好好训练体能，我好好学习业务，咱们赛场上见！"

龚平在测量站选拔赛中拿了武装五公里第一名，以 17 分 40 秒打破了测量站纪录，将作为优秀选手参加一个月后的基地选拔赛，如果能在基地选拔赛中胜出，就可以参加冬训竞赛了。

龚平成功晋级，汪主任和席教导员特别高兴，中午吃饭特意让炊事班加了菜，还破例允许大家喝啤酒庆祝。战士们纷纷跑到龚平这一桌给他敬酒。龚平从来没有这么受人关注过，更别提是一种被人敬佩、仰慕的关注，那一刻虽然还没开始喝酒，却浑身充满醉意，他感觉胸中激荡着一股力量，这是一股向上的、让他充满振奋与激情的力量。

在等待基地集训期间，龚平暂时回到炊事班，他在班里的表现像换了个人，干活比原来积极了，说话也文明礼貌了，比起刚从新兵连里分到班里时的状态简直算得上脱胎换骨。

龚平的这些变化被他的班长王栋看在眼里。当初龚平分到炊事班，成了王栋最头痛的兵，他来班里后教导员常往班里跑，蓝工还主动和他结了对子，大家都关注他帮助他，现在龚平有了这么大变化取得了这么大成绩，也不枉领导和同志们辛苦一场。再说了龚平在选拔赛中拿了第一名，算得上是测量站的大事，自己班里的战士能代表测量站去参加基地选拔赛，这不仅是测量站的荣誉，更是他这个班长的荣誉。

这样的好日子没过几天，王栋发现龚平又不对劲儿了。

这天早晨，龚平没有按时起床出操，也没去厨房干活，一上午待在宿舍里闷闷不乐。王栋听教导员说过龚平这样的战士外在表现容易反复，他判断龚平一定是"反复"了。

王栋自从得了教导员的"真传"，就对思想工作产生了浓厚兴趣，在他看来，用思想工作解决问题如同运用先进武器攻破敌人碉堡，那种不费一兵一卒瓦解错误行为的神奇，早就激励得他摩拳擦掌跃跃欲试，现在看到龚平有了思想问题的征兆，王栋竟然精神一振隐隐生出亢奋的感觉。他一边兴奋着一边检讨自己，对于一个统领全班战士的班长来说，不盼着他的兵们好而盼着兵们出点儿状况而有机会让自己大显身手，估计全团也找不到第二个了。

王栋一上午哪儿也不去就蹲在班里守着龚平，他装作忙碌的样子干着自己的事，小眼睛时不时瞟龚平，暗中观察他的表情和举动，琢磨该从哪个方面入手给他做思想工作。

龚平早看出班长在监视他，他装模作样遮遮掩掩的样子实在可笑，他懒得搭理这种小儿科把戏，趁班长上厕所的工夫溜出了宿舍。

王栋近身跟踪了一上午，须臾不敢离开龚平半步，直到快中午时憋不住尿跑了趟厕所，只两分钟工夫就不见了龚平人影。王栋狠狠拍了自己大腿一巴掌，命令班里战士分头去找。王栋手心额头开始冒汗，这小子在新兵连就有逃跑前科，这次该不会又跑了吧？如果在自己眼皮子底下出个状况，该咋给主任和教导员交代？

战士们从四处跑回来，说把宿舍、机房、训练队挨个找了个遍，连厕所蹲坑都趴门底看了，也没找着。一名战士跑得太急，呼哧带喘地抱怨说："班长，龚平这小子是和咱玩儿呢吧？全营都找遍了就剩猪圈了。"

王栋听得一激灵，拔腿就往靶标营猪圈跑。果不其然，远远看到龚平坐在猪圈屋顶上，正看着远处的戈壁滩发呆……

王栋不知道龚平是因为什么事情绪不高，他想应该是环境艰苦不适应吧，哪个城市兵不留恋城里的舒适生活呢？何况龚平一直不喜欢炊事班工作，肯定是受不了苦对军营生活产生退缩了。

王栋认为，对待这样的思想问题要给他灌输正确的人生观荣誉观，要从工作、生活、理想抱负几个方面来讲正面道理。王栋陪着龚平回到班里后，默默梳理着做工作的思路，把要说的词儿在心里练习了几遍。那些鼓励的话不知会不会对龚平有用，倒是先把他自己激励得心潮澎湃。

到中午吃饭时，龚平还躺在床上不动。王栋让值班战士给他做碗病号饭，他在心里暗暗说：教导员，我要大显身手了，你等着看我的！

王栋端着病号饭，步履坚定走进班里。

他把一碗鸡蛋面放在床头柜上，坐在龚平床上问长问短。他从爱惜身体讲起，从身体是革命的本钱说到部队的光荣传统，从乐观对待艰苦环境延伸到军人荣誉观，从实实在在埋头苦干扯到基地神剑精神……王栋越讲越上路，找到了教导员授课的感觉，他不住嘴讲了半个小时，声音越来越大语气越来越激昂，引得其他班战士不断在门口探头探脑。

龚平闻着鸡蛋和香菜的味道胃肠蠕动加快，早上没吃饭现在还真饿了。他的手被班长亲热地拉着，他抽过几次但班长铁钳般的大手太有力气了，他觉得班长不是在握他的手，班长是把他拷在床上强迫他听课。

龚平无奈地看着班长，班长的小眼睛闪烁着自信的光芒，嘴一张一合冒出一堆莫名其妙的话，没有一句说到自己心里去。他听得不耐烦，再看那碗面热气渐消，马上就要坨了。

龚平硬是把手从班长手里抽出来，狼吞虎咽吃开了，他吃完后把碗蹾在床头柜上，抹抹嘴穿鞋走人。

正说到兴头上的王栋突然没了教育对象，守着一个空碗发愣，他哪儿讲错了吗？他讲得这么真诚把自己都感动了，难道龚平还没听进去？真是木头一个。王栋抬头时突然发现，班里战士们正表情复杂地看着他。他讪讪地站起来，指指床头柜上的碗："思想工作很有作用，看看看看，这么一大碗面都吃完了。"

龚平一个人坐在营房后面的猪圈房顶，他不想和人说话，更不愿有人来打扰。龚平心情不好是因为爸爸的来信，爸爸在信中征求他的意见要再婚。

爸爸的信犹如一枚导弹在他心里轰然炸响。在他印象里父母两人感情不错，妈妈刚去世那段时间爸爸经常借酒浇愁，有一次喝醉了被人背回来，抱着他哭得一塌糊涂。别看那时候龚平年龄小，但心里什么都明白。现在他没想到离开家还不到一年，爸爸就要再婚，更让他没想到的是爸爸的结婚对象他原来就认识，她是父亲的同事。妈妈去世后她隔三岔五来他们家送饭，龚平一直以为这位阿姨是看

067

他们父子生活可怜好心帮他们,没想到她现在要和爸爸结婚!说不定那时候他们两个就好上了,还装模作样关心他,也说不准妈妈还在世时他们两人就好上了。

龚平脑子里不断浮现推断与臆想,满心都是屈辱和愤愤不平,他一件件翻检童年往事,分析当年爸爸的行为举动,猜测当时的事实真相。他对爸爸的决定充满质疑和愤怒,认为这是对妈妈的不忠,是对他的轻视,也是对他们母子俩的抛弃。如果他同意爸爸再婚,就太对不起妈妈了,他不能接受。

他恨不得马上回信,他要指责爸爸这么多年欺骗自己的虚伪,指责他对妈妈感情的背叛!他甚至想要以毁掉父子关系来要挟爸爸放弃结婚的想法。

他又觉得写信、寄信这个漫长的过程不足以表达他愤怒的心情,累积在心里的愤怒会让他爆炸,而爸爸不能立即接收这种情绪,它们会在邮寄过程中一点点减损。他恨不得马上站在爸爸面前,义愤填膺愤慨激昂斩钉截铁地对他说:我不同意!

教导员知道王栋的举动后,告诉他:"思想工作不是简单说教,而是有的放矢的引导,如果不分青红皂白的教育能起作用,那我们的工作对象就太简单了。"

教导员告诉王栋:"每个人心中都有自己的隐秘角落,都有一根独特的琴弦,只有拨动它的人才能与之发生共鸣。"他让王栋再观察一下龚平的举动,如果龚平不愿意说就不要强求,真诚的关心比毫无目的的说教更有意义。

第二天早饭后,龚平向王栋请假,说要去基地生活区办事。王栋问他办什么事,龚平拧着头不理他,一副准不准都要去的架势。

在王栋简单的判断里,龚平内心隐藏着一个不为人知的故事,这个故事是导致他情绪反复的缘由。王栋对这个神秘的"故事"非常好奇，现在看沉默了几天的龚平终于开口有诉求，感觉这个谜底到了要揭开的时候了。王栋爽快地答应着龚平，一路小跑去找教导员请假。

他冲进教导员房间问龚平这种情况能不能外出，教导员说："准假。不过按照规定战士不能一人外出，你得派个人陪他去。"

王栋马上拍胸脯说这个人非他莫属。他暗下决心，趁这个机会一定要打探出龚平内心深处的秘密。

当天站里没有去生活区的班车，要到35号去搭车。龚平不听劝阻执意要步行去35号。王栋听老兵说过在戈壁滩长时间步行的难熬，一听龚平要步行三十公里，心里有点儿犹豫，但是他已经向教导员请了假，也不好反悔，心想就舍命陪君子吧。就这样，王栋陪着龚平在炎炎烈日下踏上了漫漫征途。

龚平经过前一段时间的体能训练，身体耐力增强不少，他们训练时扛着肩射式导弹负重奔跑，现在这样两手空空的徒步根本不算什么。龚平不和王栋说话，自顾自地大步流星向前走，王栋个矮腿短，一溜小跑跟在后面，累得呼哧直喘。

一小时后，龚平仍速度不减步步生风，王栋已经像在负重前行。天空没有一丝云，强烈的紫外线照得两人睁不开眼，太阳毫无遮挡地晒下来，裸露在外的脸、脖子、胳膊热辣辣的。

王栋低头躲避刺目的阳光，他看见自己的两只脚倒来倒去，他的思维在半空中飘，恨不能先飞到35号去，而脚跟不上思维的速度，一步一步艰难地走着。脚和思维是脱节的，他觉得那不是自己的脚，这么一想双脚就有些不听使唤，磕磕绊绊差点儿摔跤。

太阳把光和热毫不吝啬地倾泻到戈壁上，王栋担心胶鞋会不会被热化，要是那样走在半路上就没招儿了。汗水从额头淌下来，流过眉毛渗向眼角，他眯着小眼睛，胳膊都懒得抬一下。不知是阳光太强还是汗水的影响，他的视力有点儿模糊，看不太清楚路，但看得清看不清又有什么关系，反正全是戈壁滩，模模糊糊的视线足够了。他面无表情双眼无光，低着头机械地走着，像一台没有思维的机器。

王栋使出浑身力气，终于跟到 35 号。

第七章　仓库老兵

龚平和王栋从35号班车上下来，进了生活区，龚平在前边迈着大步，王栋垂头丧气跟在后面，看上去龚平不像有什么思想问题，倒像是王栋有问题。

龚平径直来到邮局，进门就问工作人员要电报纸。邮局是官兵们经常来的地方，在这儿可以邮寄信件发电报，王栋见龚平要发电报一下子来了精神，一般家里遇有急事才会通过电报联系，龚平是不是和女朋友闹崩了？或是家里出什么事了？总之肯定是急事大事，他觉得谜底马上就要揭开了。

王栋把头探到正在写字的龚平面前，挤得龚平都快看不到纸了，龚平冷眼打量他，写好后把电报纸举到王栋眼前。纸上写了四个字和三个感叹号：我不同意！！！

王栋还是不明白发生了什么事，但从那几个感叹号里像是听到了龚平在骂人。"你这是给谁发的？出什么事了？是你家里的事吗？"

龚平一言不发，沉着脸在柜台办手续，办好后看都不看他一眼抬腿就走了。

龚平一路沉默，依旧不和王栋说话。车坐到35号后还要步行回营区，王栋基本上是靠强大的意志力把腿拖回来的。

王栋和龚平赶在熄灯前回到营区，王栋已经快累瘫了，不过就是累成这样他也没忘自己的任务，一回来就去找教导员汇报情况。他对教导员描述了一路上的情况，一再强调这件事的重要性："这小子本来只用付四个字的钱，为了表达气愤多加了三个感叹号，最后付了七个字的钱，大事！绝对是件大事！"

席教导员说："龚平可能是遇到一件不好解决的事，他现在没什么过激行为，说明他能控制自己，还算冷静，我们给他留点儿时间和空间,看看他能不能自己解决。"

王栋着急问:"这时候的思想工作应该怎么做?"

"思想工作切忌用力过猛,道理年轻人都懂,他们只是需要一点时间。"

因为家里的苦恼事,龚平白天提不起精神,夜里睡不好觉,这个曾经不知忧愁为何物的年轻人第一次感受到了生活的打击。这段时间他情绪不高,常常请假不参加集训,训练成绩明显下降。

席教导员观察了一段时间,觉得应该和他谈谈了。于是他把龚平叫到营部,询问他最近的训练情况,末了说:"我知道你遇到了难题,希望帮你渡过这个难关,能说说吗?"

龚平对教导员不能像对班长那样不理不睬,虽然有些难为情,还是说明了家事,最后说:"我不是想隐瞒,就是觉得这种事不光彩,怕被人知道了笑话。"

教导员思考片刻,他说:"你是个成年人了,可以有自己的判断,不过我想提醒你,婚姻是受法律保护的,个人感情和法律依据不能在一个平台上较量。如果一定要较量,最终分出胜负也不是因为对错,不是因为哪一方更占理,而是因为一方投入的感情深做出让步的结果。胜利的人实际上并不是真正的胜利者。"

教导员这番话有些触动龚平,但他一时还不能接受这个现实。

蓝戈听说了龚平家里的事情,问教导员要了他的家庭地址,她说:"我和龚平一样从小就没了妈妈,我理解他,我想给他爸爸写封信,也许能缓和他们父子的关系。"

小米这段时间刻意多去了几次训练队,给战士们讲心理疏导方法。课后她找龚平聊天,龚平说自己最近睡眠不好,悄悄问她能不能吃点儿"安定"。小米安慰龚平:"你试着自我调节放松心情,放松了就不会失眠,毕竟药物只是辅助手段,这种精神类药物容易上瘾,对身体不好。"龚平想想还是放弃了吃药的念头。

去基地参加选拔赛前的那个晚上,龚平翻来覆去睡不着,他知道睡不好会影响体能,可是越着急越睡不着,直到凌晨才迷迷糊糊睡过去。

第二天,龚平的状态受到睡眠不足的影响,起跑时就比其他选手慢了半拍,跑到半程的时候腿开始发软,汗不停往下淌。到最后一圈冲刺的时候,龚平努力想把自己调整到兴奋状态,但老是使不上劲。前面的两名选手领先他几米,他怎么也追不上,后面的选手与他相距很近,喘的气都喷到脖子上了,让他一刻不敢放松。

快到终点时,龚平浑身的力气都要用光了,他竭尽全力追着第二名,眼见得距离一点点拉近,但后面紧跟着的选手也在做最后冲刺,已经从他身后赶了上来。

赶上来的人从他身边擦身而过,两人的胳膊碰到了一起,不知是步子不稳还是那名选手冲撞力太大,龚平被撞倒在地,他忍着痛爬起来,虽然坚持到了终点却与前三名失之交臂。

赶来助阵的战友在终点等着他,他们搀住腿脚受伤的龚平,为他没获得应有的成绩而愤愤不平,大家七嘴八舌骂着,说着气愤和安慰的话。龚平脚腕疼痛,腿一软坐在地上。

经过检查,龚平的脚踝严重挫伤附带骨裂,基地医院为他做了简单处理,再将他转到位于测量站的后方医院。

遥测室和后方医院驻扎在同一个营区,战友们过来串门方便,几乎天天都有人来看望龚平,他的病房成了医院里最热闹的地方。龚平在选拔赛中虽然没有进入前三名,但他忍着伤痛咬牙往前冲的劲头感动了现场的战友,战友们觉得他是在为他们这个集体拼命,这种认同感一下子拉近了他们之间的距离，大家都不再提龚平过去干的捣蛋事。

龚平不仅受到遥测室的表彰，还获得了测量站政治处的嘉奖，一时间成了站里的风云人物，其间政委和政治处主任还买了慰问品来探望，让他受宠若惊。大家把他当英雄一样看待，让他感觉自己做的事很光荣，这种荣誉感暂时冲抵了没有取得名次的失落。

龚平在医院收到通讯员给他送来的信，这是龚平给父亲发电报后收到的第一封信。

父亲在信里写道：

儿子，我收到了你战友寄来的信，这才知道你最近被选去参加集训班，还得了团里第一名，看到你在部队有出息，给老爸脸上争光，特别高兴！你托战友寄来的钱也收到了，儿子长大了知道关心人了！以后不用挂记我，部队的事是大事，干好工作是第一位的事。

你长大了，爸爸有事不瞒你，这次给你写信就是要向你坦白，五年前我和你李阿姨就好了，那时候你年龄小，我们担心你接受不了，也怕影响你的学习，所以一直没有和你说。前一阵子想着你应该能接受这件事了，就和你阿姨商量要告诉你，没想到还是伤了你的心。

看到你不开心爸爸也不开心，儿子，对不起！希望你能原谅老爸。我和李阿姨商量好不结婚了，爸爸最大的念想就是你过得好，过得开心，只要儿子有出息，过得快乐，我这辈子就值了！

父亲的信平淡冷静，语气和平时的粗放大不相同，想必是经过了反复思考与深思熟虑之后写的。

龚平原以为父亲会勃然大怒，或是对他的意见置之不理，他设想了很多种父亲的反应，也设想了很多种自己的应对或反驳，唯独没想到脾气暴躁的父亲，竟然顺从他的想法做了这样的决定。

父亲在他的坚持面前退缩了，他达成了心愿，可为什么自己高兴不起来？这让他想起教导员的话，教导员说得对，父亲让步是因为他对儿子的感情更深，他宁愿放弃自己后半生的幸福来成全儿子的任性。龚平问自己，爸爸过得不开心，这是自己希望的结果吗？他突然觉得自己那封电报发得有点儿草率。

龚平拿着信失落不安，不知道自己下一步该怎么办。

蓝戈在仓库工作的这段时间十分忙碌，她和仓库管理员一起整理元器件、登记造册、分类归位。

仓库管理员是一名士官，叫戴旭。戴旭原来是遥测室天线班班长，六年前执行任务时眼睛受了伤，康复后怕见阳光，于是转岗来仓库管理器材与元器件。他的视力一直没有恢复，成了永久性创伤，尽管戴着高度近视镜，还是有一只眼的视力仅有光感，另一只眼也只纠正到0.05，所以逢到配发元件及器材入库的时候，机关都会派人支援。

戴旭告诉蓝戈："元器件管理看上去简单，但是责任重大，一旦一个小小的电阻弄错就会把上千万的设备烧毁。"

仓库里的元器件型号种类多，有的体积小，外表相像，如果不仔细辨别极易混淆，蓝戈在清理时反复核对，速度缓慢。戴旭问："咱们都穿着军装，老百姓分不清，但我们自己人一眼就能看出来谁是谁，你说这是为什么？"

"因为熟悉?"

戴旭点点头:"每个人都有特点,见得多了熟悉了,能根据特点一眼就分清谁是谁。元器件也是一样的,找到特点就好分辨了。"

蓝戈发现,虽然戴班长眼睛不好分拣起来吃力,但他对仓库既有备件的记忆十分准确,哪个元器件在什么位置有多少数量都心中有数。而且他还熟悉各技术室对元器件的需求以及使用情况,哪一类元器件使用率最高、哪台设备会经常更换,他对这些情况也了如指掌。

后来蓝戈听说,戴旭虽是一名普通士官,但他的经历一点儿也不普通。戴旭眼睛受伤前是遥测室的天线操作手,是测量站的技术尖兵,他捕捉发射信号速度快、角度准,一直是这个岗位比赛纪录的保持者,眼睛受伤后他转岗到后勤保障部门,负责元器件保管和发放,在和元器件打交道的过程中,戴旭总结整理出成体系的故障排除办法,成了测量站设备检测的半个专家,在很多次执行任务中因为有他的建议才迅速排除了故障。在基地上一届冬训竞赛中,他获得了设备故障排除单项奖,成为基地近十年来单项奖项获得者中最年轻的士官。

如果没有在仓库出公差的这段经历,蓝戈肯定不相信一个普通士官能把工作做得这么出彩,也肯定不会相信在仓库保管这个不起眼的普通岗位上也能发挥重要作用。

蓝戈想起汪守义批评她的话,汪主任说得对,她现在确实连一个士官都不如,要学习的东西还很多。"戴班长,我想拜你为师,向你学习怎么排除故障。"

戴旭推了推瓶底般厚的眼镜,连连摆手:"哪有士官给干部当老师的?你是军校大学生,应该是我向你学习!咱们也不提什么老师学生了，互相交流吧。"

戴旭把自己多年总结的经验毫无保留地教给蓝戈，他讲自己的学习经历，讲分析问题的思路，讲判断故障的"独家秘诀"。蓝戈发现，戴班长对故障现象了解全面，分析透彻，虽然有些方法看上去"原始"，但是因为这些经验来自实践，往往能有效地解决问题。

蓝戈对设备故障的了解突飞猛进，后来再有领器材的官兵说到故障现象，蓝戈就可以根据现象判断故障原因。

仓库里的巨型架子上摆满了成箱的元器件和器械，地上也堆摆着摆不下的箱子，蓝戈看到有一些已到使用年限，向戴旭提议："戴班长，咱们把前几年的老旧元器件做个检测，过期的淘汰报废，正常使用期限的和新下发的元器件一起归类存档。"

"好主意，不过这几年元器件种类和数量越来越多，整理起来会很费功夫。"

"平时找一个元器件需要多长时间？"

"一般得五到八分钟，有的电容电阻体积小外观相似，需要核对检查，找起来时间还会更长一些。"

"元器件发展得越来越小型化，如果光凭肉眼分辨，人工分找出错率会越来越高，最好的办法是进行信息化管理，这样才能降低错误率。"

"那当然好了，但是咱们基地经费有限，站长老说钱要用在刀刃上，不知道什么时候才能轮到给咱仓库拨钱。"

"这个不复杂，我来试试。"蓝戈在整理归档中对各类器材和元件有了整体的了解，很快就编写好了应用程序。她告诉戴旭，查找时只要输入类别，就能快速准确地找到它所在的位置。

这个程序简单易用，蓝戈给戴旭演示了两遍他就会用了。戴旭以前想都不敢想仓库也能管理升级,现在这么容易就实现了。他逢人就说蓝戈的技术好办法多,蓝戈的专业能力被战士们传得神乎其神,在32号声名远扬。

整理元器件的工作结束了,蓝戈对这段充实的日子很满意,但她不知道汪守义对她出公差期间的工作满意不满意,接下来会不会同意她上机训练,蓝戈心里七上八下的。

第八章 地平线

蓝戈的室友麦嘉是个川妹子，大学毕业于电子科技大学电子信息专业，她来导弹基地纯属心血来潮。

麦嘉毕业前，军区干部部到学校特招，她听特招干部说要去的部队位于沙漠腹地的戈壁滩，当时她刚看了三毛的《撒哈拉的故事》，满脑子都是沙漠梦，立马决定去体验体验大漠风情。

麦嘉爸爸是军区机关里的正团职参谋，他了解试验基地的情况，听女儿说要"去戈壁滩耍"，告诉她那个地方没有大漠风情，是个生活单调的地方。

麦嘉不以为意，她也没想长待，不过是体验两年，至于怎么离开无论是转业还是调动都可以。她带着好奇来到基地，成了测量站试训股的一名参谋。

麦嘉来基地时托运了两个大木箱子，一箱子生活用品一箱子四季时装，这两个大木箱是妈妈特意给她定制的，装了有可能会派上用场的所有东西。幸亏当时李伟强受站里指派去招待所给她送通行证，如果不是有李伟强帮忙，她都不知道拿这两件大行李怎么办。这两个沉重的箱子经历了几次换车和倒车，跟着她辗转来到测量站，但是只过了半个月，她就发现千里迢迢带来的漂亮衣服根本派不上用场。

戈壁滩一年的大部分时间都在刮风，天气不好的时候大家待在室内作业，天气好就是光线猛烈毫无遮拦的艳阳天，强烈的紫外线能把皮肤晒坏，如果没有必要的事情根本没有人到室外去，即使有人在外面也是匆忙赶路。也就是说无论天气好坏麦嘉都绝少有机会展示这些时装，而且工作时间得穿军装，总不能为了下班后在楼外的那十几二十分钟，就大张旗鼓换一身行头吧。

麦嘉不甘心千辛万苦带来的衣服压箱底，一到周末就换上在走廊走来走去，穿上便装以后她觉得浑身上下格外放松，仿佛这一点小小改变就能让生活精彩起来，心情也变得大好。她把这项"活动"固定到周末，这样就可以穿着便装活动一整天，她把它命名为"没有观众的T台秀"。

这个活动持续了没几次她就发现自己想错了，这个T台是有观众的，而且这些观众对她的衣着变化非常敏感也非常关注。

遥测室官兵大部分来自农村，他们更注重物品的实用，不在乎设计感更不懂流行风格。这天下士小李在走廊碰到麦嘉，想赞美又有点迟疑："麦参谋这一身……就是……领子咋有点儿斜？"

炊事班班长王栋倒是很会说话，看着麦嘉牛仔裤上的破洞竖起大拇指："麦参谋还是个会过日子的人！"

麦嘉在走廊一来一回碰上这两个想夸她的人，却让她哭笑不得，恨恨地回了宿舍。

麦嘉转个身就把这些不愉快丢到脑后，她把花衬衣套在军装里，在领口露出一抹花边，小卷袖口亮出一截鲜亮颜色，心里美滋滋的，轻声哼着"跟着感觉走，紧抓住梦的手，脚步越来越轻越来越快活……"，走起路来高跟鞋真的越来越快活，声音更响了。

麦嘉那两个巨大的箱子让遥测室官兵大开眼界，他们从来没见过哪个干部来部队报到带这么多东西的，议论说"这就是传说中的百宝箱嘛！""瞧你大惊小怪的样儿，人家麦参谋是干部子弟，带几个箱子算啥！"

麦嘉不在乎别人怎么看她，她更在意自己的感受。麦嘉来基地后发现根本感受不到"大漠风情"，营区周边能看到的只有千篇一律的戈壁滩，而且她被纪律"困"在了32号那块巴掌大的地方，更没有机会走出32号去找什么"大漠风情"。

麦嘉在气候湿润的地方生活了二十多年，对戈壁滩的干燥气候极不适应，除了嘴唇干裂皮肤紧绷，还时不时流鼻血，弄得她很紧张。为了给宿舍的小环境制造湿润，她在宿舍放了一桶水，到了晚上睡觉的时候，要在床边摆上几个接满水的桶和盆，给身边的"小宇宙"营造湿润空间。有一天夜里她迷迷糊糊醒来一脚踏进盆里，冰凉的水让她受到惊吓，恐惧之下一脚踢翻了脸盆，深更半夜的巨响吵醒了全室官兵。

麦嘉成了遥测室官兵饭后闲谈的话题，他们议论麦嘉的娇气，管她叫"麦大小姐"，后来简称为"麦姐"。

麦姐面对着来自各方面的挑战，比起气候不适，她更难以适应的是生活的单调。32号孤零零地隐藏在戈壁深处，就像一粒埋没在沙丘里的沙，她把32号里里外外摸了个透，发现在测量站除了一处热闹之地外，再没有什么有人气的地方。

这处热闹的地方就是位于营区中心位置的小商店。小商店是间小小的砖土混建房，里面有三个简易货架，摆着烟酒肥皂和肉罐头。小商店的负责人是名老兵，老兵早就摸清了大家的消费习惯，在男性官兵简单的生活中有烟有酒有肉就够了，所以在经过时间的筛选后，小商店只保留了几种经久不衰的热卖商品，其他的则很少进货。

让麦嘉奇怪的是，这个品种单一的小商店在测量站具有不可言说的魅力，没有操课的休息时间里，一拨拨的战士在这里进进出出络绎不绝。麦嘉去了几次才搞明白，战士们喜欢在这儿聊天下棋，尽管各营连都设有棋具齐整的娱乐室，但他们更喜欢来这里摆龙门阵，常常几个人蹲地上就开始"厮杀"，旁边围了一圈人观战评论，吵嚷笑骂十分热闹，这个小商店成了32号官兵最爱来的地点。

后来她发现小商店还有一个非常重要的功能，即官兵们"信息交换中心"的功能,昨天哪个营杀了猪会餐,今天哪个中队执行任务掉了线,在这儿稍一打听就能知道详细内容,就是这个"功能"吸引着官兵们没事儿爱到这儿聊天,一到周末一群群的战士在这里出出进进。

麦嘉有点儿失望,诗情画意不过是想象中的空中楼阁,戈壁滩的本真面貌是枯燥和单调。现实总是这样猝不及防与出乎意料,让人在最不设防的时候落入深渊。

相比物质层面上的匮乏,更让麦嘉郁闷的是精神上的寂寞和孤独。麦嘉生性喜欢热闹的,来部队之前的生活丰富多彩,从来没有体会过孤独的滋味。她曾经想当然地以为孤独就是没有人说话,是一种精神上的曲高和寡,在基地生活了一段日子她发现那都是纸上谈兵。

麦嘉的办公室和宿舍相隔一百多米,这一百多米的齐步距离是172步。每天下班后,麦嘉迈着标准步伐走172步到宿舍楼,拾级23阶左转35步进宿舍。第二天早上走35步下楼,出门右转172步到办公室……两点一线在172+23+35的步数距离里变得枯燥而漫长,相同的日子、相同的人、相同的事、相同的节奏……每天都没有意外和波澜,生活平平淡淡,沙漠梦的激情早已消失得无影无踪。

麦嘉明白了,真正的寂寞和孤独并不是精神上的,它其实很简单,就是实实在在物质世界的孤独,就是你想干点什么但是没有这样的场所满足你,你想和人说话但是这里见不到人。

麦嘉明白了,一个人只有在远离城市的时候才能体会到城市里烟火气的可贵,那里的人来人往、车水马龙,城市的建筑、声音、色彩,都会让你踏踏实实地感觉到自己生活在一个现代的社会里,且与这个社会有着千丝万缕的联系。

现在在32号，别说人来人往，她经常连个人影儿也看不到，按说百十来人的点号也算是基地的大点号了，但官兵们各就各位分散在机房、值班室和办公室的时候，就像水滴落到了沙漠里，看不到一丁点儿痕迹。有时候，她觉得自己是一个人孤单单地待在偌大的楼里，尤其是蓝戈和小米跟她的作息时间不一样，她住在三人间的小宿舍，不但没有感到空间拥挤，反而觉得宿舍空空荡荡的。

麦嘉根本不在乎有没有人和她产生精神共鸣，那些虚无的东西没什么实质用处，她唯一的愿望就是想见到人，见到车，见到花花绿绿的俗气世界。

书里的戈壁雄浑浪漫，生活在其中却枯燥乏味，这让她想起卡尔维诺在《看不见的城市》中说的话：在路过而不进城的人眼里，城市是一种模样；在困守于城里而不出来的人眼里，她又是另一种模样。建立于想象之中的对一个地域的幻想，终会在抵达时带来深深的失望。

麦嘉有点儿后悔，自己仅凭看了几本描写沙漠的书就做了这么重大的人生抉择，如果在这种无聊的地方待上几年，不是对生命的浪费吗？简直不敢想象！

麦嘉给爸爸打电话说已经要够了，不能再待下去了。她说到伤心处硬挤出几滴眼泪来，想到电话那头的爸爸看不到，又用力地抽泣了两声。爸爸被她可怜的样子弄得心软，加上妈妈是她无条件无原则的支持者，开始为她联系调动工作的事。

没多久，内地部队的商调函发到了基地政治部，在征求意见环节被卡下来。麦嘉跑到政治部去打听，得知基地正值攻坚X1型号导弹的关键阶段，为保持干部稳定，基地规定五年之内干部不能流出，除非特殊情况转业。

周末下午麦嘉在电视室看电视，正看到热闹处电视屏幕一片雪花，不用问肯定是房顶的电视天线被风吹偏了方向，一般碰到这种情况大家会轮流上房顶"值班"，手扶天线进行人工固定，保证大家把电视剧完整看完，今天"值班"的人上去后怎么都调不对位置，电视房里的人等不及，连着上去了两拨人支援，电视屏幕仍是影影绰绰。

麦嘉正为调动的事郁闷，电视上的雪花加剧了她对眼前境遇的烦恼，踢开椅子气冲冲走了。电视室坐了七八个等着看电视的人，听到椅子发出的刺耳噪声，他们看着她的背影说："麦姐生气了，我看她是待不下去了。"

"麦姐跟咱就不是一路人，能受得了这苦吗？"

"听说她是来'镀金'的，提个级就走了。"

李伟强看麦嘉不高兴，正低着头想心事，听到战士们七嘴八舌的议论气得瞪圆了眼睛："不许胡说！麦参谋根本就不是这样的人！"李伟强朝他们挥了挥拳头，愤愤然离开电视房。

麦嘉正在宿舍生闷气，蓝戈从机房回来了，说一起去戈壁滩走走。

两人向营房背后走去，辽阔的戈壁万籁俱寂，如同时间停滞的空间。忽然身后吹来一阵风，拂乱两人的短发，随即消失得无影无踪。

两人走了好久，麦嘉都忘了自己出来时还生过气。她问蓝戈："你在这儿生活了十几年，说说看有什么好玩的？"

"戈壁滩有很多有趣的地方，和你们城里一样丰富多彩，但是需要你慢慢去感受。"

蓝戈从麦嘉脸上看出了疑惑，说："比如说听风。风是戈壁人最好的伙伴，她会让你的心静下来，给你力量。我相信有一天你也会感受到。"

麦嘉极力想体会让人心静的力量，但耳边的风声让她更加烦躁。

蓝戈说："戈壁上还有很多故事，比如说你站立的这片土地。这儿曾经是一座繁荣的城市，是戈壁中的绿洲，后来发生了一场战争，士兵们为了守卫它付出了惨烈代价……别看现在这儿是一片无人的戈壁，曾经也活跃着百姓商贾，更迭过王朝部落。"

麦嘉开心了："听你这么一介绍，我突然想作诗了，曾经的硝烟弥漫，成了今天的海枯石烂；当年的风起云涌，化作了今天的静默无言……"

蓝戈笑了："当年的风起云涌，并没有化作静默无言。那时候的风云还会从另一个世界吹过来，我把它叫作'远古的声音'……"

戈壁寂静无声。

麦嘉认真听了好一会儿，并没有听到任何声音。"你该不是幻听了吧？"

"静下心慢慢听，你能听到的，风会把那些声音送过来……"

起风了，风声断断续续，送来远处的低沉呜呜。

晴空中驶来一片云，云与风交融着涌动翻飞，瞬间集结成黑色波涛。乌云压顶，云气浮空，仿佛被风吹得翻江倒海的战旗，天地笼罩在一片肃穆之中。

蓝戈描绘的壮观场景和天空中的风云变幻让麦嘉浮想联翩。闭目倾听，不知是自己太入戏还是风声变化多端，她好像真的听到一些声音了，古城里人来人往的喧闹声、军人盔甲的摩擦声、两军对阵的冲撞声……

蓝戈的讲述打动了麦嘉，她没想到原来自己一直嫌弃的蛮荒之地也曾繁华喧嚣，也有过一群人怀揣着楚囊之情与赤胆忠心。

从那以后，麦嘉再看戈壁滩就和以前不一样了，它不再是空荡荡一无所有，在它表面的空白之下隐含着不为人知的神秘信息，而是充斥着将士、百姓、使者、商贾的身影。

星期天午后，遥测室有试验任务，官兵们都上机了。整栋楼静悄悄的，整个世界也是静悄悄的，麦嘉害怕孤独在这种没有声音的空间蔓延，起身往楼后走去。

楼后是一望无际的戈壁滩，一直延伸到遥远的地平线，仿佛能看到天地尽头。有一次，她在电视房问几个看电视的老兵"天尽头"到底有多远，走到"天尽头"需要多长时间。本来只是随口开的玩笑，谁想到遥测室的助工李伟强竟然认真了，他找来纸笔写写画画，要给麦嘉算一算"天尽头"的距离。

他画了一个地球模型图，列了一长串数学算式，按照麦嘉的身高、眼睛距地面的距离、眼睛距头顶的距离，运用了直角原理和勾股定理，计算出麦嘉能看到的"天尽头"是4.5公里。他告诉麦嘉，地平线的距离与人的身高和人所站的地表高度有关，高度不变，地平线的距离也不变，所以"地平线"是永远都走不近的。

麦嘉对着那张写满数学算式的图啧啧咂嘴，她就不明白，为什么不管多有诗意的东西到了技术干部这儿都能弄成理性的公式？她对那些复杂算法不感兴趣，她只感兴趣这个浪漫的结论，"'地平线'是永远都走不近的"，念起来耐人寻味含义深远。那个走不近的"地平线"仿佛蒙了一层神秘面纱，那个遥远的地方让人猜不透会有什么，说不准神秘的古城就隐藏在"天尽头"。

麦嘉向远处的"天尽头"走去，她要感受感受蓝戈描述的"丰富多彩的戈壁"，最好还能发现些遗迹什么的。

麦嘉在戈壁滩东一下西一下逍遥自在，边走边胡思乱想，她想到蓝戈讲的古战场，尽管有史书记载，后人也只能从中得知历史的大致脉络，最动人的细节是无法猜想的，即使是博学的史学家也无法完整复原。

麦嘉思绪万千浮想联翩，直到感觉有丝丝凉意袭来，才发现太阳已经落下地平线。麦嘉转身准备返回。

麦嘉的转身给了自己一个猝不及防的惊吓！眼前平坦的戈壁一直延伸到地平线，她原来背对而行的营区早已消失得不见踪影……

麦嘉愣了，刚才不是背对营区走的吗？难道眼前的情景是累花了眼或者她看到的是海市蜃楼？她瞪大眼睛看了半天，面前仍是空无一物的戈壁滩。麦嘉急忙左右张望，四周空荡荡什么也没有，原先背对着自己的营院就这样静悄悄地隐去了，戈壁上除了自己看不到任何物体。

麦嘉吓出一身冷汗，这几个圈转得连印象中的营区方向都分不清了。

麦嘉慌了，她选了个方向狂奔，跑了会儿觉得方向不对，趔趄停下换个方向再跑。麦嘉着急慌慌连跑带走，直到累得气喘吁吁坐到地上，营区也没有出现。

大片的无人区如同汹涌的海洋，带着隐藏在其下的暗流侵袭过来，仿佛随时都可以将她吞没。天色渐渐昏暗，光线就像空中漂浮的尘土，慢慢悠悠地坠入戈壁，变成黑黢黢一片……

麦嘉颓丧地瘫坐在地上，两眼无神地望着乌黑的夜空胡思乱想。不久前她和同事们说起戈壁滩的夜晚，老同志们说冬天的晚上冷得让人难以想象，伸出手指瞬间会被冻得弯不了。石参谋还说戈壁滩有狼群,一到晚上就会出来觅食……

麦嘉和同事们平日里的聊天胡扯全变成有鼻子有眼儿的事实,搅得她心里乱成一片,头发一根根竖起来。

麦嘉深呼吸调整情绪,选定一个方向继续前行。她鼓起勇气唱起了军歌,因为害怕,声音有些打颤,但她仍然扯着嗓子大声唱。眼看着天色越来越黑,内心的恐惧、盼望、纠结此起彼伏,"'地平线'是永远都走不近的",这哪儿是什么浪漫?分明就是要人命!

等等!地平线……李伟强说她看到的"天尽头"地平线只有4.5公里,也就是说营房极有可能就在这4.5公里的边缘,她和同事们的距离只有四五公里而已。

麦嘉重新燃起希望,她一边安慰自己,一边甩着大步向前走,走了一公里又一公里……

麦嘉不知疲倦地走着,从夜色降临走到夜色深沉。她不确定自己走的是不是一个方向,到了后来只顾机械地往前走,寒冷、恐惧、疲劳、饥渴……一波又一波的感受交替袭来,麦嘉已经快撑不住了。

第九章　风声

测量站试训股乱作一团，李股长一边发脾气一边联系汽车排准备出车。石参谋和李参谋跑出跑进，桌上的电话响个不停，一会儿汽车排排长打电话说能出动的车有六台，一会儿又打电话请示应该往哪个方向去找。

李伟强听说麦嘉没有回来，跑到试训股自告奋勇要一起去找。

李股长正耷拉着脸坐在办公桌前，听蓝戈说她的分析和猜测："前几天我们俩去营房北边的戈壁滩散步，麦嘉说改天还要再去走走，她很有可能是朝着这个方向去了。"

李股长拧着眉头："如果她没朝北边走呢？现在的温度是5度，温度还在往下降，如果不快点找到有可能出意外。车不能都往一个方向去，赶紧的撒开去找！"

石参谋李参谋七嘴八舌说着想法："汽车排现在只有六台车，要不要让附近的点号支援？"

"现在已经快12点了，麦参谋在外面待了得有四五个小时了吧？得抓紧了！"

"这范围太大了，还是向司令部报告请求支援吧！"

李股长制止说："不能向外声张，如果司令部知道就瞎了，还不给个处分！"

李伟强站在一旁听大家分析，顺手拿过一张纸画了个草图："从麦参谋离开到现在有4个小时，她的步速不会超过每小时5公里，现在应该离营区20公里之内，如果再考虑长时间步行后速度减慢的因素，她应该是在距营区半径15公里的圆形范围内。"

李伟强画了几条线将圆分割成六个扇形，说："咱们现在有六台车，每台车以15公里为半径，在60度角的区域范围内往返搜寻，用这种方法就能以最快速度找到她。"

李股长急火火地站起来："就这么办，现在两人一组，马上出发！"

麦嘉坐在地上不知等了多久，看到远处有车灯闪烁，车正由远及近向这边移动，一会儿工夫车灯光影越来越大，麦嘉兴奋地跳起来，一边高喊着我在这儿一边朝车跑去……

麦嘉醒来时，蓝戈和小米正坐在床对面看着她："你心可真大，睡得这么香。"

蓝戈递给她一杯水："没事就好，昨晚上大家都急坏了，找了大半晚上才找到。"

麦嘉接过水杯猛喝几口，得意地笑了："真让我猜着了，我就知道你们一定会来找我。"

蓝戈看麦嘉咧嘴笑得灿烂，忍不住提醒她："你先别高兴了，先想想怎么和你们领导解释吧。"

试训股李股长是个操着京腔的老同志，本来面相就显老显严肃，平时又不苟言笑，更加让人不敢与他亲近。他对试训股的参谋们要求极为严格，谁要是犯了错批评起来一点儿都不留情面，才不管你是女同志。有一次，李参谋送几名战士去基地培训班参加集训，还没来得及报到就碰到几个小点号的老乡，老乡们看正好是饭点，拉着他要先聚一聚。李参谋在饭桌上喝了点儿酒，报到时间比规定时间晚了半个小时，被李股长知道后当着众人的面声色俱厉连损带骂，把李参谋臊得躲进宿舍不出来。麦嘉和同事们都有些怕他，现在蓝戈一提李股长，麦嘉还真有些紧张。

麦嘉一只脚才迈进办公室，就听到当头棒喝："部队不是酒馆饭店，想怎么着就怎么着，这是谁给你的权利？才当了几天兵就以为自己是大拿了，烧包！"李股长的怒气在办公室猛然炸响，把麦嘉"炸"出了办公室。

李股长又勒令麦嘉进办公室听训，他甩手把门摔上，巨大的声响吓得麦嘉直打哆嗦。麦嘉听了一会儿总算明白，李股长是担心她跑到导弹落区遇到危险。明明是一片好心，偏要恶言恶语一副凶样！麦嘉在心里对着李股长龇牙咧嘴瞪眼睛，脸上却做出诚恳接受批评的样子，希望他赶紧说完走人。

李股长压根没把麦嘉当女同志，一顿狂风暴雨不顾脸面的批评，让麦嘉脸上一阵红一阵白。李参谋与石参谋讪讪站在墙边，不知是该走还是不该走，李股长正疾言厉色训麦嘉："给你个警告处分都太轻了！"抬眼看到李参谋和石参谋，他指着两人说："谁让你们俩在这儿碍眼，一边猫着去！要是走露风声被人知道了，我找你们俩翻扯！"

李股长把这件事压着没往上报。麦嘉躲过了处分，但躲不过李股长的说教，他三天两头给麦嘉敲警钟甩脸子，麦嘉在办公室里说话声音都不敢太大，生怕引起股长注意又招来一顿"敲打"。

麦嘉情绪低落，心情笼罩在阴影之中。蓝戈看出来她的烦恼，问："还记得上次咱俩在戈壁上听风吗？"

麦嘉无精打采："就是想去听听风才迷路的，现在可好了，出都不让出去了。"

"风声无处不在，在咱营区就可以听。"

"来部队前的日子那才叫生活，我真是身在福中不知福，脑子进水跑这儿来听刮风！"

蓝戈两眼闪着神秘的光彩，说："听风可不是谁想听就能听的，这是戈壁人的特权。"

戈壁滩分为无风天与有风天，无风天是少数，有风天居多。开始的时候麦嘉听不出今天的风和昨天的风有什么不同,风声那么相像,并不都有金戈铁马在里面。慢慢地,她的心静了下来,发现正如蓝戈说的那样,这一场风和那一场风有截然不同的差别。

今天的窗外没有一丝风,旗杆上的旗子静静垂着,但是麦嘉仍能感觉到远处传递来的信息——风发出细微的行走声,不急不忙向着营区的方向徐徐而来。

十几分钟后,风标轻轻飘摇,风声如期到达。风把原本无声的空间撕开一道口子,蔓延到每一个角落,一会儿工夫便如千军万马漫天卷地,呐喊着嘶鸣着向下风口奔去。

耳边立刻流动起声音来,上一阵风声如同海浪,翻涌着一波一波拍打着岩石;这一阵风突然变成了阵雨,细密密淋到树上顺着树叶滑落下来。麦嘉感觉自己也变成了风,正大刀阔斧走过一片树林,穿过层层叠叠的树叶,将树枝抚弄得俯仰生姿……在平坦无物的戈壁滩上,风本应发出相同的声音,但它凭着自身速度的变化制造出如此多姿多彩的幻境。

无声世界的孤独反衬出声音的珍贵,具有杂乱声音的空间才是真实的人间世界,在没有人的戈壁滩上,只有风可以提供这样的环境。麦嘉被这个"风趣"的朋友吸引,她有点儿喜欢这样的风声了。

等风和听风削弱了寂寞感,麦嘉的情绪渐渐平复,无论你是喜欢还是厌恶这样的环境,大自然总要遵循自己的规律,如何在重复的规律中生活不影响心境,是平衡人和所处环境的永恒课题。

晚饭后,麦嘉去李伟强宿舍道谢,虽然同住在遥测室宿舍区,但这是她头一次来找他。李伟强的宿舍很干净,桌子上整整齐齐摞着几本书,桌角摆了一个笔筒。让她惊讶的是,笔筒里竟然也插了一枝骆驼刺，和她桌上玻璃杯里的一样，不过比她捡的那几枝更大更粗犷。

麦嘉很有兴致地看了一会儿，想起自己来的目的："我是来感谢你的，多亏你计算了'天尽头'的距离，要不是想到我离营区也就是四五公里，可能就丧失信心了。这个计算结果救了我的命！"

李伟强没想到麦嘉会专门来感谢他，又激动又高兴，站在那儿憨笑。麦嘉把他桌上摞着的专业书一本本拿起来看，轻描淡写地翻着："懂技术就是不一样呵，找个人也比别人办法多。"

李伟强不知她是在夸他还是自言自语，怎么着也有夸他的意思吧。麦嘉看李伟强拘束地站在一边，指指书问他："这都是你平时看的？"

"麦参谋对这感兴趣？我给你讲讲！"

麦嘉敷衍地摆摆手："今天算了，等我有时间了再来找你。"

麦嘉的话像是在约他下一次见面，李伟强激动得不知该说什么好，郑重地点点头。

李伟强看出了麦嘉的低落，这比他自己遭受打击还要让他难受。

这个周末蓝戈、麦嘉和小米的休息日凑到了一起，三人正商量怎么过，门外有人敲门，蓝戈跑去开门，是李伟强背着背包憨笑着站在门口。

"听说戈壁滩有很多漂亮的石头，今天周末没事儿，我陪你们去捡石头吧！"李伟强面对着她们三人，眼睛却直往麦嘉那儿瞟。

蓝戈说："李工真是有心人，石头是戈壁滩的宝贝，有的老兵退伍前还专门捡了带回去呢。"

麦嘉不相信："石头满地都是，这要是算宝贝那戈壁滩就成宝藏之地了。"

"你说得没错,戈壁滩就是一块宝藏之地。就说这戈壁石吧,除了你平时见的那些普通石头,还有一些颜色形状特别的,比如外表圆润的石英石、锈红色的沙漠漆、黑色的火山岩,还有带花纹的泥石……"李伟强说得头头是道。

麦嘉听得两眼放光,立马站起来:"走,寻宝去!"

三人便背了军用挎包和李伟强一起出发了。

出了营房,满眼都是各种颜色的石头。石头大多裸露在地表,有的和细沙混合在一起,有的和沙砾堆积在一起,还有的地方一片碎石,这些大大小小的石头和沙砾塑造出阶梯变化的戈壁面貌,使得戈壁滩远看一马平川,走起来遍布沟壑,起伏不断。

蓝戈说营房附近的石头已在几十年间被服役的官兵们捡得差不多了,要想拾到漂亮的得再走远一点儿。

走到离营区远一些地方的时候,戈壁滩上的石子有了变化,除了黑色的还有了白色的灰色的,它们有的圆润有的粗糙,随意混合在戈壁上,仿佛是河流的底部。麦嘉开心地笑着跑着,李伟强一直跟在她身后,生怕她再跑丢了。

小米蹲在地上,捡起一块看看放下,又捡起一块看看放到包里:"这些石头在这里多少年了?"

蓝戈很熟练地挑选着:"这样的地貌几千万年前就形成了,这些石头经历了上千万年的风吹日晒,它们积蓄能量,在合适的温度和外力下发生裂变,演化生成现在的样子。"

"那就是说虽然有的石头看上去粗陋,但这可能只是它漫长生命中的一种形态,几百年前它们可能是另外一种样子?"

"对,时间改变了它们。"

麦嘉正好跑过来听到俩人的谈论,开心地笑了:"听你们俩这么说感觉和做思想工作很像，它们都有一个共同点，那就是——时间的锻造。"

四人在营区外绕着圈子找石头，边走边捡，把精心选中的石头装进随身背的军挎包。李伟强把三人的挎包抢到自己身上："你们尽管捡，我负责后勤保障工作。"

麦嘉像一只放飞的小鸟，开心地跑着唱着：

跟着感觉走
紧抓住梦的手
脚步越来越轻越来越快活
尽情挥洒自己的笑容
爱情会在任何地方留我
蓝天越来越近越来越温柔
心情就像风一样自由
突然发现一个完全不同的我
……

麦嘉眉飞眼笑，纵声歌唱，唱一阵跑一阵，把蓝戈和小米远远地落在后面。

李伟强背着四个挎包，一路小跑紧跟麦嘉。他与麦嘉肩并肩走着，如果不回头，就像天地间只有他们两个人，天高云阔，地平路远，他真希望能这样走下去，一直走到天尽头……

捡了大半日，麦嘉喊叫"走不动了，走不动了"，四人就地而坐稍事休息。麦嘉指挥李伟强把挎包打开摆放在一起，包里的石头在阳光下闪烁着美丽的光泽，有的圆润温滑，有的棱角分明。蓝戈拨开几粒外形圆润的石子，指着一块线条刚硬棱角分明的石头告诉大家，这叫风棱石。

风棱石冷峻刚硬，轮廓如同刀切，石体因为遭受风沙磨蚀略显粗糙。大家纷纷说这石头应景，晶莹圆润的石头和戈壁滩的粗犷气质不匹配，只有外形粗粝、质地粗糙的风棱石才配得上戈壁石的称呼。

蓝戈拿起一块粉红色的石头，问麦嘉："你说沙漠里能长出玫瑰来吗？"

麦嘉知道蓝戈在开玩笑，转转眼睛说："我怎么就没想到去试试呢？"

"你的想法太迟了，沙漠里早就有玫瑰了。"

麦嘉眼睛越瞪越大，蓝戈忍不住笑了："是沙漠玫瑰石，大自然在几千万年前'种'出来的，怎么样诗人，这个名字够诗意吧？"

麦嘉追问沙漠玫瑰石长什么样子，蓝戈说："外形很像玫瑰，一朵一朵簇拥在一起，因为是风化的石英砂，表面上还带着结晶，远远看就像花瓣上的露珠。"

麦嘉和小米听得入神，蓝戈说："沙漠玫瑰石是戈壁上的传情之物，当地年轻人用它向心上人表达爱情。他们认为，送给心上人沙漠玫瑰石，两个人就会一辈子在一起，永远也不会分离。"

普通的石头上有这么动人的故事，刚硬的戈壁滩也变得温柔深情，听众们都被感动了，连李伟强这个平日里不动声色的大男人，也面带温情，眼神闪亮。

麦嘉心潮澎湃，起身就要走："还等什么？咱们快走吧！"

李伟强第一个跟着跳起来，站到麦嘉身边，就等她一声令下跟着她出发。蓝戈把小米从地上拉起来，给大家打预防针："这种石

101

头非常稀有，找它不光要靠时间和耐心，还得看运气。"

大家被激励得浑身是劲，四个人顶着烈日找了一下午。

沙漠玫瑰石没有找到，却激发了麦嘉种花的念头。在荒凉的戈壁滩上种出鲜花，是件既浪漫又伟大的事。麦嘉打断正在安静看书的蓝戈和小米说："本小姐要种花！"

麦嘉等不及两人回应，说："我要养很多很多种花，把咱们宿舍布置得满园春色、百花齐放、万紫千红……"麦嘉越说越激动，手舞足蹈，脸颊发红，说以后还要把花草向室外移植，在楼前培育一个小花园。

蓝戈从小在戈壁滩长大，从来没有见过花花草草，这片戈壁本是进行导弹试验的场所，需要靶场内空无一物，所以除了营房四周有些耐旱的白杨和骆驼刺，戈壁上没有人为栽种过任何植物。正是这个原因，戈壁滩一直保持着寸草不生的原生态，没有人见过盛开的鲜花。

麦嘉满眼都是憧憬："等我种出花来，咱们房间就湿润了，再也不需要用水盆加湿了！"

麦嘉邮购了十来本养花书籍，用了两个晚上就翻看了一遍，她向种过地的王栋班长讨教，让他"拣重点说精华"，匆匆了解种植的基本常识。麦嘉只用了一个星期就用理论武装了头脑，四处吹嘘自己已经掌握了沙漠种植的方法。

遥测室官兵听她咋咋呼呼吵着要"建造沙漠花园，再现沙漠盛景"，大家就只是听听，没人深究她到底想干什么。

在麦嘉宣布宏伟计划后，李伟强是唯一一个用实际行动支持她的人。他悄悄邮购了耐旱好养的花籽、含磷含钾的肥料和小铲子小耙子，不声不响汇集了一大袋子。李伟强提着这个大袋子送给麦嘉，麦嘉给了他一个热情的拥抱，弄得李伟强满脸通红。

麦嘉到戈壁上刨了几盆硬土回来，把它和李伟强"友情赞助"的花土混合起来，又掺了从炊事班找来的油渣，像做化学试验一样搅拌一番后洒下花籽。她给花盆贴了标签，整整齐齐摆满窗台。

麦嘉像个科研人员，每天对着盆盆罐罐仔细观察，嘴里叨叨着光照、湿度等数字和术语，时不时把花盆搬来移去，严谨得看上去颇有技术干部的样子，大家议论说"看来麦姐这次要下大力气整"。她的专注引得蓝戈和小米也格外关注那些个空花盆，天天跟在窗台边观察，盼着花籽早日出芽。

这天早上麦嘉在一个花盆前站了老半天，自言自语说被这盆花感动了。小米来回看了好几遍，不过是钻出来三四棵小芽："怎么就让你感动了？"

"王栋班长给我一把豆子做试验，我在这盆里埋下去十几棵，现在长出来四棵。它们在同样的温度和湿度里，为什么只长出来四棵？剩下的那些为什么长不出来？"

小米还是不明白："为什么？"

麦嘉又是叹气又是感慨："因为这四棵种子不纠结！它们不纠结土壤是不是疏松，也不纠结温度湿度是不是适宜，就一门心思向着光线生长，所以它们见到了光明，而别的种子还在土里纠结呢！"

蓝戈眨眨眼看着她："豆子都不纠结，我们更不要纠结了。"

这话正说到麦嘉心坎里："对呀，就是这个理儿！不纠结了，再纠结就见不到阳光了！"

四棵小苗一厘米一厘米地生长，柔弱的叶子稚气地向上伸展，在窗台营造出星星点点绿意。戈壁滩常年被大块大块的黑色和褐色垄断，猛然出现几片柔软绿叶，格外鲜亮耀眼。不管是谁踏进宿舍，目光毫无例外都会被它们吸引。

麦嘉对自己当初的决策及行动后的成果十分满意，四处向人炫耀。她说，自从公元前人类就开始驯化花草，那时候古希腊人试图把野生的五瓣花改造成百瓣，他们当初就像她这般雄心万丈，只可惜行动不够积极持久，所以直到今天在希腊的田野上盛开的野花仍是祖传五瓣。麦嘉得意洋洋宣称："如果他们像我这样脚踏实地，估计早就梦想成真了！"不管别人相不相信，她自己先相信这花搁她这儿肯定能变成一百瓣。

花苗还很细弱，甚至有两棵已经倒伏了，但麦嘉把自己的成绩说成是"基地有史以来首次成功的科研成果"，大家说她"果然是机关干部，总结起来一套一套的"。

花苗还在生长期，性急的麦嘉等不及了，照这个速度什么时候才能种出小花园来！她指挥李伟强邮购了虎皮兰、茉莉、绿萝、海棠等一批成品，打算把这些植物栽下去直接造出一个"小花园"。

在麦嘉的日日期盼下，包裹得严严实实的植物终于抵达戈壁深处的32号。这些植物历经长途跋涉与辗转，拆开包装时已是半死不活，即使有麦嘉的果断指挥和李伟强的精心照料，这些植物还是夭折了。

麦嘉数不清自己扔掉了多少绿植，直到王栋嫌她糟蹋钱并开始出手相救，她的"小花园"才开始有了点起色。

养活了几盆后麦嘉就迫不及待要出新，她邮购的植物越来越多，从南方到北方，从喜干到喜湿，也不考虑这些植物是不是适合戈壁气候，反正现在有李伟强和王栋这两个劳力，她买来后只是动动嘴皮子，劳动的事都扔给这两个任劳任怨的"园丁"。

麦嘉有了一点儿小进展，四处向人宣传，一套套的理论信手拈来，尤其是在面对年轻小战士的时候，恨不得用深奥玄妙的道理把自己的行为刻画成了不起的壮举。这天麦嘉在电视房吹嘘："你们知道我为什么能成功吗？因为我了解它们的特性，满足它们的需求，这就好比是思想工作中的'有的放矢'。思想工作中的'有的放矢'让你们成为合格战士，植物界的'有的放矢'让花草存活、生长、欣欣向荣。"

围观的战士们看着她，不搭话，麦嘉看出他们的疑惑，但她还想说，她克制不住内心的兴奋和得意。她推开战士们拉住躲在后面的李伟强："李工，你应该明白我的意思，你说这是不是相当于在无序的宇宙中开辟了一小块有序的新天地？如果咱们能把握规律复制推广，让这块有序天地越变越大，岂不是对格物致知思想的发扬光大，这就和修身、齐家、治国、平天下的思想相通了！"

李工在旁边一个劲儿点头。战士们还是不明白，明明只是种了几棵草，怎么就上升到治国平天下的高度了？这思想跨度有点儿大。但看着麦姐自信满满的眼神和李工点头赞同的样子，战士们犹豫地竖起大拇指，称赞麦姐"有文化"。

听众中只有李伟强一个人懂她，他喜欢麦嘉和他说话，尤其是这些话她只对他一个人说，他觉得这样无形间拉近了他们两人的距离。

李伟强路过棋牌室，听到有战士在里面议论麦嘉，说她"吹得玄乎，狗掀帘子——光凭嘴"。

"可不是嘛，什么什么格格巫，听着像是蓝精灵动画片里的。"

"是格物致知好不好？"

"没听说过，有没有这个词儿嘛，说得这么高深！"

李伟强很生气，他听不得任何人说麦嘉的任何不好。他推开棋

105

牌室的门,扫一眼正闲聊的战士,说了一长串话:"致知在格物,物格而后知至。历史告诉我们,新的知识是通过实地实验得到的,不是由哲理的清谈得到的。实验的过程不是消极的观察,而是积极的探测。比如你想要知道一棵草的性质,就要种草去研究它生长的过程,而不是袖手旁观凭空想象就可以得到……"

大家目瞪口呆地看着他,李工平时说话从来没有今天这么利索,而且他说的话和麦姐说的话很相像。

李伟强问:"听得懂吗?"

战士们摇摇头。

"听不懂就对了,不要以为你听不懂的是别人胡说,那是你的认识没到那一步。"他朝他们瞪眼睛,"以后谁再说麦参谋的坏话,我听到绝不饶他!"

李伟强这样护着麦嘉,非但没有压下去议论,反而让自己也卷入战士们的议论之中,有人说:"看出来没,李工喜欢麦姐。"

"傻子都能看出来!但关键是麦姐不像喜欢李工的样子。"

"我觉得不见得,麦姐喜欢和李工拉话,说明他们俩有共同语言。"

龚平说:"我敢打赌李工不是麦姐的菜,他们俩那是纯洁的友谊!"他真的跑去问麦嘉:"大家说你和李工在谈恋爱,是不是真的?"

麦嘉一脸诧异:"是谁在那儿胡说?回去转告那些闲人:李工是我哥们儿,谁要是想欺负我哥们儿,我跟他没完!"

秋天的时候,麦嘉培育的"小花园"规模初现,宿舍里高高低低的花盆生长出丛丛绿叶,这在戈壁上简直就是奢侈的风景。桌子上、衣柜顶摆满绿植,大量植物的涌入让房间显得拥挤,但这些稀疏植物与瓶罐碗盆所营造的生机，给人带来琳琅满目的喜悦。不知是不是心理错觉，自从有了这些植物，宿舍这个小空间就是比外面湿度大，一进房子就能让人感觉到凉爽和湿润。

花草数量越来越多，宿舍里摆不下时，开始向外部空间蔓延。麦嘉搬了两盆绿萝和海棠摆到走廊窗台上，这些植物枝叶繁茂，吊垂到了楼外，楼下路过的官兵们抬眼就能看到。

32号唯一的女干部宿舍名气越来越大，在"信息交换中心"被传成了"沙漠里的花园小屋"。女兵宿舍不是谁都能进去的，尤其是遥测室之外的官兵，因为很少有机会实地参观。"花园小屋"的盛景被官兵添油加醋描绘成了一个小型"植物园"，声名远扬成为小点号官兵们盛传的"美景"。

蓝戈和小米没想到麦嘉通过努力和坚持真的就实现了她的人生小理想，于是把溢美之词源源不断倒给麦嘉，这让麦嘉越发张狂，她得意洋洋地给小米表态："我看你们医院的病房缺点颜色，以后你负责的病房就交给我了。"

种花试验初见成效，麦嘉欣喜万分，她自信心极度膨胀，一时冲动想去外面挖棵树来种。她诗兴大发，在宿舍里昂首挺胸来回踱步，用朗诵的语调吟诵着，像在表演舞台剧：

我要种一棵树，
看着它发芽抽条，
代表春天站在这里。
我要种一棵树，
让春夏不再只是抽象的词汇，
没有变化地轮回重复……

麦嘉演得入戏，自己都被自己感动了，一挥胳膊说："就这么决定了！在楼外种棵丁香树。"

炊事班王栋班长听说后直咂舌："麦姐，这花还没种好，怎么又要种树了？咱这儿冬天零下四十摄氏度，夏天地表六十摄氏度，丁香这南方树你都敢种？"

"麦姐有啥不敢干的事？你就等着瞧好吧！"

就在麦嘉和老兵们打着嘴仗争论时，回老家探亲的李伟强听说了，他千里迢迢带回来一棵丁香树苗，还背了一大包肥沃的黑泥土。

麦嘉准备把这棵树种在她们宿舍的窗户下面，说那样才符合"一枝淡贮书窗下，人与花心各自香"的诗意。

李伟强借助"理工男"善做工程制图的基础，画了小树种下后用辅助物固定的示意图，列出了辅助物不同力臂长度对小树的支撑力和戈壁常见3级到11级风力下对小树的冲击力，并在长长的算式下给出了最佳力臂长度和最佳支撑角度的答案。

这张写满算式的图纸被送到麦嘉宿舍，蓝戈看到后心中一动。对于李伟强来说，列些算式画个图不难，难的是他明知给一棵小树做固定是很简单的操作，还要用这种炫酷多于实用的方式刻意表达，如果不是有强大的心理支撑，李伟强这么一个山东大汉，怎么会被麦嘉那些小儿女的情绪左右？

蓝戈把这张图递给麦嘉，指指那个固定示意图："有这么专业的技术指导，你种树的成活率绝对能提高。"

麦嘉听了大喜，没再感慨技术干部"把诗意变成烧脑科学"，立马决定让李伟强做她的助手。

其实助手也就是个劳力。李伟强按照麦嘉的指示挖了一个深坑，旁边摆了一圈花肥、花土和小石子。麦嘉像个总指挥站在一旁指指点点，挑剔地让他刨了又刨。

李伟强对总指挥一遍遍地要求返工毫不厌烦，乐颠颠地听着干着，他在坑底铺上肥沃的养料土，中间用戈壁沙土混合了一些花肥，填埋后又在上面结结实实压了混合着小石块的戈壁沙土。

这棵树栽下后就成了麦嘉最挂心的事。为了防止小树苗被风吹倒，她又指挥李伟强去机房找了几根废弃天线，用他的最佳计算结果做了固定。

麦嘉开始还不放心那几根天线能不能固定住她的小树，在刮风天抽查了几次后，终于认可技术干部的理论分析，看来科学还是比诗意管用，至少她不再担心小树被风吹跑的问题。

麦嘉去请教干过农活的王栋，怎么样才能保证小树存活。王栋说戈壁沙土存不住水，如果能够持续供水，树木的存活概率会大大提高。有了这个理论指导，麦嘉每天定时去给树苗浇水。一周过去了，树苗还活着，看来是缓过劲儿了。

王栋告诉麦嘉光浇清水不行，炊事班有很多淘米水，这就是非常好的肥料，龚平听了后自告奋勇要帮麦嘉浇树。每天早操后，龚平定时拎桶淘米水去浇树，麦嘉则蹲在树前仔细观察，指指点点。这件事一度成为麦嘉早操后的"固定动作"，这个画面也成为测量站的一"景"，大家说哪儿还看得出来这个细心的麦嘉就是原来那个没心没肺的麦嘉，看来老话说得对，人有梦想就会做出改变。

这天夜里麦嘉被一阵紧过一阵的风声吵醒，迷迷糊糊突然想起楼下的小丁香，她扯件衣服以比紧急集合还要快的速度冲下楼去。出了楼门一阵夹杂着沙砾的风迎面扑打过来，麦嘉半睁半闭着眼跑过去，牢牢扶住被风吹弯的小树。她蹲下来护着小树，用自己的身体做一堵墙，为小树苗遮住狂风抵御寒冷。

　　黑夜里，凛冽的风吹得麦嘉缩成一团，困倦没了大半，刚才梦里还在美丽的天府之国，瞬间就回到长风万里的戈壁。麦嘉蹲在风中瑟瑟发抖，天壤之别的对比让人悲从中来，自己一个人跑到这荒芜之地，远离家人好友，忍受寂寞煎熬，没有明确的生活目标，更不知道未来的方向……委屈、茫然和自艾自怜一阵阵袭来，她一屁股坐在地上，在风声的掩饰下哭起来。

　　风声渐弱，天色发白，经过一番无所顾忌的宣泄，麦嘉心情好了许多，她准备回宿舍睡个回笼觉。

　　麦嘉起身拍拍裤子上的土，抹了一把脸，脸上的泪早已被风吹干，头发乱蓬蓬的，夹杂着沙粒，她一边抖着头发里的土一边往回走，抬头看到蓝戈、小米和李伟强站在宿舍楼门口，三个人不知道是什么时候来的，估计来了有一会儿了，因为他们看上去很平静，正靠在门框上默默地看着她……

　　柔弱的丁香树在众人呵护下扎下了幼嫩根系，它牢牢吸附在硬土上。麦嘉发现，这株小树对戈壁的适应能力比她强，现在树苗长得足够结实了，已经不用再担心风会把它吹跑了。

第十章 在测量站里种菜

年初，司令部提出基地建设要达到"试验手段现代化""后勤保障正规化"。基地因为地理位置特殊，基础设施和生活条件滞后于内地，近些年建设进展缓慢。为了解决施工人员不足的问题，后勤部提出不等不靠，由各团站官兵完成部分基础设施建设。

面临的首要的任务是铺设连接各点号的光缆，建立科研试验网络。从司令部到最远的小点号有两百多公里，在两百多公里的硬戈壁上挖沟不是件容易事，何况现在还是天寒地冻的季节，冻土使戈壁更为坚硬，官兵们完成任务的难度陡然加大。

基地司令部率先认领任务，要求去挖发射阵地北边的那一片区域，那片区域地表有岩石层，开挖难度最大。司令部的举动引发各团对有难度任务的争抢，好像谁能抢到难挖地段就代表他们团的战斗力更强似的，一时间"难啃的骨头"成了抢手货，最后不得不由后勤部统一分配任务，按照距离营区远近进行了均分。

这项临时性工作如同投入湖心的石子，给平淡生活带来了阵阵涟漪，测量站官兵兴奋地谈论了好几日。

终于等到外出这一天，大家扛着铁锹和镐头到楼前列队，嘻嘻哈哈爬上大卡车。车在没有路的戈壁奔跑，戈壁石粒和沟坎形成的"搓板路"坑坑洼洼，车厢里官兵们你撞我一下我撞你一下，互相推搡着笑闹。

半个多小时后，大卡车来到矮山脚下，这就是今天的目的地。矮山如同一块浑然一体的巨石，粗犷的山体上布满层层叠叠的褶皱。天空飘来几朵云，一束光挣脱遮挡从云朵缝隙照射下来，照得小山半阴半阳。

后勤部已经标出了光缆沟路线，旁边三站、二站官兵来得早已经干开了。政委进行了简短动员后，脱掉军大衣抡起了镐头。官兵们沿着光缆沟十米一人，队伍蜿蜒了好几公里。

戈壁滩冻土层有一米厚，为保证光缆在冬季使用不受影响，沟深必须达到一米二以上，宽度要保证五十厘米。戈壁滩地质结构多样，有的地段布满硬石，一镐下去只能砸出个白点儿，有的地段是厚厚的细沙，挖起一锹沙子流回去大半。这种体力活很多人入伍前没干过，大家甩着膀子使出了浑身力气，也只刨出一段浅浅的小沟。施工的困难程度超出了大家想象，一班人干了半个下午，沟还没见成形，手上已经磨出了血泡。

高强度的劳动透支了体力，大家当天只是觉得累，第二天就胳膊酸痛，工程进度明显减慢下来。

王栋带着炊事班来送水，他们在工地旁搭起了野战灶，煮了一大锅甜姜汤。一会儿工地上空飘出阵阵热气和姜香，大家围坐一圈喝着姜茶，休息的时候王栋还给大家唱了一段豫剧《朝阳沟》，教导员表扬他：" 王班长工作方法还挺多，又是送糖水又是唱豫剧，怪不得大家说你是炊事班的指导员！" 大家笑着闹着缓过劲儿来，收工的时候已颇见成效。

两百多公里的光缆沟，上千名官兵奋战了两个多星期，按标准完成了建设任务。

光缆沟挖好后，测量站启动种菜工程。在戈壁滩种菜是件史无前例的大事，面临的第一个挑战是土壤。戈壁土由大大小小的石子混合而成，又硬又不透气，这是植物无法存活的原因之一，因此要种菜首先得换土。

星期天，测量站派了大卡车去牧区找土，车上拉了小半车面粉和大米。卡车一直开到戈壁边缘才到达牧区，和牧民商量后，用面粉和大米换了满满一车羊粪。

车回到营区时正是晚饭时间，麦嘉走出楼门正往饭堂走，远远看到满载的卡车驶过来，她看不清车里装着什么，只看到三四个人坐在那堆东西上面，车行之处扬起一路灰尘。

车停到遥测室门口，麦嘉才看清楚是满满一卡车羊粪，王栋、龚平和另外两名战士正坐在羊粪堆上，作训服上沾满了草屑和灰土。

车刚刚停稳，车身裹挟的尘土带着一股混合着草腥的异味向四周弥漫。麦嘉用手扑扇着后退躲避，直到踩到身后李伟强的脚。

王栋在车上喊："麦姐，快去叫大家到菜地卸车。"大家匆忙扒了几口饭，扛着铁锨到菜地集合。

炊事班已经提前挖开一块地，把十几厘米深的石子混合土清理出去了。大家奋力干了大半个时辰，才把老乡的羊圈土堆到菜地里。

王栋入伍前在家里种过几年菜，自从教导员告诉他炊事班要承担种菜任务后，他就兴奋得不得了，认为整个测量站再找不出第二个比他更有经验的人，要说蒸馒头他可能不如他的兵，但要说种菜他自认为是行家里手，带领大家种菜这件事非他莫属。

现在终于轮到他大显身手了，他带着大家把土均匀撒在规划好的区域，又耙又锄细细过了好几遍，把地整平整。他灰头土脸叉着腰："再过几个月就能吃上新鲜菜了，想想就带劲！"

几天后菜苗终于运到32号，大家都去了菜地支援炊事班。王栋从靶标营要来几段伞绳，在菜地拉起绳子，嘴里振振有词指挥着："拉紧拉紧，要横成行竖成列，就像站队列的样子。"

他一会儿嫌绳子拉斜了，一会儿嫌坑挖深了，大家来回返工了好几次，一群人站起来蹲下去，围着菜地团团转。有人扔了伞绳嚷嚷说："王班长你这也太死板了，菜长出来就是一片绿，谁看得出来行和列！"

"可不是嘛，简直就是多此一举，动作麻利点儿，直接把苗栽进去！"

王栋很权威地摆手："不中，不中，菜和人一样得用规矩框着。你们没经验，都听我的！"

大家忙碌了小半天，终于把菜苗栽进地里，一群人扶着腰站在地头观望，只见一小片绿菜苗整整齐齐排列着，在四周都是戈壁的大背景下，映衬出一种壮观的气势。大家七嘴八舌地议论，说如果菜苗能种活，就彻底告别吃菜靠运输的历史，冬天也不再只是那几个单调品种了，那些个蕨菜、茭白罐头再也不用吃了。

趁大家乱哄哄地说话，李伟强悄悄凑到麦嘉身边，低声说："麦参谋你就是咱站的福星！你一来就给咱们带来绿色，你的树能活这些菜也能活，以后咱就能吃上自己种的新鲜菜了，你可是创造历史的人！"

好容易说出这么谄媚的话，李伟强的脸都有点儿红了，他没注意身后竟有人在伸着脖子偷听，话音刚落，龚平就附和说："李工的意思，麦姐就是戈壁滩种菜的祖奶奶么！"

大家一阵哄笑，麦嘉更是笑得手舞足蹈："你小子今天说到点儿上了！以后你们吃菜都得记得我！"李伟强本来有些尴尬，看到麦嘉开心的样子，也放下面子笑了。

经过几天辛苦劳作，"测量站菜园"建了起来。

戈壁滩早晚温差大，虽然已到初夏，夜晚地表温度也只有五度，到了中午又晒到四十度，菜苗栽下后面临着温度的考验。

怎样才能让柔弱小苗安全度过寒冷的夜晚和炎热的正午？早在菜苗运抵前王栋就想到这个问题。当时这道"世纪难题"让王栋愁眉不展，寝食难安，挠掉了大把头发也没想出办法，战士们七嘴八舌出了很多主意，但在王栋看来大都不好操作，他一心要找一个实用便利的法子。

当你一心想做成一件事时，全世界都会来帮你，王栋说这话用在自己身上正合适。他走路吃饭上厕所无时无刻不在思考这件事，果然精诚所至，金石为开，他在厨房外转悠时看到了堆在墙角的空罐头盒，这些罐头盒让他茅塞顿开。罐头是饭桌上的主要食品，哪一天不得产出一堆空罐头盒，这些取之不尽型号齐全的铁皮盒子，正是保护菜苗的绝好材料。

晚饭后，王栋带着战士们从饭堂抬来几筐空罐头盒，他们在每株苗上小心翼翼扣上一个盒子，犹如给每株菜苗盖了间小房子。王栋说有了罐头盒，就不用担心晚上的低温把苗冻死了。

第二天一大早，龚平和战友们来菜地时，看到王栋已经蹲在地头，旁边堆了一沓旧报纸，他正盯着菜苗琢磨着什么。

上午气温渐渐回升，王栋指挥大家把罐头"小房子"掀开，说得让菜苗晒太阳。临近中午空气变热，冷热交替间阵阵热浪袭来，王栋招呼大家用报纸叠三角小帽子，罩在菜苗上遮阴降温；等到下午，一众人马再一次散在地里，挨个把"小帽子"掀开透气……还没等歇一会儿，天色已到傍晚气温开始下降，王栋又吆喝大家赶紧去扣罐头盒……

三四亩菜地上千棵苗，每天掀盖几千次，战士们几乎一整天都在弯着腰忙活，累得筋疲力尽，在照管菜地的间隙一个个瘫坐地头，再也没力气打闹斗嘴了。

王栋也承认办法有点儿笨，但这是个有用的办法，解决了菜苗过夜和怕阳光暴晒问题，菜苗栽下后安全度过了适应期。

龚平晚饭后去找蓝戈聊天。蓝戈和麦嘉纷纷夸赞炊事班的"创举"，说王栋想的办法好，用一个简单的办法救活了菜苗，为测量站做了大贡献。龚平却一脸不以为然："啥贡献，我们班长那是在表现，他有个人目的。"

"什么目的？"

"他想转士官，但我老乡都说他没戏，炊事班一个蒸馒头的伙夫还想转士官？没门！"

麦嘉听了给他一拳："谁告诉你炊事班不能出士官？"

蓝戈也帮王栋说话："你们不是老说王班长是班里的'指导员'吗？他的思想境界可不是你说的那样。"

"反正我看他悬，咱基地是技术流的吃香，要转士官，得像戴班长那样干技术的。今年咱遥测室只有两个名额，听说八九不离十是油机班班长和天线班班长，所以说干炊事班没啥用。"

不管有没有用，王栋看上去一副不在意的样子，他一心一意要把菜种出来，对自己转士官的事和谁也没提。

王栋安排龚平和列兵齐少峰专门负责菜地工作，他说："炊事班的头等大事就是菜苗存活，大家伙能不能吃上新鲜菜，就看咱这一锤子买卖了！"

经过站领导同意，王栋带着炊事班在菜园旁盖了间小土房，龚平和齐少峰把被子搬了过去，开始昼夜监控菜地状况。王栋说："其他事就不用再管了，你们就一项任务——给我伺候好这几亩地！"

菜地刚刚试种，一时半会儿水管子还通不过来，炊事班在菜地旁挖了一口井，龚平每天从井里打水浇地。他用背包带拴着水桶汲水，再一桶桶拎上来。

汪主任和席教导员商量："咱炊事班是技术室的炊事班，他们身后还有一群技术干部,在后勤部没接通管道之前,让室里的年轻人去想办法,对菜地用水进行自动化改进。"

经过一个星期的准备,水井旁架起了几米高的木架子,架子上放置着用铁皮焊接的巨大储水桶。李伟强和蓝戈用机房废旧零件改装成了抽水机,平时把水抽上来储存到水桶里,用的时候再用皮管子引入沟渠。后来他们又进行了优化改造,在抽水机上加装"定时开关",可以根据水桶容量在加满水后自动断电,这样上水就不用人盯着看了。

夏末的时候,官兵们终于吃上了新鲜菜。南瓜、冬瓜、茄子、青椒、西红柿,菜的种类还真不少,戈壁滩阳光充足,昼夜温差大,菜长得比内陆地区的个头儿要大,而且肉质更厚,甜度更高,颜色也格外鲜亮,那段时间每天饭堂里都能飘出新鲜蔬菜的清香。

餐桌上的变化不仅为官兵们增添了幸福感,还小小改变了戈壁"生态",两只闯入军事区寻食的骆驼循味而来,开饭时在玻璃窗后探头探脑,全程"观摩"大家用餐。王栋看着不忍心,去后厨拿了些青菜招待"客人",这让这两只骆驼养成了定时来访的习惯,可惜蔬菜数量有限不能都分给它们,王栋看着眼巴巴不肯离开的骆驼,只好端了一碗盐给它们吃。

蔬菜收获的季节也是转士官工作尘埃落定的时候,大家如愿吃上了新鲜蔬菜,但王栋没有如愿提成士官。和王栋同年兵的油机班班长、天线班班长都提了士官,这正应了龚平的话,炊事班的工作最不起眼,也最没价值。

再过几天王栋就要离开部队了,尽管炊事班战士平时不满班长的严格和固执,但是知道班长真的要走了,大家都闷闷不乐。龚平更是为班长打抱不平,说班长这么吃苦能干的人如果在天线班铁定能转士官,就是因为在炊事班才没有这个机会,这事太不公平。

王栋不让大家议论,他说:"教导员说了,炊事班也是人民解放军序列里的一员,只要是编制序列里的就说明是不可缺少的,它和技术岗位一样,不过是分工不同。"

王栋天天待在菜地里拾掇菜,他叮嘱龚平和齐少峰要服从新班长的管理,要服从命令守纪律照料好菜地,看住炊事班的"战斗成果"。

王栋正忙着交代后续工作,基地调查组到测量站来调查王栋,说一天前军务科收到了匿名告状信,称测量站在选拔士官工作中存在不公平现象,一些符合条件的老兵没有提成士官,其中专门提到了王栋。

调查组很快就圈定了范围,这么明显的指向太容易核查了。席教导员和汪主任一听说这件事就知道八九不离十是龚平干的,果然龚平也承认是自己写的信:"一人做事一人当,信是我写的,我就是替我们班长不服气!"他说起这事时满脸仗义和正义感。

但是调查组不认为这事可以"一人当",怀疑事件中有王栋指使的因素。

调查组速战速决,结论是测量站党委和遥测室支部在选拔工作中不存在任何问题,王栋正常复员,龚平等待接受组织处理。

龚平又惹了祸,怕班长生气,在王栋走的那天跑到外面躲起来,一上午没在班里。王栋在猪圈找到龚平时,他正坐在猪圈房顶上发呆。

王栋爬上房顶坐到他身边,和他一起看着远方的地平线:"你啥时候才能让人省心,这冲动的毛病得改改。"

"我怎么着都无所谓,就是觉得班长太亏了。"

"你这想法不对，教导员上课不是说了吗，军人就是奉献的职业，比起奉献更多的技术干部，咱干这点事算个啥。"王栋说得平淡，龚平却听出了里面的悲壮与不舍。

龚平心里委屈，他分不清是不想离开班长自己委屈还是班长吃了亏替他委屈，反正心里就是难受，忍不住抹起眼泪来。

王栋从猪圈房顶下来的时候，通讯员正冲刺一般跑过来，他跑得气喘吁吁，拽住王栋说基地军务科通知他不用走了。

后来大家才知道，前一天基地副司令到发射阵地了解任务准备情况，听说测量站吃上了新鲜蔬菜，提出来去看看菜地。副司令在菜地前被那几亩茂盛的蔬菜感动了，说"炊事班一样能产生战斗力"，当下交代同来的参谋马上向军区机关请求特批名额。

龚平把班长留下来的功劳全扯到自己身上，他满脸得意地向大家吹嘘："是我的那封信引起了领导的注意，所以说嘛，关键的时候就不要怕犯错误！这就叫'破釜沉舟''背水一战'，只要我们班长能留下来，我受几个处分都值！"

王栋教导他："做事不能意气用事，冲动成不了大事！"他对炊事班战士们说，"在哪个岗位上都能大有作为，炊事班干好了和天线班、油机班一个样！"

大家觉得这话听得耳熟，想了想，这不是教导员说的话嘛！

第十一章　李伟强和麦嘉的秘密

距离基地举办冬训竞赛只剩两年时间了，汪守义还没有同意蓝戈上机。

蓝戈和杨叔坐在树下聊天，杨叔听明白了蓝戈的担心，她的焦虑是时间就这样荒废了。杨叔说："时间是你的，在于你自己把握，没有荒废得了的时间，只有不会利用时间的人。"他看着面前的墓碑，"对于活着的人来说，任何困难都有办法克服。"

看着队列一般的墓碑，蓝戈平静下来。杨叔给她分析："上机训练是熟悉业务的好方法，但是不上机也有别的办法熟悉业务。看试验报告就是一条学习捷径，可以从中了解导弹的飞行特点，了解试验失败的原因，能让你在最短的时间里了解更多的信息。"

试验报告在试训股档案室保存着，非试验技术人员不能调阅，即使是试验技术人员借阅也需要有技术室领导签字。以她目前的情况没有资格借阅资料，更不要说还须经过汪守义的批准。

麦嘉自从得知汪守义对蓝戈吹毛求疵，就对汪黑脸心存不满，这个破地方有人愿意来就不错了，蓝戈主动要求来小点号一心钻研业务，到哪儿去找这么优秀的干部？可是汪守义不仅不支持她还想方设法地打压她，不知他是怎么想的，真是不可理喻！

别看麦嘉是个秀气柔弱的川妹子，内心里却和李伟强一样是个侠肝义胆的豪爽人。

在试训股每周一的工作例会上，麦嘉向李股长提议对试验档案进行整理，她说："器材股仓库的元器件进行了信息化管理，戴旭说查找起来速度也快了准确率也高了，其他站的同志正一拨拨来咱们站学习呢。咱们近水楼台，是不是也去取取经，给咱们试验档案进行一个管理升级？"

这话说到了李股长心里，他两眼发亮在办公室踱步思考："麦参谋这个提议好！往年积累下来的试验报告越来越多，查找起来非常不方便，如果也能像仓库一样进行信息化管理，问题就解决了。"

"股长，最近试验任务不多，借阅报告的人少，要不咱们抓紧时间升级一下？"

李股长是个急脾气，恨不得现在就开始干："就这么定了！赶快去落实人员，争取尽快开始工作！"

麦嘉歪头想了想："仓库的信息化管理系统是遥测室的蓝工设计的，要不咱们让蓝工来看看？"

李股长用手指着电话："赶紧的！现在就去通知汪守义，让蓝工今天就过来！"麦嘉内心一阵窃喜，连忙跑去打电话。

蓝戈顺利来到试训股档案室，边整理档案边学习试验报告。

麦嘉一门心思要帮好友实现参加竞赛的愿望，但她只能在自己的一亩三分田里创造机会，离开试训股也毫无办法，她给蓝戈出主意："光有理论不行，你还得实践，接下来咱们得想办法去操作设备。"

"上机流程你是知道的，没有得到汪主任批准，我没资格上机。"

麦嘉转转大眼睛计上心来："不上机也能学，我看李伟强挺好说话，可以让他教你嘛。"

蓝戈摇摇头："李伟强是汪主任的得意学生，他怎么可能违背汪主任的命令？"

麦嘉神秘地笑笑："如果他就是愿意教你呢？"

蓝戈还是摇头："那我也不想给他出这种难题，他是汪主任最信任的人，我不能破坏汪主任对他的信任。"

麦嘉无奈地看着她："你们这些技术干部……干什么事都这么

认真，又不是要发射导弹！"

秋天是戈壁滩最美的季节，麦嘉策划着要去看秋天的胡杨。石参谋给她推荐了一处地方，说营区北边三十公里外有一小片原始胡杨林，听说到了秋天叶子金黄闪亮，在夜晚月光下映得树林一片通明。石参谋说他自打来 32 号就听说这个地方了，到现在也没捞着机会去，撺掇麦嘉一起去跟李股长请假。

麦嘉听了恨不得马上就去看看这个"传说"，石参谋说时候未到，去得早了看不到树叶全部变黄的壮观，去得晚了部分叶子会被秋霜打掉，所以得选好时机。

石参谋掐指一算，说不用等太长时间，十月上旬就可以了，到时候一夜寒露会把胡杨树叶全部变成金黄色。麦嘉按捺着性子等了几天，在得到石参谋确认后，计划这个周末去秋游。

麦嘉和石参谋老老实实给李股长请了假，然后她专门去邀请了李伟强同去："外出得有男同志保驾护航，不然在野外没安全感，迷路那样的事是绝不能再发生了！"李伟强非常乐意为女士出游营造安全感，一口应承下来。

小米问麦嘉："咱们没有交通工具，步行是不是太远了？"

麦嘉早有打算："菜地新添了一头毛驴，咱们这次就来个'自驾游'。"

周五晚上，王栋把小毛驴牵到宿舍楼，麦嘉新鲜地围着左看右看，用手试着抚摸驴背，看这牲畜脾气温驯，得寸进尺捋了半天。

第二天麦嘉起个大早，她身穿迷彩服，头戴迷彩帽，斜挎军用水壶，跑下楼去布置一行人的"旅游车"，她对蓝戈和小米说："就算是坐驴车也要有仪式感。"

李伟强早先一步在楼下待命，麦嘉下来的时候已经把驴车上上下下擦了个净，正拿了褥子往车厢铺。石参谋搬来方便面、肉罐头和饮料，再加上野炊用的锅碗瓢盆，装了满满两大纸箱，看上去颇有出游的感觉。

炊事班听说麦参谋要在周末外出，特意为小毛驴准备了一盆蔬菜，说是给麦参谋的"旅游车"加油。

为了营造仪式感，麦嘉拿出了她压箱底的羊毛大披肩，那是她参军前的心爱之物。绚丽的披肩铺到驴车上，驴车就不再是驴车了，华丽浪漫得像童话里穿水晶鞋公主的南瓜马车，麦嘉上下打量着满意地点点头，这是她喜欢的"范儿"。

一切准备就绪，麦嘉利索地跳上驾驶座。石参谋在家侍弄过牲畜，看了麦嘉的赶驴架势赶忙去拉她："这活儿你干不了，还是我来吧。"

麦嘉不服气，非要试试，她挥着鞭子，瞪眼发出严厉的吆喝声。驴子并没被她凶巴巴的声音和模样吓住，还回首望望她纹丝不动，任她又喊又叫地"表演"。

"旅游车"迟迟没启动，震天响的声音吵醒了还在睡梦中的人，窗户后面陆陆续续探出睡眼惺忪的脸，一唱一和地朝麦嘉喊："麦姐，你做思想工作挺在行的嘛，快拿你的杀手锏出来！"

"麦姐做思想工作就拣我们这种听话的，对驴没用。"

"你的意思是麦姐专拣软柿子捏吗？"

……

麦姐气得怒火中烧，鞭子在车辕上敲得更响了，那头驴毫不理会，在原地踏步转圈。

石参谋忙把麦嘉拽下来，侧坐上车辕抖抖缰绳。这头驴与麦嘉僵持一阵，见换了主人，竟然借坡下驴跑开了，麦嘉气得怒斥道：

125

"真是头吃软不吃硬的倔驴!"

这头驴在菜地没干过多少活,炊事班对它很是照顾,它平日里待遇不错,地位相当于半个宠物,现在驮了一车大呼小叫的人惊慌失措,出了营区在茫茫戈壁东一下西一下乱窜,全无"行驶"章法。

颠簸的道路加上倔驴使性子,让原本打算旅途观光的乘客们备受考验,既要保持身体平衡又要操心锅碗不要掉下车,一路上拧着身子拽这拉那个,一会儿坐一会儿蹲,根本无暇观赏风景。

到了目的地,大家已被驴折腾得浑身酸痛,车上也是一片狼藉,羊毛大披肩早被揉成一团堆在车尾。麦嘉急着看景,抢先跳下了车。

众人面前有一条缓缓流动的小河,清净得如同源头之水,河床两侧就是那片原始胡杨林。林间树木满树金黄,缤纷的倒影投射在河中,一阵风吹过,岸上胡杨在风中摇曳,河中倒影在波中荡漾。

石参谋把驴拴到一棵小胡杨树上,招呼大家进树林里看。这是一片没有人迹的树林,树木大大小小形态各异,有的挺拔直立翩然尘外,有的横伸斜倚旖旎多姿。黄沙掩埋了部分胡杨,它们从沙丘伸出枝丫,举着一树金色树叶,在烈日下闪着耀眼光泽。

这片胡杨林在军事禁区内保存得极为完好,树林深处还横七竖八倒着一些死去的树木,倒地的胡杨被狂风劈剪出造型独特的干枝,或直刺蓝天,或蜿蜒盘旋,或横卧沙堆,裸露在空中的枯根筋脉扭曲,树皮质地粗糙、纹理夸张夺目,但枯树并不显狰狞,反而流露出历尽沧桑的温柔。

在美丽的胡杨林面前,麦嘉诗兴大发:

也许自有生命以来

它们就隐匿在这里

直到生命结束轰然倒下

也没有人目睹过它们的风采……

蓝戈接话说:"你说得很对,不过即使不被人看到,也不妨碍它活得灿烂。"

麦嘉诗兴被打断,但她觉得蓝戈不是在打断她,而是在应和她,她歪头看着蓝戈:"你们说我是诗人,我看你也很有诗人潜质!"

大家在林子里走了一圈,商量着准备野餐。麦嘉指挥大家把锅碗瓢盆搬下来,她安排石参谋去找枯枝生火,蓝戈和小米准备午饭。她指指李伟强:"我要去采风拍照,李工负责跟着我记路,免得我再迷路走丢了。"

李伟强乐颠颠跟着麦嘉走了。

麦嘉和李伟强回来的时候,大家已经准备好了午饭,树荫下铺了一块雨布,盆盆碗碗的摆了一小圈。大家边赏景边野餐,吃到尾声时石参谋提议:"咱们以水代酒,食物接龙怎么样?"麦嘉大声叫好,李伟强看看麦嘉也跟着附和,大家开心地笑着。

蓝戈坐在一边默不作声。"食物接龙"是官兵们吃饭喝酒时常玩的游戏,她从来没有玩过,大家还有很多别的消遣方式,她都不会,除了工作她几乎没有任何爱好,更没有任何特长,这样的场合她总是因为无法融入而感到窘迫。小米悄悄看了一眼蓝戈,说:"今天还是好好赏景吧,这么美的景色不多看几眼都觉得可惜。"

石参谋说:"也是,我当了十几年兵这是第一次来,可能转业前也就这一次机会了。"

傍晚返回时，驴子已经适应了它的新工作，没再耍脾气，不紧不慢拉着一车人往营区奔。他们面向夕阳而行，温暖的光线为戈壁滩增添了脉脉温情，麦嘉感慨："这景色不就是'大漠孤烟直，长河落日圆'吗！来基地这么长时间，总算感觉到古诗的意境了，能看到这样的美景，来基地也值了！"

这次秋游后，李伟强和麦嘉的关系往前大大跨了一步，成为有默契的朋友，因为他们有了一个共同的"秘密"。这个秘密是属于他们两个人的，而且李伟强向麦嘉承诺，不让师父汪守义知道这个秘密。

这个"秘密"就是教蓝戈操作设备。当时麦嘉在一片老胡杨树下捡拾树叶，捡几片给李伟强，再捡几片又跑来给李伟强，李伟强举了两手黄灿灿的大树叶，站在那里看着麦嘉，她开心得像个不谙世事的小姑娘，让他看着满心灿烂。

李伟强傻呵呵地举着两只手，仿佛那是两瓶插花。麦嘉给他满满的手里再塞进几枝，一边欣赏着那两丛叶子插花，一边说："李工，我想求你帮个小忙。"

李伟强太愿意帮麦嘉的忙了，一口答应"没问题！"当麦嘉说出这个"特殊任务"的时候，李伟强犹豫了。汪守义不同意蓝戈上机是大家都知道的事，汪守义从来没有掩饰过自己的想法，李伟强作为他最信任的徒弟，没有理由违背师父的命令，所以要完成麦嘉说的"任务"有点棘手。

看到李伟强犹豫，麦嘉一脸胆怯："蓝工又不是干什么违反纪律的事，她就是想钻研业务，这也符合上级机关和领导的号召呢。"麦嘉像个犯了错误的小女孩，弱弱的样子让人心疼。

麦嘉与他近在咫尺，可怜巴巴地看着他，他看得见她眼里怯懦的波光。李伟强见不得麦嘉受委屈，他动摇了。麦嘉说得很有道理，如果蓝戈和他一起切磋讨论，有助于把任务难点摸深吃透，也算是践行基地机关号召了。

来自孔孟之乡的李伟强最讲道理了，这个光明正大的道理说服了他，当然这个说服还附带着一点私心，那就是有这么一件连最亲密的师父和最要好的朋友都不能说的事，他和麦嘉的关系也就不再是一般的同事或朋友关系了。

李伟强很激动和麦嘉有了共同的秘密，认识麦嘉这么长时间，他们的关系在今天有了实质进展。李伟强第一次见麦嘉就很喜欢她，但这么长时间以来一直掩饰着自己内心的感情。李伟强老家在山东的一个二线城市，家庭条件普通得不能再普通，外表也很一般，像他这样的干部在基地一抓一大把，遍地都是。而麦嘉和他相比浑身都散发着耀眼的光芒，她模样漂亮灵秀，性格活泼可爱，他从来没见过这么可爱的女孩子。麦嘉是个典型的南方女孩儿，和他们北方的女子完全不同，她的一举一动一颦一笑都让他觉得那么与众不同，她走到哪儿都吸引着他的目光，站在她面前就像从导弹掩体的阴影里走到灿烂的蓝天下，满身心都是温暖的阳光。

李伟强本来就有点大男子主义，因为麦嘉的优秀而心生退却，又得知麦嘉家庭条件优越，父亲还是军区机关的领导，内心更增添了卑怯。他不敢走近她，只是远远跟随着她。现在麦嘉主动走近他向他求助，他们俩有了这个共同的"秘密"，李伟强成为能给麦嘉排忧解难的贴心人，一下子从普通同事跨越到"铁哥们儿"这个级别，他兴奋得想原地跳起来。

秋游回来后，李伟强加了两晚上班复制出一本手抄笔记，他送给蓝戈说："这是我整理的设备操作心得，咱们俩一起学习研究。

这个笔记你先看一遍，过两天我再给你讲。"

从那以后，每天晚上《新闻联播》一结束，李伟强就会默契地跟着麦嘉离开电视室，蓝戈的宿舍成了他们的"自习教室"。他给蓝戈讲操作理论，讲遥测室机房设备原理。麦嘉有时会坐在一旁边看书边听一耳朵，时不时插话参与，她说："李工天生就是个好老师！连我这个外行都听明白了。"

周五晚上李伟强照例来给蓝戈补习，他一脸神秘地看着她："这个周末我带你去上机，现场讲一讲怎么操作。"

蓝戈迟疑："要是被汪主任知道了……"

"我打听好了，这个周末汪主任要去基地生活区办事，他不在32号。"

周末一大早，李伟强真的带蓝戈去了机房。蓝戈第一次这么近站在遥测设备面前，这一年里她不知多少次梦到自己操作这台设备，也不知多少次向汪守义申请上机和他争执，她梦想着能有这一天，现在真的站在它面前了，却带着忐忑和不安。她对李伟强说："别开机，汪主任知道了会批评你的，你给我讲讲就行。"

蓝戈坚决不让李伟强开机，李伟强只好作罢："那我给你照着设备讲讲，咱们俩徒手模拟操作流程。"

后来李伟强和蓝戈还悄悄去过几次，两人害怕被汪守义知道，更多时候蓝戈在宿舍模拟记背。

时间过得真快，又一年夏天来临。过去的这一年里，蓝戈仍然没有得到汪守义的上机许可，她只能自己默默学习和练习。一个人的学习枯燥而乏味，考验着她的毅力与耐心，激励蓝戈坚持下去的是母亲遗书中充满希冀的话，她也一直记挂着自己对父亲的承诺。她日复一日抱着资料钻研，希望能够快速提高业务能力，离父亲当年的工作状态近一些，离自己给自己设置的目标近一些。

在这个学习过程中，麦嘉和李伟强是她坚定的支持者，在他们的帮助下，她模拟设备操作，通读试验报告，逐渐熟悉了上机操作流程，也初步掌握了通过异常数据判断故障的办法。

像蓝戈这样默默积蓄力量的，还有麦嘉种下的那棵丁香树。它的根已经扎得足够深，一般的风沙无法再对它构成威胁，树干长得大拇指般粗了，树冠犹如小伞一般。在戈壁滩上，这样的一棵树已经可以称为"大"树了。

七月，营院里的白杨树已经枝叶繁茂，有了初夏痕迹，丁香虽然还是那么弱小，但她绽开了生命里的第一簇花，虽然花期比内地晚了两个月，开得却不敷衍，枝头累累的花簇沉积着漫长冬季中蕴积的能量。花簇在绿叶中露出深深浅浅的紫，树冠四周弥漫着淡紫色光芒，粲若紫霞，氤氲生烟。戈壁之中，朝阳之下，丁香就这样柔弱而恣意地绽放着，丝毫看不出它经历过一场场风沙。

麦嘉是第一个发现小树开花的人，惊呼着跑楼道里喊大家出来。正是周末早上，起床的没几个人，麦嘉跑进门口值班室，不由分说拿起值班员哨子吹了紧急集合哨。

三四分钟的工夫大家跑下楼来，开始自行列队，麦嘉笑嘻嘻地说："对不起了，扰了大家的好梦，但是这件事非常重大，为了不让你们错过，我只好'以权谋私'了！"

大家听说是要看花，松散队伍围到小树旁，这些来自天南海北的人什么样的花树绿植没见过，一株小树开花是多大点事儿，但大家和麦嘉一样兴奋，兴高采烈地围看着。

大家在树前吵嚷着笑着，麦嘉问一旁的蓝戈和小米："你们说为什么一棵普通的树能给大家带来这么多的欢乐？"

"因为弱小的植物也能赋予我们精神力量。"

"心理学认为物质是外在能量,精神是内在能量,能解决问题的永远是你的内在能量。"

麦嘉和战友们欣赏着那一小簇丁香花,她们曾经有过的颓丧、失落与犹疑,都在大家的欢声笑语中烟消云散,她们各自萌生出一股信念,觉得自己有能力抵御孤独和寂寞,有力量逾越眼前的迷茫与现实。

第十二章　命运里的机会

周高工正在办公室看试验报告，接到基地参谋长田学民打来的电话，田学民问："你那儿进行得怎么样了，那丫头松口没有？"

"你的孩子自己还不了解吗？"

田学民在电话那头说："这个犟劲儿跟老蓝还真像。"

"女大不由人，到底是留还是走，还得看人家孩子自己的意愿。"

"已经走到这一步了，计量所前几天还问我什么时候去上班，你抓紧吧，我等你消息。"

"这丫头脾气倔着呢，不那么容易低头。"

田学民放下电话，心想蓝戈从小就这样，越是遇到难事越要顶着干，那股不服输的劲头和蓝一石一模一样。蓝一石去世十几年了，时间的流逝非但没有冲淡田学民的记忆，反而把那些珍贵的日子冲刷出来，让他越来越怀念那些美好时光。

也正因为那段让他难以忘记的战友之情及失友之痛，促使他反对蓝戈去发射阵地工作，即使他知道他的反对给她造成了烦恼，但他还得那么做。

在蓝戈受到打击情绪低落的日子里，杨叔是她的精神支撑。杨叔对生死看得透彻，对世事想法超脱，常常说出让蓝戈深思释然的话，让她从中找到方向。看到蓝戈没机会上机只能自学，杨叔鼓励她："当你想干一件事的时候，不放弃是最重要的，平庸与卓越之间的差别就在于长期持续的坚持。所以不要畏惧你遇到的困难，即使没有人支持也要坚持。"杨叔的话就像黑暗中的一盏灯，让她一次次燃起向前行进的动力。

蓝戈在试训股出公差期间，一边整理报告录入电脑，一边抽空阅读学习。她看完了基地建场以来的所有试验报告，熟悉了红2系列和红3、红7的失败案例。

试验档案已全部整理归档，信息化管理系统也建立起来，蓝戈在收尾阶段萌生了一个想法，想要对历年遥测弹出现的问题进行对比分析，为以后的试验任务积累数据。

她把四十年间的导弹试验故障记录整理出来，设计软件进行归纳对比。她发现，新型号导弹发生的问题多集中在火箭发动机上，而老型号导弹问题多集中在导弹制导系统上，这个历史数据分析可为今后的问题查找提供参考，在新型号导弹改进上也应更为关注火箭发动机部分。

这一年间，蓝戈被汪守义多次派去机关帮忙，司政后机关的参谋干事们渐渐熟悉了这个姑娘，他们看着她默不作声埋头工作，凭借一己之力实现了元器件管理和试验档案管理的升级换代，改变了机关固有的工作方式。参谋干事们对她的评价不错，说她理论基础扎实，又能吃苦受累，是个难得的技术干部苗子。大家都相信，虽然她现在还没有从事核心试验任务，但有这样的成绩摆着，干遥测也差不了。

机关一边倒的评价和汪守义对蓝戈工作安排的冷处理形成鲜明对比，测量站开始有人八卦议论。麦嘉趁机跑到小商店那个"信息交换中心"放风，说遥测室汪主任不知道是为了什么事和一个小姑娘置气，不让人家上机，简直就是浪费人才。

这些话在32号传得沸沸扬扬，没过多久就被汪守义听到了，风言风语的传闻弄得他有点儿心虚。站长政委也听到了这些闲话，专门找汪守义问有没有这回事儿，汪守义一口否认，说都是正常的工作安排。

就在汪守义琢磨该怎么安排蓝戈时，试训股向遥测室下达任务通知，要求遥测室做好执行外事任务的准备，说这一次导弹发射时外方要到现场观摩，而且要来遥测车观看设备采集数据情况。

汪守义挂了电话就往机房赶，遥测室正在对遥测设备进行改造，这个突然下达的任务打乱了工作计划，他得通知大家加快速度，尽快完成改造才能给后期的设备调试留出足够时间。

试训股李股长是个急性子，一天三次往机房跑，催着遥测室赶紧完成设备改造。这天晚上他又转悠到机房，进门看到地上还散落着工具和器件，和白天没什么两样，立刻火冒三丈喊叫起来："你们白天都干什么了？都是吃干饭的吗？汪守义，汪守义跑哪儿去了？"

汪守义在隔壁就想象得出李股长发火的样子，忙跑过来解释："马上就好马上就好，主要是人手有限延长了时间。"

"你人手不够？人手不够还派干部在外面出公差？到底是人手不够还是找理由？"

这话戳到了汪守义的心虚处，他提高嗓门争起来："公差不是工作吗？是谁给我们派的公差？"

"汪主任这是给我提意见呢？好好好，我借你的人马上归队，你再不要拿人手不够当理由，我明天早上再来看进度！"

李股长气冲冲摔门走了，没出半个小时蓝戈就跑来机房报到。尽管汪守义嘴硬，但他知道不让她参与试验任务不行了，不知是从什么时候开始，蓝戈不知不觉就把他逼到无法选择的地步。

汪守义拿着《历年遥测弹问题分析报告》来找周高工，他说："我这个黑脸唱不下去了，就让蓝戈上岗吧。她能吃苦，干事又认真，也有工作能力，你看她写的这篇分析报告，有理有据逻辑缜密，咱们开展试验这么多年，还没人能把历年的问题汇总做一个综合分析，这本报告里提出来的问题真要引起咱们的重视了！"

周高工说："把咱们去年冬训小结的考试题拿给她做，看看她这段时间学习得怎么样，有没有建立起基本的理论思想。"

李伟强给蓝戈搬来六七本厚厚的遥测书："汪主任让我把这些书给你，说一个星期后对你进行理论考核，师父还说了，如果你能通过这次考试，就可以上机参加试验任务了！"

李伟强走后，蓝戈拿过那摞书翻看，那些书她已经读过好几遍了。

一周后理论考试，汪守义亲自把试卷拿到考场。这套试卷是去年冬训时周高工出的，当时测量站干部平均分八十三分，最高分九十二分，蓝戈经过这么一段时间的学习积累，不知道能不能达到平均线，汪守义心里有盼望也有忐忑。他自嘲地想，老同志也不淡定了，这可不符合他的行事做派，看来不管蓝戈成绩如何，她都用自己的行动打败了他这个老同志。

蓝戈理论考试成绩是九十分。汪守义偷着笑了，明明是蓝戈打败了他这个黑脸恶人，但他怎么都感觉是自己打败了一个敌人。

周高工给田学民打电话："蓝戈这一年学习很有成效，从测试看她已经掌握了遥测理论，具备了基本的遥测思想。我看这丫头是个好苗子，不让她干技术可惜了。"

周末田学民到32号下部队，临走前让人去叫蓝戈，说在车上等蓝戈一起回家。

蓝戈来测量站前和田叔有约定，他不能在工作上关照她，所以即使田学民到测量站来调研或是检查工作，也从来不会问起蓝戈的情况，更不会让她搭顺车回生活区，现在田学民要等她一起回家，蓝戈第一反应是家里出事了，她急慌慌跑过去："田叔，发生什么事了？阿姨没生病吧？"

田学民乐呵呵地看着她："你阿姨好着呢，她让我今天接你回家，这次咱们俩就破个例！"

一路上田学民兴奋地说了很多事，他悄悄告诉蓝戈："听说测量站正式安排你上岗了，田叔替你高兴，明天周末，咱们一家人庆祝一下！"

饭后两人坐在客厅聊天，蓝戈问："田叔，你终于同意我干遥测了？你是怎么想通的啊？"

田学民得意地笑了："我是被我女儿的坚持感动了，周高工直向我表扬你呢，说丫头干得不错，有老爹的样儿！真想不到啊，曾经的孩子现在成为真正的军人了！"

蓝戈听得眼睛一亮："田叔，你认可我是真正的军人了？！那是不是可以给我讲爸爸妈妈的事了？"

"你这丫头，还挺会接话！"当年蓝戈在去测量站报到的路上问他蓝一石是个什么样的人，田学民说等她成为真正的军人就讲给她听。现在田学民想向蓝戈讲那些事，不仅仅是为了兑现当初的承诺，还因为他看到那些珍贵的时光正在随着岁月日渐远去，而让年轻人记住那时候的人和事，是对那段岁月最好的纪念。

田学民招招手，蓝戈像小时候一样搬着小凳子坐过去。田学民也像小时候要给她讲故事一样，一点点回忆起和蓝一石夫妇共事的时光。

田学民说，蓝一石是航空院校的高材生，毕业后本来留在了北京的科研院所工作，那一年正赶上导弹试验基地组建，急需大批量的专业技术干部，蓝一石就是那时候被选上来到基地的。

蓝一石和田学民都被分到了35号三站，当时技术阵地刚刚组建，试验工作毫无基础。他们在戈壁滩白手起家，做了大量模拟试验和数据对接工作，完善了导弹试验流程和工作规程，一点点建立起完整的导弹试验测量系统。

作为基地第一批技术干部，蓝一石和田学民参与了大量导弹定型试验，蓝一石逐渐成为基地的导弹问题专家。他诊断导弹故障，攻克技术疑难，为军工厂和试验队节约了巨额成本，也为导弹定型提供了理论支撑。

后来蓝一石和田学民先后调到32号测量站，蓝一石在遥测室任工程师，田学民在机关任试训参谋，几年后两人走上领导岗位，蓝一石任测量站高工，负责技术工作，田学民任测量站站长，负责组织部队完成试验任务。他们一个管技术一个管行政，性格一细一粗一文一武，工作配合得十分默契，那几年测量站参与的试验任务达到零差错，年年被基地司令部评为优秀团站。

两人在测量站工作那几年，基地红旗2号改进型试验激增，军工厂频繁来基地进行改进型试验，通过试验改进导弹参数，挖掘导弹战术潜能。那几年基地任务很多，官兵们几乎所有时间都在阵地上。蓝一石和田学民也一样，他们和官兵同吃同睡，日子清苦忙碌，建立了非同寻常的亦战友亦兄弟的感情。

试验工作不可能一帆风顺，蓝一石作为领头人从来没有退缩过，他有一句口头禅："没有完不成的任务，更没有克服不了的困难。"他的乐观自信感染着官兵，大家解开了一道道导弹试验的疑难杂症，蓝一石和田学民成为军区部队赫赫有名的"最佳搭档"。那时候他们俩就是基地的"传说"，上至司令下至战士都知道这对"最佳搭档"，大家都说在蓝高工和田站长手里就没有解不开的难题。

他们俩创造的传说终结在红旗3号试验弹上，那是他们共同面对的最后一道难题，也是他们工作生涯中唯一没有解开的难题。

那是任务是一次普通的试验任务，导弹型号是红旗3号。基地原计划在一周内完成两枚试验弹发射，第一枚导弹发射就出现了问题，导弹升空几秒后，遥测信号出现异常，导弹没有达到预设高度提前起爆。任务失败后，蓝一石就把被子抱到了机房，他带着几名工程师吃住在阵地上，准备用三天时间找到问题，那是他们仅有的时间，因为三天后将发射第二枚试验弹。

那一次查找工作进行得艰难。蓝一石判断导弹失败存在仰角偏小和内部元器件运行不稳定的可能，但是仰角参数容易修改，内部元器件问题不好查找。查找时间延长到了一周，仍然没有找到问题所在。

时间不能再拖延了，在对导弹仰角参数进行修改后，静态测试显示正常，第二枚导弹如期发射。

导弹发射升空后，再次出现了提前起爆问题，导弹在一个小点号上空爆炸，蓝一石等六名官兵伤亡。

田学民说到这里有些唏嘘："老蓝知道这项工作中的风险，他生前对我说过，'我们穿上这身军装来到这个地方，生命就不再是自己的，随时都可能会倒下。我们是站在墓地里的人，倒下的地方就是一座墓碑'。"

"技术工作就是这样，总会有牺牲，基地建场前前后后牺牲了很多名官兵，他们都是因为试验工作而付出了生命。这份职业就像是在悬崖边行走，每一步都有危险，随时都有可能面临牺牲，尤其是导弹发展的初级阶段，我们所面临的风险是你不了解的。"

"你现在工作一年多了，我想也应该有一些体会，技术工作除了长年的孤独、枯燥，还有不确定因素所伴随的危险，谁也不知道自己会不会遇到这个危险。老蓝已经牺牲了，他只有你这一个女儿，如果你再有个好歹，将来我怎么去见他，怎么向他交代？"听田学民说到这儿，蓝戈才明白他为什么反对她回基地，反对她去测量站。

蓝戈不忍心看到他的伤感，打断他："我妈妈是个什么样的人？"

"你妈妈和你爸爸一样，也是一名非常优秀的军人，是我见过的最优秀的女军人。"

田学民说，杨柳和蓝一石是在大学里认识的，蓝一石来基地的时候她在北京的大学里任助教，工作、生活各方面都不错。但是杨柳想放弃这些，到基地和蓝一石团聚。她自己悄悄打听了，当时基地很缺技术干部，杨柳这样有专业有经验的干部是可以直接参军入伍的。

蓝一石早先一步来到基地，了解基地的生活环境，他不想让杨柳过这么艰苦的生活，而且即使两人团聚同时也会面临新的问题，蓝一石和田学民讨论说：将来有孩子了在哪儿上幼儿园？谁来带孩子？这些现实问题都是刚刚处于起步阶段的基地不具备条件解决的。

但是杨柳坚信这些都会有办法，她一心要来基地，她说："我不能让你成为孤独的奋斗者，要和你一起共同面对生活中的苦，一起承担工作中的重。"最终杨柳说服了蓝一石，两个人向组织提出了结婚申请。杨柳大学时的专业是化学，当时基地缺少特种燃料专业的干部，所以很快就为她办完手续特招入伍。

杨柳来基地之后两人就准备成家。那时候蓝一石在35号三站工作，杨柳在34号加注中队工作，他们的家安在基地生活区。两人结婚那天基地有发射任务，上午刚刚打了一发试验弹，蓝一石要去野外查看残骸情况，怕自己不能按时回来接杨柳，出发前特意交代田学民代他去34号接人。后来蓝一石果然把时间耽搁了，等他回到基地生活区的时候，新娘子和参加仪式的同事们已经等了两个多小时。

他们两人虽然在基地成了家，但是工作的忙碌及所在部队的距离让两人团聚的时间并不多，杨柳也需要更多时间投入新工作。红2导弹需要加注剧毒化学燃料，燃料有很强的腐蚀性和危险性，如果外溅会对人身带来巨大伤害。在杨柳来之前刚刚发生了一起事故，一名战士在加注燃料时由于防毒面具破裂吸入了挥发气体，导致呼吸系统全部受损。导弹燃料不仅具有很强的毒性，还易燃易爆，一不小心就会造成严重后果，基地在建场之初因为缺少专业干部及实践经验，发生过多起因燃料泄漏导致的人员伤亡事故。

杨柳面临这样的危险，蓝一石当然很担心，他常常和田学民唠叨这件事，但是他看杨柳热爱自己的事业，还是决定支持她。他克制着担心鼓励杨柳："咱们是技术干部，知道这项工作的危险性，也知道任何危险都是可控的，一定要严格按照程序操作保护好自己！"

在杨柳从事燃料研究的那几年，蓝一石没有因为担心而阻止过她，杨柳也没有产生过对工作危险性的顾虑。他们两人互相支持，逐渐成为各自岗位上的骨干力量。

杨柳是基地第一位从事特种燃料工作的女干部，在特种燃料岗位工作了五年，带出了一批批的"学生"，后来这个岗位的官兵渐渐多了，她才离开34号到计量所工作。

两人不只是专注自己的工作领域，他们俩竭尽全力帮助对方成就事业。田学民说他不仅经常听蓝一石说起，自己还目睹过一次。

那时候蓝一石还在35号技术阵地工作，有一次杨柳和计量所同事去35号校准设备，进了机房看到一帮人正围在一起争论，原来是军工厂研制出一个新型号导弹，在基地进行导弹对接时发现多出一截,固定自毁装置的底盘配不到弹体遥测架子上。要解决这个问题最快的办法是把多出来的那部分锯掉,但是这部分凹陷在弹体内,操作空间有限,几个人比画了半天塞不进手去,更别提还要操作一把小锯子。

杨柳和同事们听了后上前去试,只有身材清瘦的杨柳能勉强把手放进去,杨柳挽起袖子说"让我来"。现场没人吭声。自毁装置底盘是铝合金材质,具有导热快的特性,用锯子锯会导致底盘发热,而底盘连带着导弹引爆系统,一旦发热极有可能引发引爆系统导致爆炸。把这么危险的任务交给现场唯一的女同志,大家都不同意,蓝一石更是不允许她去干。

但是杨柳坚持要试一试,她有理有据给大家分析可行性,大家讨论比画半天再没有更好的办法,只好把锯子给她。蓝一石说什么都要留下来,说如果不让他留下来就不让杨柳动手。杨柳只好同意了,其他人撤出了机房,现场只留了他们两人。

大家在机房外紧张地等着,半小时后,两个人肩并肩走出来,脸上带着笑,一看这样子大家就知道问题解决了。

田学民说:"你妈妈就是这样一个人,别看她外表弱不禁风,内心里却是有胆有识,比男同志还像男同志。她和你爸爸志同道合,互相欣赏,大家都说他们两个人是天造地设的一对,所以你爸去世后她才会受到刺激,精神出了问题。"

蓝戈追问:"你们当年遇到的那个难题是什么?后来找到原因了吗?"

"没找到原因。如果说老蓝还有遗憾,那就是红旗3号导弹故障,他去世前一直在找故障原因,我们以为就像以前一样早晚会攻克这个难题,但是谁都没想到还没找到原因他就走了,这是他工作生涯中唯一一个没有解决的问题。"

"老蓝去世后我发誓要找到原因,那几年我和遥测室的同志们投入了很多时间和精力,有几次感觉就要找到了,但是又被自己推翻了。后来我离开了测量站,走之前把这项任务交给了周德明。他们跟踪了好几年,这些年基地试验任务越来越多,红旗3号这个型号又没有启用,查找工作才暂停了。"

那天田学民讲了很多蓝一石夫妇的事,在田学民的讲述中,蓝一石和杨柳的形象在蓝戈脑中越来越清晰。她曾经迷茫过,觉得自己虽然走上和父母相同的道路,但在前行中找不到他们的身影,得不到他们的指引。现在田学民的讲述让她透过迷雾看清了方向,她试着去体会他们当时的心理,去理解他们的选择,作为和他们有着相像工作经历的技术干部,现在她理解他们了,他们虽然不在了,但一直在指引她,他们所在的位置,就是为她指出的方向。

亲情的连接从来不因生死而消失,现在她走上父亲当年的工作岗位,有机会去寻找那个故障原因,这是命运给她的机会。她暗自决定,要完成父亲没有完成的工作,弥补他的遗憾。

第十三章 0.8秒

蓝戈上岗没多久，遥测室接到试训股通知，基地司令部将举办技术干部培训班，为一年后的冬训竞赛做准备，要求每个技术室选派一名干部参加。

汪守义和教导员商量："李伟强理论基础好实践经验多，在技术干部里看了一圈还是他合适。"席教导员也正有这个意思："参加培训的干部一年后要参加冬训竞赛，以目前情况看确实是李伟强最合适。"

干部名单报到试训股后，麦嘉第一时间跑去给蓝戈通风报信，气愤的样子像是自己受了委屈："这是不是汪黑脸的个人决定？是不是他还想限制你参加任务？现在还没到报名截止时间，你赶紧去争取！"

蓝戈一心想要参加冬训竞赛，为了能有参赛资格，数不清有多少个周末在学习中度过，又有多少个夜晚在模拟设备操作。她自虐一般地学习训练，就是"参加竞赛、取得成绩"这个执念在推着她、牵着她，现在距离报名时间越来越近，在这个关键时刻，什么都不能让她放弃这个想法。

蓝戈去找汪守义请求他同意自己参加培训，她嘴里说是请求，但眼神坚定语气坚决，一点儿也没有退让余地。温顺的人一旦执拗起来，那种固执让人无法拒绝，汪守义的内心不像他表面上动不动就冷脸，他抵御不了这样的执拗和固执。但汪守义不想把李伟强从名单上去掉，李伟强是他的爱徒，现在马上就要到晋职年限，遥测室副主任一职又一直空缺，如果李伟强能在竞赛中取得成绩，将对他的事业发展十分有利。

汪守义看蓝戈一副不达目的不罢休的样子，打电话叫李伟强过来，让他们俩自己决定谁去参加。汪守义断定李伟强在这件事上不会退缩,他一向好面子,和一个小丫头对阵怎么好意思败下阵来。而女同志面子软,只要李伟强坚持,蓝戈一定会主动退出。

汪守义在一旁悄悄观察"战况",李伟强果然如他预想的那样,他不说话,梗着脖子看着天花板,满脸都是"我要去"的表情。让汪守义没想到的是蓝戈,她也没有退出的意思,虽然低着头默不作声,但压根不想在对阵中妥协。

汪守义观察了好一会儿,看两个人都不说话,只好出面调停:"既然你们俩都想参加,那就只能用成绩说话了,谁的能力强谁去参加培训。这样也好,培训的最终目的是竞赛,现在你们就提前进入状态,先来比试比试!"

蓝戈和李伟强仍默不作声,都摆出"考就考"的架势。汪守义说:"理论考试就免了,蓝戈前一阵理论考试成绩不错,再比理论大家会说我偏心。这一次你们比故障排除,今天晚上我给两台设备设置相同故障,明天早上上机,最短时间排除故障者为胜。"

麦嘉听了汪守义设的比赛规则,气得把帽子往床上狠狠一摔:"汪黑脸真会说话,什么怕人说偏心,他的心都偏得不像啥了!"

要说排除故障,李伟强显然比蓝戈有经验,蓝戈在机关出公差的那一年,李伟强早把操作规程记得烂熟,即使闭着眼睛也能完成一整套动作。而且他执行了几十次试验任务,尽管遇到的故障不多,但比起一次任务也没有执行过的蓝戈也算有实战经验了。

听说李工和蓝工要比试排除故障,遥测室官兵都跑来看热闹。李伟强和蓝戈来到机房学习室,两台设备都已开机,指示灯异常地闪烁着,汪守义拿着秒表计时,下达了"开始"命令。

在等待的那一会儿,李伟强已经把设备指示灯和仪表盘都目视检查了一遍,汪守义下令后,他迅速关机重启、查看机器自检、检

147

查信号灯、拉出抽屉检查……李伟强操作熟练，一气呵成，看上去对故障的判断成竹在胸。

李伟强手动检查的时候，站在另一边设备前的蓝戈没操作，她快速查看信号指示灯和仪表盘，拿支笔在本子上简记。汪守义在设置故障时考虑到两人缺少工作经验，设置了一个比较常见的故障。蓝戈对这个故障并不陌生，她在仓库出公差时戴旭带着她做过很多练习，这个故障戴旭教她分析过。

蓝戈果断拉开一个组合抽屉，将其中一条事先被拔掉的电缆插头重新插上，并设置运行参数。

几乎在同一时间，李伟强和蓝戈报出"排除完毕"口令。

汪守义看着秒表上的指针，用时一分二十秒，他的嘴角露出不易察觉的笑容，只有两三年工作经验的干部能在这么短时间内排除故障，这些年没有人做得到。

汪守义作出苦恼的表情："这可就让人为难了！"随后他又表示，"我就是拼着这张老脸，也要给你们俩争取来这个机会！"

遥测室重新向试训股上报参训人员名单，李伟强和蓝戈都在名单上。试训股李股长说，培训可以都参加，但是最终参加竞赛只能是一个人，因为现场的遥测设备只有一台，各个专业的技术干部都是只有一名代表，这是竞赛规则。

他们两人到底谁能代表遥测室参赛，大家都不知道。

遥测室周会上，汪守义宣布要收蓝戈为徒。

大家都不敢相信，蓝戈更是以为自己听错了。汪守义是遥测行业的资深操作手，工作这些年拿了数不清的荣誉，像他这样资深级别的大师，收徒弟这件事本身就是对新人的认可。这几年他的大部分精力都投入组织官兵完成任务上，已经很多年不带新人，尤其是他对蓝戈一直有说不清的误解，现在态度一百八十度大转弯要收她作徒弟，大家都不明白是什么原因让他突然转变。

他这么做的原因只有周高工知道。汪守义最初对蓝戈来小点号工作充满怀疑，他怕好容易带出一个操作手后人又离开，打乱遥测室既有的工作秩序，所以一直拒绝她接触试验任务。但是在"为难"蓝戈的这两年中，他看到她为了达成目标坚持不懈地努力着，在困难和磨炼面前不低头，在不利的环境里专注顽强，这正是承担急难险重任务应该具有的潜质。汪守义接受了蓝戈，对周高工说这样的干部应该好好培养。

但是大家不知道其中的曲折，都对此感到不解。汪守义看得出大家的诧异，他不解释，只是说："以后基地是年轻人的天下，我退下来前要把这俩人带出来。"

李伟强和蓝戈成为遥测设备 AB 操作手，李伟强来得早业务熟，是当仁不让的主操作手，蓝戈是副操作手。两人在一起工作没多久，李伟强就暗暗生出郁闷。

蓝戈上岗前李伟强是遥测设备的唯一操作手，他勤奋好学，业务过硬，无论是汪主任、席教导员还是张站长和周高工，都非常倚重这个重要岗位上的重要干部，逢有试验任务他都是大家关注的焦点。

这一切都在蓝戈上岗后发生了改变。

蓝戈有了在蛰伏期打下的坚实基本功，上岗后很快独当一面，在执行任务中，她捕捉信号速度快误差小，有几次李伟强还没抓住目标她就报出了参数，比李伟强快了足有两秒。

蓝戈逐渐崭露头角，再有遥测任务时，张站长、周高工、汪守义提起的干部不再只是李伟强一个人，有时候提到蓝戈的次数比李伟强还要多。

　　李伟强外表是个标准的山东大汉，性格也豪爽粗放，但内心出人意料地缜密细腻，蓝戈上岗后发生的这些微小变化，他都敏感地捕捉到了，他怎么肯甘心落到一个小丫头后面，何况蓝戈比他晚上岗一年多，当初还是他背着师父悄悄教蓝戈，现在蓝戈的技术竟然要超越他了，他不管是嘴上还是心里都不服气。

　　李伟强有了危机感，再不努力恐怕就要成副操作手了，他必须让自己稳固地坐在主操作手的位置上。他暗暗和蓝戈较劲，下班后如果蓝戈没有走，他一定要比蓝戈晚走，周末蓝戈来机房学习，他会马上放下手里的篮球。李伟强的努力也给蓝戈带来压力和动力，李伟强比她多一年工作经验还这么努力，她还有什么理由懈怠！

　　两人都不愿落在对方后面，你追我赶并驾齐驱，业务能力很快就不分伯仲。汪主任很满意两位徒弟的表现，安排他们俩在任务中轮流担任主操作手，另一名作为副操作手机动待命。

　　尽管汪守义曾经给蓝戈设置过很多工作障碍，但他在认可蓝戈并收她作徒弟以后，就一门心思把自己的经验对蓝戈倾囊相授。蓝戈跟着师父干了没多久就发现，汪守义对遥测操作的运用是一般技术干部远远不及的，他在排除故障方面也自成体系，有自己独特的解决思路，这些都够她和李伟强学习很长一段时间。汪守义是基地的"红旗操作手"，蓝戈原来以为那是对老操作手资历的认可，现在才明白那是对技术尖兵精湛技术的最大褒奖。

　　汪守义说要在两三年内把李伟强和蓝戈培养成遥测行业的技术尖兵，他给两人制订了学习计划，定期对他们进行测验，还时不时设置故障让他们去排除，检测他们解决问题的能力。李伟强和蓝戈学习中有目标、工作中有对手，不断进步提高，很快就在年轻干部中脱颖而出。

时间就在李伟强和蓝戈的充实学习中悠然而过。这个月底，前卫1号独立回路遥测弹来基地试验。

这是一次普通的试验任务，遥测弹发射前例行进行联合测试。导弹在地面供电测试时一切顺利，问题出现在导弹发射之后。

那天轮蓝戈担任主操作手，她在导弹发射的瞬间开始搜索信号，刚刚捕捉到目标，地面接收设备显示屏上的信号就消失了，正在记录的数据也停滞不动，一切都像按下了暂停键。

蓝戈参加的试验任务有限，没有遇到过这种情况，尽管她在往年资料中看过很多案例，也和戴旭做过推演，但她记忆中没有过这样的情况，尤其是一想到这是试验任务现场，导弹正在飞速飞向目标，就有些慌乱。

李伟强看蓝戈不知所措的样子，知道遇上了棘手的问题，赶紧按下复位键，显示屏仍然没有信号，两人看着密密麻麻的旋钮不知该动哪一个，连忙向汪主任报告。

汪主任来的时候已经过去了十几秒，他调整调谐旋钮，想重新寻找到遥测信号，但是导弹飞行时间只有18秒，没等他们追寻到轨迹导弹就起爆了。作为主操作手，蓝戈没能全程跟踪飞行，磁盘中只记录了0.8秒数据。

周高工得知数据没记下来，没等指控站调度宣告任务结束就往遥测机房跑，通知大家任务结束后开分析会。

周高工听了情况介绍，看着蓝戈："操作有问题吗？"

周高工是测量站的"导弹数据活字典"，参与过很多次试验任务，平时对技术干部们要求严格，在周高工面前，蓝戈这样的新人本来就胆怯谨慎，周高工这样一问让她对自己产生了怀疑，真的操

151

作都到位了吗？会不会漏掉了哪个步骤？

周高工看蓝戈犹豫，转头对汪守义说："你们好好查一下操作流程，看看会不会存在操作失误。"参会的人小声议论说，周高工产生怀疑，八成是操作有问题。

汪守义说："我相信蓝戈，李伟强也在旁边机动监测，如果有问题大家都能看得到。"他分析，"接收不到信号的原因有两个，要么是导弹的问题要么是接收站的问题，我们马上从这两方面入手查找。我现在就向试训股报告，请他们协调三站派干部过来，我们查站他们查弹，尽快找到原因。"

三站遥测分析室副主任苏扬第二天一大早就赶到了测量站，大家决定分三个小组行动，第一组检查导弹残骸寻找故障线索，第二组检查地面设备查找设备问题，第三组检测待射导弹验证这一批次导弹是否存在生产环节的普遍性问题。

三天后，三个小组碰面汇总情况。一组组长是测量站靶标营营长林道源，搜索连在落区找到了遥测发射机，对残存发射机进行检测后证实，弹上遥测发射机工作正常，排除了导弹本身的问题。

二组组长是测量站遥测室主任汪守义，他带着李伟强和蓝戈对地面接收站进行了全面检查校验，没有找到任何问题。

三组组长是三站遥测分析室苏扬，他对第二枚待射导弹进行了检测，显示地面供电时导弹信号正常，从侧面排除了两枚弹存在相同问题的可能。

"弹也没有问题站也没有问题，难道是操作有问题？"讨论会上又有干部提出这个推断。

李伟强突然说："蓝工你那时候发什么呆？前卫弹的作战反应时间只有十几秒，就在你发呆那几秒导弹已经飞出去几里地，这时候再找信号还能找得到？"

操作失误会让团站蒙上耻辱，更会对个人的成长带来极为不利的影响，在座干部都知道操作失误的严重性。蓝戈如坐针毡。

苏扬打断大家的议论："科学要求真，我们还处于找'真'的阶段，目前还不能下结论。不管是什么原因引起的，我相信一点，蓝工的工作态度是严谨的。"

讨论陷入困境。周高工命令，由试训股牵头组成遥测小组，从0.8秒下手查找问题。参与单位决定，遥测小组成员由试训股麦嘉、遥测室蓝戈、三站苏扬组成。蓝戈对汪守义说："主任，让李伟强也参加吧，他理论功底好，对这台设备熟悉，有他在会效率更高。"

"好，李伟强也加入，你们四人小组今天就开始工作！"

李伟强悄悄瞥了一眼麦嘉，又感激地看了一眼蓝戈，又高兴又有点儿惭愧。

讨论会散了，汪守义招呼大家去饭堂吃饭，蓝戈留在机房没有走。她调出发射时的记录磁盘，幸好还记录了0.8秒数据，她想在这0.8秒中找到有用信息，但是这部分数据排列散乱，明显是受到了其他信号的干扰。

怎么才能把这0.8秒数据利用上？蓝戈在那儿苦思冥想，晚饭也没有去吃。

苏扬来机房的时候，蓝戈正蹲在设备前检查示波器，苏扬来到她身边也看着示波器说："别着急，咱们一起找线索，看能不能在那0.8秒找到点儿什么。"

"可惜这0.8秒数据没能正常转换成电信号。如果不能从中找到有价值的信息，这枚导弹就白打了。"

"可以想办法把其中的有用信息分离出来。"

"你有什么想法?"

"设计一个分离程序,把无用信息筛出去,把有用信息剔出来。"

两人正在讨论,李伟强提着保温桶进来,他把饭放到蓝戈面前的桌子上,不好意思地低下头:"蓝工,师父让我来送饭。师父已经批评我了,我今天说话太主观,不该责怪你,我向你道歉。"

蓝戈赶忙接过保温桶:"你也是急着找原因,没关系!刚好你来了咱们一起再讨论讨论。"

"这个现象很蹊跷,咱们前面合练过那么多次从来没有出现过。"蓝戈告诉他,"我和苏副主任刚刚产生了一个新想法,咱们看看能不能做个补救。"

三人边讨论边写代码,不知不觉干了一个通宵,第二天程序调通已经是晚上了。

软件顺利剔除了干扰信号,恢复了导弹发射前到离架后 0.8 秒的有用数据。这些数据以一帧帧的记录模式显示,他们看到,在发射后的 0.8 秒内,发射发动机点火、导弹过载变化、导弹攻角变化等参数一切正常,唯一不正常的是遥测频率。

苏扬说:"遥测频率不正常,有可能是弹上遥测头发射频率和地面接收机频率没有匹配,导致导弹起飞后发生了频率漂移,因而地面接收站没有接收到信号。"

根据这个推测,三站和测量站对弹上发射机和地面接收设备进行了调整校准。

一切准备就绪,第二枚导弹发射,发射升空后导弹飞行正常,信号记录正常。

任务结束后,苏扬接到蓝戈打来的电话,她是专门向他道谢的:

"谢谢你帮我找到了问题,也谢谢你一直帮我!"

"完成任务是咱们共同的职责,这点小事不必记在心上!"

"这是我上机后遇到的第一个问题,如果没找到原因,我可能会背着操作失误的心理负担。所以对我来说这不是小事。"

"你操作很熟练,不会有问题。从一开始我就相信你,事实也证明我的这个判断是对的。"

苏扬认识蓝戈好几年了,也一起执行了不少任务,他对她不甚了解,印象中她寡言少语,和同事们客气而疏远。在这次共同攻关中他看到了她的另一面,她遇事的坚定和做事的认真,让这个瘦瘦小小的女孩子散发出感染人的力量。

任务结束后,汪守义召集干部做任务小结,他对蓝戈和李伟强说:"你们俩都在军校接受过军事教育,你们说说在军事教育中怎么看待战败?"

"知道平庸将帅们何以不胜,才能理解高明将帅如何取胜。"

"不是从胜利走向胜利,而是从失败走向胜利。"

汪守义很高兴,说:"说对了!失败是一种很重要的经验,咱们的试验任务尤其如此,你们以后还会遇到很多难题,经历很多次失败,你们俩要记住,要善于从失败中找到正确的方向。"

两人连连点头。蓝戈说:"这次的问题给我带来一个启示,只有操作熟练还不够,出了问题不能快速做出分析判断,一样会贻误战机。这次遇到问题我觉得慌,就是因为对设备还是不够熟,我有一个想法,如果能把设备的所有电路图记下来,再碰到问题的时候,是不是就有最大可能在短时间内抓住时机。"

李伟强说:"遥测设备有十几组机柜,电路图有近百个,要把这么多电路图记下来,挺有难度的!"

汪守义默不作声，从来没有人记下过设备电路图，也没有人能够做得到这一点。这个办法到底有没有用，汪守义心里没谱，这是一种从来没有人尝试过的方法，也许会挖掘潜力更大限度发挥人的作用，也许只是机械的记忆，白白浪费了大量时间。

李伟强看看汪守义又看看蓝戈，有点畏难地说："我不知道能不能行，我不擅长干这个，打小最怕背课文……"

汪守义说："除了熟悉电路图，还应该在电路原理、动态电路和正弦电路分析上多下功夫。你们一起试试吧。"

眼见得外事任务一天天临近，外方观摩代表团已经抵达基地，根据气象站提供的气象信息，司令部决定周四下午两点发射 Y3 试验弹。

根据 Y3 试验方案，遥测室派小型活动遥测车奔赴发射阵地近距离采集数据，因为活动车空间有限，只能有一名操作手上车。

汪守义很担心这台设备出现故障，任务前和教导员念叨："活动车使用年限已经接近极限，很多元器件老化了，这次任务我有点儿担心。"

席教导员对这件事也很心焦："基地几年才有一次外事任务，如果在外事任务中出问题，咱俩谁都交代不了，任务前一定得好好检测，还要选好操作手。"

"相比较说李伟强经验更多一些，就让李伟强担任主操作手吧，蓝戈作为候补在机房机动。"

汪守义最担心的意外发生了。当天上午设备测试一切正常，在任务下达一小时准备的时候，活动车上的仪表盘指针显示异常，设备出现故障。

这时候机房电话响起，司令部通知司令员正陪着外方代表团往测量站机房赶来，预计一小时内到达发射阵地，在试验弹发射之前巡视阵地各设备准备情况。

遥测活动车上，李伟强独自一人排除故障，汪守义不知道他的情况，只能在电话里交换故障信息。李伟强在电话里说，仪表指示灯报警，示波器显示遥测信号波形异常，他已经检查了相关的功能模块，目前没有找到问题线索。为了让他集中精力排除故障，大家都不敢再打电话。

汪守义低着头在机房外转圈。为了这次外事任务，各团站准备了将近一个月，如果遥测设备出问题，将影响试验弹的正常发射，兄弟团站前期大量的准备工作暂且不提，更重要的是会影响基地执行外事任务的形象。

周高工在指挥所得知设备出现故障，急匆匆往阵地赶去。

从李伟强报告故障开始，蓝戈一直在思考，遥测信号波形异常这个故障让她想起她整理元器件时遇到的一个问题，当时戴班长和她说过，调制解调器发生故障时大多会显示信号波形异常。好在这段时间她把设备电路图都默下来了，现在心里把电路过了一遍，思路越来越清晰。

时间一分一秒过去，故障原因还没有找到，汪守义拿起帽子正要去阵地。蓝戈喊住汪守义："主任，我判断是调制解调器故障，让李伟强看一下调制解调器。"

汪守义顾不得甄别这个判断对不对，这时候再不确定的线索也要查看，总好过没有目的的大海捞针，他拿过电话给李伟强下达指令。

五分钟后，话筒中传出李伟强急促的声音："已找到故障原因，是调制解调器中一个集成块损坏，活动车上有备用的，马上更换。"

十分钟后，李伟强报告"故障已排除"，大家松了口气。

Y3试验弹试射顺利，基地圆满完成外方观摩任务，司令部向各站通报，基地将在总结时对参加任务的同志进行表彰。

李伟强排除故障的时候，麦嘉和试训股的同志全程待在遥测室机房，她看到蓝戈向汪主任提出解决思路，李伟强依靠这个思路排除了故障，使这次突发问题有惊无险。

一周后，麦嘉告诉蓝戈："今天我带队去司令部参加表彰大会了，李伟强因为处置问题及时，立了三等功。"

蓝戈正在看书，头也没抬："嗯，我知道，汪主任给我们宣布了。"

蓝戈一副置身事外的样子，麦嘉看着都着急："你是怎么想的？你知不知道站里还没确定冬训竞赛的名单，李伟强这次立了三等功，这就是他的加分项。"

"李伟强确实很优秀，他立三等功是应该的。但是我对参加竞赛也有信心，这不矛盾。"

麦嘉恨铁不成钢地说："出故障的时候你就应该稳当点！起码建议大家先商量商量，你为什么那么快就说出结论？"

蓝戈看麦嘉急了，放下书认真地看着她："那时候大家都着急啊，你也着急吧！有了思路肯定得第一时间说出来。"

"可是别人谁都可以说，你就该慎重一些，你知不知道当时我都替你悬着心！"

"为什么？"

"如果你的判断是错的，按照你的思路排查把时间耗过去了，你就得承担判断错误的责任！你有没有想过这意味着什么？大家会认为你业务能力欠缺，这对你争取竞赛资格不利！"

"那么短时间哪会想这么多。"

"现在好了，没人知道你这个背后默默无闻的人。如果你因为判断失误落选竞赛资格，不是太可惜了吗！"麦嘉着急的样子像是自己受了委屈一样。

"是很可惜。"一想到参加不了竞赛蓝戈有点儿失落，但她想了想，说，"可是现在让我回过头再去选，还得这样做。外事任务几年才遇到一次，不能因为一次偶然的故障影响咱们的整体形象，如果我因为私心不提示李伟强，导致任务拖延造成不好的影响，那更可惜，那就成了遗憾。"

麦嘉无奈地看着蓝戈："我就知道你过不去自己这一关。"

蓝戈看着她："你过去这一关了？难道你不想让李伟强立功吗？"

"你是我姐们儿！"

"你还经常说他是你哥们儿！"

麦嘉大笑起来："好了好了，给你说实话吧，我是希望你们俩都能立三等功，但是你在幕后出不了线，我磨破嘴皮也没给你争取上，这不是在生气嘛！"

蓝戈也笑了，她知道麦嘉为她着想："今天汪主任也说了，虽然这次基地表彰的是李伟强个人，但这个荣誉不仅是李伟强个人的荣誉，也是我们遥测室的荣誉，是咱们站的荣誉，更是咱们基地的荣誉。"

周末，李伟强去汪守义房间聊天，他提了一瓶泸州老窖。汪守义斜眼看他："一年前你拜师的时候请我喝了顿琅琊台，今天这是有什么大事要求我吧？"

李伟强脸上露出招牌式的憨笑："看师父说的，我能有啥事！

酒是老乡休假回来带的，我不敢自己喝，拿来孝敬师父。"

酒过三巡，李伟强手指在桌上弹了几下，说出早他就准备好的话："师父，我不想去参加冬训竞赛了，您让蓝工去吧。"

汪守义已经喝得满脸泛红，但眼神依旧犀利："我一看你小子动手指头就知道你心里有事，还说什么孝敬我，尽在这儿跟我瞎掰扯！"

李伟强面色诚恳："啥也逃不过师父的火眼金睛！我给师父坦白了吧，这次外事任务能排除故障，完全是因为有蓝工提示，这说明蓝工技术比我过硬，更有资格参加竞赛。咱们室只有一个参赛名额，如果我去了她不能去，我……我没脸再见人。"

汪守义指着他骂："瞧你那熊样，就不像个山东老爷们！你是我带出来的，有没有资格我最清楚，你就是心太软！"

不管汪主任怎么骂他，李伟强就是耷拉着头摆出一副软弱到底的样子。

这天下机后李伟强没走，他知道蓝戈还会在机房待一会儿，他等同事们离开机房后来到蓝戈面前："有件事，我想了好长时间，觉得还是应该告诉你。"

李伟强吞吞吐吐的，和平时想啥说啥的直爽性格不太一样。"三年前我在招待所碰到你同学胡海涛，他向我问起你的家庭情况，我就和他实话实说了。当时我就感觉他听到这个消息态度突然变了，后来听说你们俩分了，我琢磨肯定是我多嘴了。另外还有一件事也让我觉得抱歉，当时我应该让他拿我的通行证进来见你，如果你们俩见了面也许就消除误会了。这几年我一直挺内疚的，但是又不敢告诉你，怕你怪我。现在我想通了，就算你怪我我也得说出来，不然心里不踏实。对不起蓝戈，你看事情已经这样了，我也不知道怎么做才能弥补这个错。"

李伟强说了这么一长串推心置腹的话，还带着自责，蓝戈知道这对于他来讲是下了多大的决心，蓝戈都有些承受不了他这样的低姿态了，连忙摆手说："李工这不关你的事。不管你说不说我们俩都不会在一起，因为我们的目标不一样，归属不一样。我是不会离开基地的，他也有更适合自己的地方。"

李伟强没有因蓝戈的话而轻松，继续做自我批评："我回基地前，胡海涛让我对他说的话保密，我脑子一时糊涂答应他了，你说我是不是犯浑？咱俩这老战友我对你保什么密！是我让你错失了挽回机会，我特别后悔！"

听着李伟强的坦白，蓝戈有点理解胡海涛几年前做的思想斗争，她平静地说出自己的想法："每个人都有权追求自己想要的生活，胡海涛喜欢读书教书，喜欢学校的学术环境，这没什么错。听说他现在留校任教了，这种生活很适合他。我们大家都在过自己喜欢的生活，这不是很好吗？"

夕阳正从窗外斜照进来，散发出淡黄色的温暖光芒，洒在蓝戈的军衣上，洒在她的面颊上。温暖柔和的光线下，蓝戈眼神清亮，笑容清澈，在这样的眼神和笑容面前，李伟强心里的负担一下子消失了，他也情不自禁地笑起来，他想表达一下自己的心情但又无从表达，只好反复说着一句那就好那就好，机房里响起他招牌式的豪爽笑声。

第十四章　冬训竞赛

遥测室支部决定，由蓝戈代表遥测室参加基地冬训竞赛。

距离竞赛还有三个月。蓝戈从早到晚都待在机房，除了吃饭睡觉所有时间都用来备战，她对自己的要求达到了近乎苛刻的程度，她觉得多说一句话都是在浪费时间。

麦嘉和小米好久没见过蓝戈了，她大多数时候是在熄灯后才回宿舍。小米问她："为什么这么拼命？如果只是为了在竞赛中得到名次或荣誉，你不会这样。"麦嘉也说："是啊，你就不是争强好胜之人，这么做一定是另有原因。"

蓝戈回答说："当初得知冬训竞赛是因为爸爸牺牲而设立的，我就觉得参加竞赛能和爸爸产生一种联系，所以我和李伟强争着要参加。现在李伟强退赛了，我压力很大，取得成绩已经不光是完成最初的许诺，还为了像李伟强这样的同事，他本来有资格参赛，却把机会让给了我。"

蓝戈投入自虐式的学习训练，在压力之下，她有时还会刻意创造一些"困难"再去征服挑战，她觉得自己就像心怀信仰的"朝圣者"和坚定信念的"苦行僧"，自己和他们一样正经受着追寻过程中的痛楚，这种痛楚让她生出激情澎湃、所向无敌的力量。

蓝戈这天在机房又待到了深夜，长时间的学习让她疲惫万分，于是走上天台去吹风。

遥测室机房是一栋三层小楼，室内有楼梯直通到楼顶天台，天台上除了八木天线外空无一物，只在四周围了一圈矮栏杆。蓝戈在任天线操作手时发现了这个安静的地方，这里平时少有人上来，慢慢就成了她学习间隙休息的地方。

秋季的夜晚温度宜人，这是戈壁上难得的好天气。蓝戈站在天台仰望天空，暗夜中天空缀满星辰，和小时候没什么两样。

从童年起这片戈壁星空就是属于她一个人的星空。小时候她常常琢磨，不知道在遥远的星星上会不会有另外的"人类"，地球上的人会不会和这些"人类"在星空中相会，她还疑惑地球上的人消亡之后去了哪里，周而复始的生命过程有什么意义。这些问题对于小孩子来说是十分深奥的，可她也想不明白，既困惑又迷茫。

成年以后，蓝戈意识到这些困惑源于没有师长引导所以才会在思绪的旋涡中迷失。成年之后的豁然开朗并未疏解童年时的心理影响，她依然带着幼年积聚的孤独感和对人群的疏离感。同时保留下来的，还有童年时对这些难题的探究之心，她常常独自静坐思虑重重，尤其是这几年，母亲所说的意义成了她思索探究的主要内容。

夜空清澈，群星闪耀，那条童年起就陪伴着她的银河还是那么明亮，照耀得周围一片光芒。

一颗流星滑过，拉出长长的星轨，又一颗流星追随着步其后尘，消失在看不到的夜空⋯⋯她想起小时候妈妈和她一起唱的儿歌，轻轻哼唱起来："一闪一闪亮晶晶，满天都是小星星。挂在天上放光明，好像许多小眼睛⋯⋯"熟悉的曲调让人心绪安宁，就像回到小时候，回到妈妈的怀抱里。

苍穹之下，蓝戈安安静静坐着，与星空凝望着默默不语。浩瀚的宇宙中个体生命极为渺小，在星系漫长的存在中只是瞬间，其短暂完全可以忽略不计。但是短暂的生命绽放出光芒，它的存在就有了意义，就像爸爸妈妈那样，即使他们早早离世，但那些具有历史意义的瞬间被一代代官兵们铭记，也成为激励她前行的动力。

试训股通知各营、技术室、中队立即组织官兵开机合练，迎接即将开始的批抽检试验。

第一次模拟训练非常顺利，第二次模拟时记录存储的设备出了问题，正在记录数据时启动磁盘突然发生错误，机器进入死循环状态，机房响起磁盘反复读写的噪声。

蓝戈正在设备前监测，她看到主设备已停止记录数据，并显示着上一秒的信号状态，此时飞行目标仍在持续不断地发送遥测信号，如果不能马上恢复，将漏记更多数据。

蓝戈突然想起前卫1号记录的那0.8秒数据，当时就是这样的显示波形，难道又是频率漂移？但是噪声像是设备死机。她迅速拧动复位钥匙，希望复位重启将数据损失降到最低，没想到钥匙被卡住了，试了几次仍到不了复位位置。李伟强着急地说让他来，他加大力度旋拧钥匙，钥匙被拧断了。

按照任务程序，下一个模拟飞行任务马上就要开始，还好这是模拟，如果是实际飞行，意味着不光丢失了这一组数据，还会错过第二项任务的全部数据采集。

这顿晚饭蓝戈吃得心不在焉，她边扒拉饭边问李伟强："你记不记得那次前卫1号？那个波形和今天的很像，那一次你重启时正常启动了吗？"

李伟强想了想，张着嘴呆住："哎呀！我忘了，当时我拧复位钥匙没拧动，后来一忙乱就没在意这个问题。"

"现在再次出现这个现象，说明上一次的故障很可能不是单一的问题，除了频率漂移外还有机器内部的机械问题。"

"这个问题得解决，如果任务漏记数据，就是试验事故了。"

蓝戈在饭桌上向汪守义提出拆设备的想法。汪守义和大家讨论一番后认为可行，同意对这台设备进行拆解查找原因，说同时启用备份设备，万一有紧急任务就先用备份设备。

蓝戈和李伟强商量当晚就去试一试，两人匆匆吃完饭就去了机房。

蓝戈和李伟强卸掉设备外壳，发现复位档部位有氧化迹象，李伟强说："设备使用时间太长造成的，氧化部位得先处理一下。"蓝戈蹲在一旁看李伟强操作，提议说："钥匙机械复位不稳定，能不能把它改成按键式，用开关复位代替钥匙复位。"

"咱们拆开看一下，看看电路情况。"

天色渐渐昏暗，十月的戈壁已进入初冬，一阵阵的寒气从窗户渗进来，两人晚饭没吃多少，在寒冷中更觉得饿了。李伟强要泡方便面，打开纸箱才发现里面已经空了。蓝戈从抽屉拿出半包饼干："你先垫垫，我给炊事班打电话让送点儿饭。"

蓝戈刚刚放下电话，机房响起上楼梯的脚步声，苏扬拎着一大袋子东西推门而入："北京试验队来人带来了些吃的，我不敢吃独食，特意给你们俩送过来。"

李伟强竖起大拇指："蓝工刚说饿吃的就送来了，苏主任你这是心有灵犀，而且是导弹速度！"

解开袋子，原来是只冻鸡，李伟强说："今天我给你们做个大葱炖鸡！"李伟强眼睛直瞟蓝戈："这么大一只鸡，三个人吃不完呀！"

蓝戈心领神会："确实吃不完，我叫麦参谋来帮咱一块儿解决。"

三人来到楼下值班室，值班战士出去巡检了，李伟强从床底拖出一个电炉子，从柜子里摸出个铝盆，把鸡倒进盆里去洗。

洗鸡的工夫，炊事员送来半袋子东西，蓝戈摸出半颗白菜、四个土豆、两根胡萝卜、两根大葱、一袋盐和半袋胡椒。没过一会儿麦嘉也跑了来，看李伟强正加了凉水要炖，批评他方法不对，指挥

167

他先焯一下，又嚷嚷着要亲自监督李伟强，原本冷清的值班室立马喧闹起来。

鸡炖上后，四人围坐在电炉子旁烤火。屋子里升腾起水汽，湿润的温暖弥漫上来。看着盆里翻滚的鸡块，麦嘉拍拍手说："咱们玩食物接龙吧！"

李伟强忙说："这个好这个好！正好等着吃鸡没事干。"

苏扬笑了："你们还玩这么古老的游戏啊？"

麦嘉说："这是喝酒的老传统嘛！"

苏扬看看蓝戈："加入吗？"

蓝戈点了点头，麦嘉说："蓝戈现在知道很多美食，一会儿就给你们露一手！"

李伟强也撺掇说："今天虽然不喝酒，难得有空闲聚在一起，以汤代酒烘托个气氛。"

苏扬点点头："那就客随主便了，今天吃鸡就说鸡怎么样？"

麦嘉连喊"要的要的"，她抢着说："我先来我先来，我要说个四川怪味鸡——鸡肉用白水煮熟泡凉，捞出控水抹上香油；将郫县豆瓣剁细炒熟，用糖、醋、花椒、麻酱、香油、酱油，等等勾兑成汁，淋洒其上，最后撒上芝麻面和葱末，这样一道甜酸辣麻咸香鲜的怪味鸡就出炉了，那是相当巴适！"

李伟强憨笑着不住点头，好像他正看着麦嘉在厨房做菜，等到怪味鸡在麦嘉嘴里出炉的时候他已经开始咽口水了，早忘了他推崇的大葱炖鸡。"我也说个川菜，乐山钵钵鸡——把鸡肉卤煮到八分熟，晾干切片，用竹签子把鸡肉和蔬菜穿成串；调好藤椒油与辣椒油，盛放在敞口瓦罐里，然后把串串放入瓦罐浸泡，到入味后就能吃了！"李伟强投其所好果然出了效果，麦嘉夸张地来握李伟强的手："没想到你也是川菜爱好者！""同好同好！"

看着两人一唱一和，蓝戈和苏扬对视一眼笑了。蓝戈说："麦嘉教给我很多菜谱，其中有个江苏叫花鸡我印象最深，你们听听我说得对不对：整鸡包上荷叶封入黄泥，泥里加入糠壳、稻草、酒糟，以松枝和松针烧烤，据说用常熟虞山上的马尾松松枝煨烤最佳，烤成之后，砸开封泥扒开荷叶，层层环绕的香味会瞬间迸发，而且带有特殊的松柏香气。"

麦嘉兴奋地拍着手："说得太好了！蓝戈以后绝对是个美食家！"

苏扬补充说："在《射雕英雄传》里是这么描写叫花鸡的：烤得一会儿，泥中透出甜香，待得湿泥干透，剥去干泥，鸡毛随泥而落，鸡肉白嫩，浓香扑鼻……"

四人大笑，又接了江西三杯鸡、新疆大盘鸡、云南汽锅鸡、海南文昌鸡、河南道口烧鸡、山东德州扒鸡、白切鸡、黄焖鸡、葫芦鸡、盐焗鸡……笑闹中铝盆里的鸡汤渐渐泛黄，飘出越来越浓郁的香味。

蓝戈把蔬菜切块扔进盆里："你们说了那么多菜，都吃过吗？我是没吃过，现在尝尝咱们这个清炖的味道。"说着拔电停火，在汤里撒了盐和白胡椒。

大家捧着热乎乎的饭盒，都说还是眼下的鸡汤实在，麦嘉说以后要在食物接龙"数据库"里增加一道菜——"戈壁清炖鸡"。

麦嘉喝了两大碗汤，热得满脸泛红："刚才还担心你们碰到的这个问题不好解决，现在突然觉得一切困难都不算事儿，我相信你们，你们一定会所向披靡！"说着做出向前冲的夸张手势。

苏扬说："什么问题都有解决办法，就像定型试验，哪一次不是经历了几十上百次失败。这个问题我们活动车也出现过,估计是接收设备使用年限到临界点了。"

李伟强赞同:"这批设备采用了大量分离元件,可靠性本来就不稳定,现在又快到使用年限,有可能往后的故障频率会越来越高。"

苏扬:"我同意蓝工的思路,在复位这部分用开关代替钥匙,然后再解决其他部分的问题,整体上会更稳定。"

麦嘉把碗放桌上,眨了眨眼:"看到你们这个状态我就放心了,回去向李股长汇报去!走了走了,你们继续工作。"

三人找到复位线路及输出芯片,把连线改装为开关,再反复试用,感觉效果不错。改装完已经凌晨三点了,想想回宿舍也就睡三个多小时,他们准备在机房凑合一下。

李伟强说去叫值班室战士,腾出房间让蓝戈到楼下休息,他们俩和值班战士在机房拼椅子睡。蓝戈说:"别叫了,我趴桌子凑和一下。"说话工夫李伟强跑下楼去。

一会儿李伟强上来了,说值班战士睡得沉还锁了门,怎么敲都叫不醒。苏扬听了去搬椅子,在桌子一边给蓝戈拼了张"床",另一边拼了两张"床",说:"咱们抓紧时间休息,再过几个小时还要上机。"

蓝戈早上醒来时,苏扬和李伟强都已不在机房,不知是谁的上衣盖在她身上。从窗户看出去,李伟强和苏扬正在外面跑步,苏扬只穿着绒衣,他在清冷的戈壁上跑着,嘴里呵出的白汽一阵阵飘散在空气中。

同事们看了改进后的开关,都说这样更好用,汪主任说先试用一段时间,如果稳定就把另外几台设备也改了。

苏扬要回三站了，蓝戈陪他去汽车排等车。两人边走边聊，苏扬说："我听李工说了你爸爸的事，一直不知道蓝高工是你爸爸，他是咱们遥测行业的前辈，我很敬重他。"

"我一直想成为爸爸那样的人，但是他离我太远了，就像一面旗帜远远地挂在前面，我使出浑身力气追赶还是赶不上。现在和你们在一起，遇到问题咱们一起找原因，一起解决困难，让我觉得有信心，觉得总有一天会赶上去。"

"有了难题，多一个人就会多出一倍的力量来，这里面也包括你的力量，就像这次设备改进，这就是咱们的'集体智慧'。"

"你们的设备怎么办？有什么打算？"

"我们室的设备也准备改，你这个周末能来35号吗？我想邀请你和李伟强来观摩指导。"

周末，蓝戈和李伟强去了三站，有了前一台设备的经验，这一次没费多长时间就改好了。苏扬透露了一个消息："前段时间我去试验队学习，了解到一些测试设备的研发情况，咱们老是说遥测设备研发滞后于新型号导弹研发，现在内地军工厂研制出了新设备，过不了多久咱们就可以使用了。怎么样，你们两个有没有兴趣听？"

二人叫他赶紧说，苏扬告诉他们："随着导弹技术的发展，采用成像导引头和末段主动制导的导弹会越来越多，在这些导弹的研制试验中需要遥测视频图像信号。这就需要专门为导弹试验开发遥测系统，把通常的遥测数据和视频图像数据合并到遥测帧中传送。"

三个人热烈讨论了半下午，蓝戈提议说："苏主任，你比我们两个执行的任务多，以后能不能在周末给我们搞个小培训，让我们也多了解一些情况。"

苏扬爽快地答应了。从那天开始每到周末，不是李伟强和蓝戈

171

坐班车去三站，就是苏扬搭车去测量站，三个人频频集体出现，32号和35号官兵都知道了遥测岗位上的"三剑客"，说他们三人"业务能力了得，在任务中战无不胜，攻无不克"，他们成了遥测行业的风云人物。

还有一个月就要去参加冬训竞赛了，两年多的时间里蓝戈一天也不敢放松，随着学习的深入，她发觉还有很多自己没有掌握的知识，在分析导弹故障时也常常因为往年的案例影响到正常的判断思路。

苏扬看出了蓝戈的焦虑与压力，他想帮她，帮她分担压力。

连着几个周末苏扬来32号，他拉着李伟强和蓝戈说要一起探讨探讨"新技术"，讲着讲着就讲到了冬训竞赛，讲自己往年参加竞赛的经验，讲竞赛的规则和技巧，对蓝戈参赛提出建议。李伟强抗议说："苏主任，你这是哪门子的新技术，你是来做培训的吧？二位继续，恕不陪读了！"

日子忙碌而充实，蓝戈在战友们的帮助下熟悉业务，快速成长。对于蓝戈这样的家庭情况来说，最缺少的是陪伴，最渴望的也是陪伴，战友的相扶相伴让她感受到家庭般的温暖，尤其是来自苏扬的帮助，她倍感珍惜。

她珍惜，是因为内心珍藏着的往事。当她还是一名高中生的时候，苏扬在自己毫不知情的情况下给她启发，指引她做出了人生的重大选择，因为这个选择，她来到基地从事和父亲一样的工作。在追随父亲的过程中，她一直记着妈妈在遗书中说要她成为父亲那样的人，但是父亲是什么样的人？蓝戈在没有了解父亲之前，就把他想象成是苏扬这样的人——专业、敬业，这是一名技术干部应该有的样子，也是她应该成为的样子。

但是苏扬至今都对这件事不知情，蓝戈没和他说起过。

在准备竞赛的三年里，蓝戈如同在漫无边界的黑夜里前行，支持她走下去的动力是拿到奖牌，那时候她就可以对爸爸说：基地因为你设立了冬训竞赛，现在女儿在这个竞赛中拿了冠军！这个场景成为她努力的动力和支撑。竞赛日期渐渐临近，她能否如愿实现诺言？能否一步步走近母亲所说的"意义"？

第十五章　小米的心事

在基地冬训竞赛上，三站遥测操作手苏扬获得第一名，二站发控技师和一站燃料加注号手分别获得第二名和第三名。

蓝戈在竞赛的第一阶段理论答题中成绩不错，在第二阶段设备操作中名次拉平，在第三阶段故障排除中，二站、三站的选手拉高总分跃居前列。蓝戈未能进入前三，最终获得第五名。

冬训竞赛结束一周了，蓝戈仍没有从失败的情绪中走出来。这天遥测室召开任务分析会，周高工来室里参加讨论，会后留下了蓝戈。

周高工问她："有没有做竞赛分析报告？你认为自己失利的原因是什么？"

蓝戈躲避周高工的目光，作为测量站推选出来的代表，她没能拿到名次，觉得惭愧："周高工，我理论基础还不扎实，尤其是故障分析排除，以后我会加强这方面的学习积累。"

周高工没有平时那么严厉，语气很轻松："掌握知识是为了形成思维框架，在随后的工作中自如运用。如果对知识只是死记硬背，那这种知识对你不会有太大帮助。"

"明白了，这次竞赛中我认识了很多同行，看到自己身边有这么多优秀的人，基地的各个行业有这么多精英，觉得自己要学的还有很多。"

"看到差距也是收获。基地已经决定，从这次比赛中选取优秀选手参与科研工作，你也入选了！目前红旗9号导弹正在研制攻关，你能有幸参与这次攻关，会对你建立科学的思维模式有帮助。"

周高工还说："参加竞赛不是为了名次，而是从中找到努力的方向。你父亲曾经和我说过，若想取得别人不曾有的成绩，就要付出别人不曾付出过的努力。"

周高工走了，蓝戈回味着他说的话也是当年父亲的话。这句话非常贴合蓝戈目前的状态，就像蓝一石看到了女儿面临的困境，借同事之口把这句话传递给她。

蓝戈把这句话珍藏在心里，这是父亲对她的鼓励。

冬训竞赛时，光测点有一名参赛选手不小心摔伤，住进了32号后方医院。这名干部叫邓柏平，是53号的分队长。

邓柏平住在小米负责的护理区，常常在病房里扯着嗓子闲聊，向病友讲述53号的奇闻逸事。他的病房正对着护士站，小米在整理病案时，邓柏平一声高过一声的闲扯直往小米耳朵里钻，她在低头忙碌的工夫就把53号了解得清清楚楚。

53号是基地最北端的一个点号，也是基地最远的小点号，除了每周一次送信件和补给的班车，平时见不到任何车辆和外人，是真正的"与世隔绝"。

53号有十一名官兵，都是二三十岁的年轻人，有试验任务的时候上机执行任务，没有试验任务的时候就上机维护设备，工作之余没什么文化活动，他们最喜欢的活动是围在一起聊天吹牛。他们发明了一项具有53号特色的娱乐活动——"故事会"，大家挖掘家族里祖宗八代的风流逸事以及陈芝麻烂谷子鸡毛蒜皮的平凡琐事，添油加醋编成故事，演绎出不同的版本来，绘声绘色地讲给大家听。

在服役期内，十一名官兵能把点号所有人的家长里短翻检三五遍，到他转业或复员的时候，每个人都熟知其他人的家族历史和逸闻逸事，随便谁张口说到家里的一位亲戚，其他人脑中会马上浮现出他们家几代宗亲的血缘分支及八卦趣闻。曾经有人疑惑这么做是不是对家族长辈不够尊敬，但马上遭到其他人一边倒的否决，大家说这是对家乡历史的宣传以及对家族传统的发扬光大。其实大家心

177

里都明白,如果把这个"娱乐"活动给否了,那么多寂寞的时间该怎么打发?就这样,"故事会"这个传统节目在53号一茬茬官兵中保留下来。

大家喜欢的另一项活动是踢足球。53号方圆几十公里是禁区,偌大的空地是53号官兵专用的,这个待遇是国足也远不能及的。早些时候大家捡两块大点的石块摆个简易球门,就无所顾忌开踢了,后来基地宣传科给大家配备了专业足球门,球场立刻正规许多。因为球场没有画线标出边界,比赛对球员的竞技要求非常高,如果足球在滚动过程中没有被及时拦截,球员们就得冲出球场追球,常常一场球赛有半场都在越野赛跑。有一次周末遇上刮风,寂寞的球员们按捺不住开了场子,一群官兵在黄风中东奔西跑,前锋一脚射门守门员没抱住,加上五级戈壁风助兴,抬眼间足球就飞出视野范围。那一天为了找回足球,一群人来回跑了五公里。

邓柏平就是从这样的小点号出来的,他住院后就在病房广为宣传53号,现在不仅是小米,几乎全科室的人都知道53号的"奇闻逸事"。

小米给两位好友讲述她听来的逸事和53号里这名有特点的伤员,麦嘉听得哈哈大笑,蓝戈等她讲完后说:"邓柏平是我打小的同学,我认识他这么多年也没你知道的情况多。"

"我知道的还远不止这些,不过这可不是我主动打听的,你不想听都不行,你这位同学太能'宣传'了!"

蓝戈去病房看邓柏平,对他说:"听说你现在特别善谈,没想到几年不见你变化这么大。"

邓柏平拉住老同学要报告自己这两年的心路历程,他说在53号除了那十个弟兄常年见不到一个人,已经对那十张脸产生了严重的

"审美疲劳"。他说自从来32号后方医院他才恢复正常人应该有的"人间生活"，每天门前有纷至沓来络绎不绝的人群，躺在床上听得到门外说话的嘈杂声音，看得到医生护士出出进进的繁忙身影。这些声音和身影让长期生活在闭塞环境中的他觉得头晕，甚至在交流中对那些新鲜信息略感反应迟钝，然而这种微微困难的交流让他十分享受，这才是让人保持正常思维与健康心理的基本生存环境，也是53号官兵梦寐以求的生活环境。邓柏平说："我就喜欢这种人来人往的人间生活，就喜欢这种喧闹中的'繁华'，我得抓紧机会练练嘴，不然见你老同学就要失语了。"

邓柏平还对蓝戈说，后方医院的医生护士说话温和有礼，待人和蔼可亲，和53号的"人文环境"完全不同。53号弟兄们虽然受过高等教育从事技术工作，但简单的环境造就了他们粗犷浅露的个性和直线型的思维方式，平日里大家粗枝大叶惯了，没人有耐心听他东拉西扯的，尤其是在听了无数遍之后。

邓柏平说在后方医院的护士里他最喜欢小米。小米说话的时候温暖地看着他，虽然口罩遮住了她的脸和表情，但邓柏平深信她是"巧笑倩兮，美目盼兮"，和小米在一起感觉神清气爽、如沐春风、心旷神怡……

蓝戈听邓柏平啰啰唆唆讲了半下午，离开时说："既然你这么喜欢32号，那就安心在这儿慢慢感受吧。"

邓柏平尽情享受着难得的养病时光，在这段美好的时光里，他越来越关注小米。小米在病房里养了几盆太阳花，这些花草给久不见绿色的病人带来无可替代的愉悦心情，他和病友们把小米负责的病房评为"最美病房"，他由此更觉得小米与众不同，深信她是个蕙质兰心热爱生活的好姑娘。

这天小米给他伤口换药，边操作边询问他的感受，提示说可能会出现痛感，安慰他这是正常反应不用紧张。这本来是一名护士最普通的日常工作，但在邓柏平看来这是小米对他的额外关心，而且他认为这种关心出自她温柔善良的本性，绝不是流水线上的职业习惯。

小米弯着腰处理伤口，一缕刘海儿从帽檐边掉下来遮住眼睛，她手里拿着纱布怕被污染，用胳膊把头发拂到一边。邓柏平眼睛一眨不眨地看着小米，觉得小米举手投足中透着恬静温婉，一颦一笑中含着深情厚谊。他第一次离一个女性这么近，近得能闻到她的气息，仿佛他喘口粗气就能吹动她帽檐下的发丝。

小米没把邓柏平的"关注"往深处想。32号附近有七个小点号，这七个小点号官兵的日常治疗、咨询检查都要到后方医院来。小米平时会面对一拨拨来来往往的官兵，这些官兵来自全是男性的小点号，他们一年到头见不到一个女性，住在后方医院自然格外关注女护士，小米早就习惯了被人关注打量。

另外小米有自己关注的事。她和蓝戈、麦嘉在帮助龚平时尝试运用心理护理，想通过心理护理发挥对官兵训练的辅助作用，这个尝试让她发现了工作中的新天地，原来普通的护理也可以拓展出深度。她上班工作忙碌，下班学习研究，饱满的节奏让她无暇细究邓柏平的小心思。

小米在研究制定心理护理预案时留意到邓柏平的特别。邓柏平常常坐在床上和病友高谈阔论，一张嘴几个小时停不下来，从周围小县城的现状到国际政治局势，从戈壁滩的风力发电到国内经济发展，从小点号的足球赛到贝克汉姆、罗纳尔多。无论别人说什么话题都能引发他宣泄般的滔滔回应，中途枝节横生时时忘记原本要表达的主题，聊天范围充分展示了他对时事政策的了解之广及对各类知识的掌握之深，尽管大部分内容与他本人关系不大，但他两眼放光精神亢奋，仿佛说的是他的亲身经历或与他密切相关的事实。他明确表述着个人对事件的鲜明态度，时而焦灼时而激动，他自我评价说虽然身在几平米的局促病房，却拥有一颗超过九百六十万平方公里的辽阔的心。

邓柏平说得最多的是他的本职工作。53号是光测点号，试验任务时要通过光学经纬仪跟踪拍摄导弹飞行轨迹，邓柏平在53号是经纬仪操作手，他天天和这些设备为伴，对机器的每一个零部件都了若指掌，对操作的每一个步骤能倒背如流，他号称自己闭着眼睛都能完成设备操作的整个流程，还自信能把设备拆成最小的散件再组装起来，当然前提是队长允许他这么做。

邓柏平特别热衷于给人描述试验任务的场景，什么画面跟踪、胶片判读、目标交会……不管别人能不能听得懂喜欢不喜欢听，只要被他拉住了就得耐心听两个小时的专业课。

他开讲的时候腿和脚一点儿也不痛，坐在床上慷慨激昂声音洪亮，满脸都是闪烁的眼神和翻飞的嘴皮子，但当他独自一个人时就垂眉耷眼呻吟喊叫，引得门外护士不停地进来看。

小米默默观察邓柏平，心理学中这样的病人被称作倾诉症患者，邓柏平的行为带有典型的病症特征，这和他常年待在小点号生活寂寞有关系，但他的症状轻微，还没有达到需要治疗的地步。小米认为，只要患者所处环境合适，症状很快就会得到改善。

小米专门为邓柏平制订了一份康复方案，计划通过心理护理影响他的感受和认识，改善他的心理状态和行为。小米每天会抽空和邓柏平聊天交流，安抚他的亢奋及焦虑情绪。

邓柏平不知道小米接近他是护理学上的工作范畴，他以为这是小米对他额外的关心，这正中邓柏平下怀，他每天对着小米喋喋不休，恨不得把所有和自己有关的事都一股脑倒给小米，让小米了解他内心里的每一个角落。

小米认为邓柏平这名患者的表现是典型的焦虑症状，她安安静静地倾听，通过心理暗示肯定他的想法，引导他放松情绪，平缓亢奋。她耐心等待他说话的停顿间隙，自然地在这个间隙转移话题。

邓柏平没有发现小米针对他的这些"设计"，他对人的心理和思想从没有细究过，更没听说过什么"心理护理"和"心理治疗"，他关心的多是物质层面的事件和事实，他只看到小米对他的悉心照顾和耐心倾听，没发觉隐含其中的观察与引导。

邓柏平对小米的耐心倾听生出依赖，把她职业化的举动看作是对他本人的好感和接近。

小米常常对蓝戈说起她的这位老同学，邓柏平啰唆的倾诉、夸张的表述以及旁若无人的吹嘘，让蓝戈和麦嘉听得忍俊不禁，蓝戈奇怪："邓柏平原来是个挺稳重的人，是什么让他发生了改变，现在有这么强烈的表现欲？"

后来，小米隐约感觉到邓柏平的有意走近，但她佯作不知，邓柏平仅仅是自己的一名病人，她对他的照顾丝毫没有感情色彩，抛掉这些不说，小米有自己喜欢的人。

小米喜欢靶标营营长林道源，她一直没有机会和他交流，林营长也不知道她的想法，这就是所谓的单恋吧，所以她没有和蓝戈、麦嘉吐露过心事。

靶标营是测量站的一个营，负责在试验任务时为导弹提供射击目标，并在任务结束后搜寻导弹残骸和靶标残骸，科研人员将根据残骸分析导弹制导系统、控制系统和引信战斗部的工作效能。

小米认识林营长是在一次救护任务中，事件起源于靶标营去导弹落区回收靶标。

那次导弹发射后，林营长带搜索连去寻找坠毁靶标，当时靶标被导弹碎片击中，落地后起了小火，不巧的是火势刚好在靶标油缸附近。

搜索连看靶标损毁不严重，认为可以在后期修缮后重复使用，打算回收这架靶标。林营长说靶标飞行时间短，机上燃油消耗少，油缸剩油多，一旦引燃将会给靠近的人带来危险。他命令战士们往后撤退，拿着灭火器准备独自处理。

战士们拉着营长不让他去冒险，战士小石趁他不注意，抢过灭火器迅速扑灭了靶标燃火。林营长见状果断冲到靶标前，动作麻利地拆除了油箱。

小石在灭火过程中被风吹起的火苗烧伤。后方医院接到通知后派救护小分队赶往靶场，小米跟随小分队来到救助现场，在这里他见到了林道源，这是她和林道源的初次相遇。

当时靶标已经被固定在卡车上，战士们正围着"战利品"谈笑。林道源陪小石站在一旁，背后的夕阳勾画出他们俩穿着军装的利落剪影。

小米迎着阳光，眯着眼看到两名军人端正挺拔地站在戈壁上，其中一人身影修长，伟岸英武。落日的柔情和军人的刚强完美结合在一起，就像一幅美丽的写生。小米远远欣赏着，边走边下打量。

强烈的阳光下她看不清对面的人，她不知道对面的人背对阳光看她看得真切。走近时她发现那名军人正目光炯炯看着她，想到自己一路走来一直盯着他看，小米一下子脸红了，神情窘迫慌乱起来。

小米眼神低垂不敢再直视他，但他的炯炯双目给她留下深刻印象。后来她听战士们描述当时事件发生时的场景，才知道他是靶标营林营长，小米想象林营长处理靶标险情时就是这样的眼神，这双眼睛里的沉稳和冷静让小米大受震撼，就是从那时候开始，林营长深深留在了小米心里。

小石住院后，小米经常来病房查问，她总会找到话题问起靶标营。小石非常乐意给别人讲靶标营，尤其是深受战士们敬重的林营长，一说起他来就滔滔不绝。小石自豪地说，林营长是基地的业务标兵，他的专业水平在空军的靶标领域非常有名，这几年营长带着他们改装老旧靶标，改装之后的新型号使用寿命大大延长，基地司令部测算他们营已经节约了几千万元的科研经费。

小石说，为了能让靶机重复使用他们想尽了办法，改装靶标需要做大量的数据测试，冬天的时候数据有可能受低温影响，有时候图省事他们就顺手脱下皮大衣为设备保暖。因为戴棉手套操作不方便，常要摘了手套徒手操作，林营长因此在几年前冻伤双手，生了顽固性冻疮，手一到冬天就红肿发痒。小石说，林营长在生活上粗枝大叶，教导员批评他消耗"革命的本钱"，让大家平时监督他，但他还是一忙起来就什么都不顾。

小石对林营长十分佩服，他说林营长带出来的兵不光技术过硬，还个个都有强烈的"管理意识"和"参与意识"，所以在靶标营大家非常平等，平时没有明显的上下级意识，大家说话都没大没小的，但每有任务绝不掉以轻心，个个都是精兵强将。

小石一说起靶标营和林营长就停不下来，通过小石的描述，林营长的形象在小米脑海中一点一点丰富生动起来，小米一个人独处时反复回味这些"故事"，它们让她更多地了解了林营长，让她看到这个初见就有好感的人真的这么优秀，而那些发生在他身上的生活小事，让小米觉得他在可敬之外还有可爱之处，觉得他是一个不会关心自己而需要别人去关心他的人，而她就是这个可以去关心他的人。

如果说这时候小米对林营长还只是有距离的钦佩与喜欢，那么当她目睹他处理问题的果敢后，内心便开始暗生情愫。

发生战士烧伤事件后，后方医院决定改变工作方式，在有发射任务时派医疗小分队跟随部队去落区，以便随时处理可能发生的人员伤情。

这天，医疗小分队和靶标营搜索连一道乘车赶往残骸区。小米和同事到达现场时，并没有发现靶标残骸，他们看到不远处有一枚完整的导弹，导弹头部已扎入戈壁，在坚硬的戈壁滩侵彻出一个巨大的深坑。

搜索连在导弹近旁查看，他们发现导弹没引爆就摔落下来，战斗部在与地面高速撞击时产生破裂，弹体中部分炸药洒落出来，与周围碎石沙子混合在一起。

林营长一边通过车载电台向基地指挥中心报告，一边安排官兵去周围寻找靶标残骸。

指挥中心传来指令，要求他们将导弹就地引爆。林道源向官兵现场教学说："导弹战斗部倾泄出来的炸药已经和沙子混合，如果现场拆除战斗部容易引发爆炸，首长是担心咱们拆除的时候有危险，所以才决定放弃这枚导弹，下达就地引爆的命令。"

林道源围着导弹看了十几分钟，然后和战士们商议引爆方案。他随手拾起一块小石块，在地上画图讲解思路，边画边对战士们说："咱们在战斗部这个位置装一个爆破装置，用导火索远距离点燃，引爆导弹和散落的炸药。"

引爆方案得到指挥中心认可，林道源从车上提下工具箱开始准备。他指导战士们计算导火索燃烧时间和人员撤离时间，按照计算值截取了一段导火索，开始现场自制小型爆破装置。林道源把爆破装置小心地部署在导弹战斗部位置，又对一旁的王连长说："一会儿你先带着人撤离，留我一个就行了。"

小米在基地工作了几年，大致了解一些导弹发射常识，她听蓝戈说过，这个型号的导弹在爆炸后会产生三千六百多块碎片，大量高速飞溅的金属弹片会对周围数百米内的物体产生严重损毁。就是说这些碎片是用来击落飞机或目标导弹的，如果遇到人将会产生不可想象的致命伤害，现在要就地引爆，意味着人要近距离操作，如果导弹在人没撤离到安全地带提前爆炸，其危险不言而喻。

旁边一名助工看小米紧张不安，安慰她："黄护士你不用紧张，一会儿咱们会撤退到安全地带，这儿只留一名操作人员。"

"操作人员会不会有危险？"

"只要导火索长度计算精确，就能在爆炸前撤离到安全区。"

不知道原理也就罢了，听了解释小米更加担心。林道源不知道有一双焦虑的眼睛在注视他，他一直忙着布线，头都没抬过。

准备就绪，大家撤退到一公里之外，只留下林营长和一名司机。吉普车没有熄火，停在距离导弹 50 米处，等待林道源点燃导火索后上车撤离。

小米和战士们撤退到安全地带，远远眺望着，戈壁安静得能让人听到自己的心跳。

小米看不到林道源点燃导火索的那一瞬间，她只看到远处的吉普车一路飞驰向他们驶来，在驶入安全区域后导弹轰然爆炸，大大小小的碎片四散飞崩，远处升起一朵小小的云，小吉普车在爆炸产生的烟尘中越来越近……

吉普车朝着他们飞驰而来，背景是爆炸的火光和腾起的黑云。爆炸的那一瞬间不过是一两秒钟的事，但它带给小米的震撼使得爆炸的冲击力与驶向她的吉普车成为一个慢镜头，后来它定格成一帧画面，这幅画与小米初见林道源时他背对夕阳的那一幅一道，深深地刻进小米脑海里。

小米的内心充盈着对林营长的喜欢，她在脑中一遍遍回放这两幅"画面"，一遍遍重温和他在一起的短暂时刻，想象小石讲述的林营长的生活片断，这些细碎而反复的思绪让她夜里失眠了。

在共同经历这次险情之后，小米又在另一次任务中目睹了林营长面对突发情况时的冷静与沉着。

那项任务是检验兵器系统的多目标能力，计划在指定空域放飞两个被攻击目标：航模与靶机。航模由靶标营放飞，靶机由兄弟部队从五十公里外放飞，要求两个被攻击目标在同一时间处于同一片空域。

当天，靶标营按照既定时间放飞了第一目标航模，航模进入靶场后在上空盘旋等待。按照计划，兄弟单位的第二目标这时候应该进入指定空域，大家仰着头等了好久，迟迟没见靶机出现，航模只好在指定区域盘旋等待……

第二目标的迟到使第一目标比原定时间多飞了20分钟，靶标营官兵清楚，航模体积小燃料有限，不能待机太久，再等下去恐怕等不到第二目标到达就会坠落。

站长问林道源："航模能不能坚持等到第二目标，要不要重新放一架上去？"

林道源还没回答，麦克风传出指挥所消息："第二目标已起航，正在飞往指定航区。"随即指挥员下达"导弹10分钟准备"命令。

几名官兵小声议论："这下形势复杂了，到底要不要重新放飞？"

"不能放，重新放有一个过程，第二目标得在空中等待，两个目标能不能同时到达指定空域就有不确定性。"

"如果两个目标不能同时出现在指定空域，今天的试验有可能要取消。"

"靶场几百台设备这么多天的校准调试，那不是白忙活了！"

大家看着林道源，等他做决定。

林道源两只手搓着绞在一起，他略微思索说："从航模有效飞行时间看，续航时间能支持，不用重新放飞。"

林道源向操作手下达指令："继续在航区等待。"

十分钟后，第二目标出现在指定区域。随着指挥所口令的下达，两枚导弹相继升空，双双击中目标。

战士们跳跃着欢呼，站在远处的小米长舒一口气，她觉得自己比站长还要紧张。

第十六章　林营长

这次参加任务，小米借着从林道源身边走过的机会瞟了一眼他的手，看到冻疮比想象的严重，他的左手有两个手指红肿得厉害，上面有陈旧性的伤痕。小米还发现他有搓捏手指的习惯性动作，小米从这个小动作中猜测是长时间的瘙痒不适造成的。

从他身边经过的时候，小米想停下告诉他怎么做能减轻症状，转身时看到林道源正表情严肃和旁边的人说话，大家专注地忙碌着，没有人留意到她。

小米在张嘴的瞬间犹豫了，这是发射现场，大家都在忙着准备任务，这时候说这个话题合适吗？而且他们两个从来没有单独说过话，她突然跑上前去说冻疮的事，会不会让人觉得她很奇怪？小米这么一想脸红了，转身急匆匆离开了。

虽然小米对林营长的好感日渐浓烈，但从来没有机会和他接触，现在靶标营小石病愈要出院了，小米向护士长请示说："我和小石一起去趟靶标营，和他们领导交代一下训练中的注意事项。"

靶标营驻扎在测量站边缘，营房四周长着一簇簇巨大的骆驼草，此时正值旺夏，骆驼草枝叶繁茂，枝丫向四周伸展蔓延，葱葱茏茏团成深绿色球状物围绕着靶标营。

小石一边走一边热情地向小米介绍："这是我们前任营长移栽的骆驼草，老营长说这种草根系发达，吸水能力强，一年只要浇一次水就能活。不过自从这些草移栽过来，我们就没让它缺过水，所以这些草疯长，几年工夫就长成现在这样了，大家管它们叫'骆驼树'。"

小米跟着小石来到二楼营部，林营长的办公室正对楼梯，小米一上楼就看到他正端坐在桌前。桌子收拾得整整齐齐，靠墙一侧放着一枚用靶弹弹片制作的红旗2号导弹模型，正中是用同样弹片材料制作的笔筒，桌角端端正正摆着军帽。这天的阳光和往常一样明亮，但又和往常不一样，光线中多了一些温柔，从林营长背后的窗户斜照进来，让他浑身散发着温暖的光芒。

林营长正在本子上写着什么，没发现门口来人，一直低着头。小米静静站着没有上前，如果不是怕身边的小石发现她的异常，她真想这样多站一会儿。

小米向林营长介绍了小石住院期间的情况，又回头叮嘱小石注意事项。她说话的时候注意力有点儿不集中，看上去心神不定。

小米说着说着突然停下来，看着林营长的手。林营长专心听小米说话，看小米张嘴想说什么但又没说出来，像是找不到合适的词表达，她的脸颊微微发红，面露窘迫。

林营长连忙给她解围："谢谢你黄护士，这段时间小石给你们添麻烦了，后面有情况我们再去医院。"

小米点头，急急忙忙转身走了。

小米专门跑到生活区服务社买了半斤毛线，细心挑了与军装颜色相近的藏蓝色。小米织织拆拆返了几次工，总算织出了一双手套。有了这双样品的经验垫底，小米一口气织了四双，她和蓝戈、麦嘉一人一双。麦嘉发现还有一双，看大小明显不是小米自己用的，小米不说是给谁织的，只说等到有了要送的人，一定会告诉她们俩。

小米以为自己隐藏得很好，但是爱情这神奇的东西，即使捂住嘴巴，也会从眼睛里跑出来。

小米按照记忆中林营长手掌的大小织好了手套。除了送小石回靶标营那次，她和林营长还没有单独见过面更没有说过话，送手套是不是有些冒失？小米小心翼翼把手套收起来，她要找个合适的机会送给他。

这一周基地在 32 号举办拔河比赛，晚饭后麦嘉拉着小米和蓝戈去看，说是测量站靶标营和指控站通讯营冠亚军决赛，靶标营能不能拿冠军就看今天了。

小米对体育比赛不感兴趣，但听说有靶标营就跟着去了。比赛在 32 号大操场举行，观众列队围作一圈，大家都在为赛场上的对手加油，只有小米左顾右盼，她没有找到熟悉的身影，比赛看得心不在焉。

第一局比赛通讯营胜，靶标营的啦啦队有点儿激动，向场上的队友高声喊着号子鼓劲儿。麦嘉气得把脚边一块石头踢得老远："靶标营可是连续两年的冠军啊，今天这是怎么了，真不争气！"

第二局两方僵持不下，啦啦队的喊声一声比一声高，绳子中间的红色信标一会儿向左移一会儿向右移，看得小米跟着紧张。靶标营和通讯营来回僵持了四五分钟，最终通讯营胜出，冠军出现了。

小米正在纳闷靶标营怎么就输了，赛场上却一片混乱争吵起来。靶标营啦啦队队员正七嘴八舌吵嚷，向裁判抗议说通讯营选手的鞋有"情况"，要求检查对方的鞋。裁判过去一看果然发现问题，通讯营每名队员的鞋底下都粘了厚厚的沥青，这相当于人为增加了摩擦力，脚底扒地能力大大提高。靶标营战士们直着脖子喊，说这是典型的作弊，前两场不算数，要求重比。

靶标营带队干部是搜索连王连长，他赶紧跑过去协调，一边安抚大家情绪一边向裁判提出抗议，要求判这两场比赛无效。

两名裁判从来没遇到过这种情况，商量了一会儿认为靶标营说得有道理，要求通讯营换鞋重比。

换鞋后的通讯营士气大降，自然是输了。这下子通讯营不干了，喊叫说："他们是新鞋，我们换的旧胶鞋底子滑，不公平！"靶标营讥讽对手："正经的不行，歪门邪道挺多！"

两营战士越吵越凶，面对面争得面红耳赤，已经有人开始撸袖子要动手，场面马上就要失控。

就在两个营争吵的工夫，靶标营文书跑到机房去搬救兵。林营长在来的路上就把前因后果弄清楚了，他远远看到操场上乱哄哄的场面，跑近了大声喊道："靶标营全体都有，集合！"

林道源洪亮的声音盖过了众人的吵闹，靶标营战士听到熟悉的口令，几秒钟就面向营长集结好了队伍。

自从林营长出现，小米的目光就没有离开过他。林营长像往常一样一脸严肃，他命令王连长把队伍带到指定观看位置，转身对裁判说："今天通讯营的战友们没有合适的鞋，建议今天比赛暂停，等明天准备好了再重新比。"

比赛场上安静下来，裁判员正满头大汗，看林营长控制了局面赶忙下达命令："明天重比。现在全体都有，解散！"

靶标营战士虽然心有不甘，但营长已经说了重比，没人敢多嘴，两队参赛队员喊着口号退了场。

第二天小米值班没能去看比赛，但她惦记着靶标营赢了没有，一回宿舍就着急问结果，麦嘉还在为靶标营抱不平："赢确实是赢了，但林营长批评大家不应该在比赛场上闹，说他们是赢了比赛输了作风，罚战士们去抄军纪。"

小米一脸愤愤不平，她说："这次就是通讯营不占理！如果不是他们捣乱，靶标营第一天就赢了！"

这种事若是放在以前小米问都不会问，这次不光问了，脸上还露出着急来。小米光顾着打抱不平，没注意蓝戈在一旁注意她。

这天小米倒班休息，蓝戈也没急着去机房，在宿舍里和小米聊了好一会儿,她无意中提到,靶标营林营长本来准备休年假回老家,但是基地原准备下月启动的靶弹研制工作提前了,所以林营长只好放弃休假。蓝戈说:"林营长的儿子生病了,本来他是要回家陪孩子的,谁想到这任务来得这么不赶巧。"

这个无意中听到的消息让小米吃惊,这段时间她满心都是林营长,却从来没有想过他是不是单身。真没想到林营长已经成家有孩子了!小米觉得自己的脸在发烫,好在蓝戈没注意她。

小米有点儿后怕,幸亏自己没有冒失地和他接触,她连他是不是单身都没弄明白,就要送手套表达心意,真是可笑。结果是什么那是显而易见的,大家以后还要在一个点号天天见面,那该有多尴尬!

小米还庆幸自己没有对蓝戈和麦嘉说,如果她们俩得知自己爱上有妇之夫,会是什么反应?小米都能想得出蓝戈瞪大眼睛吃惊的表情,蓝戈思想那么传统,她如果知道了肯定要批评小米,还会讲道理让她"迷途知返"。

小米没有想到,蓝戈早已从她这段时间的异样中猜出她的心思。蓝戈从小米织手套开始就留意她的反常举动,后来在拔河比赛中发现她夹杂着少有的个人情绪,隐约猜到点什么,当蓝戈透露林道源已有家庭的信息后,小米掩饰不住满脸的失落和难过,她的心思就彻底暴露无疑了。

那段时间小米失眠了,她整夜睡不着觉,她不想让两位室友察觉到她的情绪,这是件让人愧疚的尴尬事。小米在黑夜里睁着眼,侧身躺着一动不动,她浑身酸疼也不敢翻身,生怕蓝戈和麦嘉发现她的异常。

蓝戈也没睡着,她知道小米心里不好受,想了大半夜也不知该如何劝她。

这几天小米回宿舍很晚，蓝戈以为她在倒班，还是龚平说他在营区外看到小米了，才知道她在猪圈背后的戈壁滩上坐着。

蓝戈跑到营房北边，果然看到小米孤零零地坐在戈壁滩上，风把她的头发吹得上下翻飞，她一动不动像一尊雕塑。蓝戈只站了一会儿就感觉到凉风透进薄薄的军衣，小米有头痛的老毛病，一吹风就头痛难忍，有风的天气绝不会去室外，现在她连着几天在戈壁滩坐着吹冷风，一定是林道源这件事让她难过。

这一天晚上，蓝戈和小米都失眠了，两人各自在黑暗中想着心事。蓝戈决定第二天找小米谈一谈，她不想让小米这么难过，她因为小米的难过而不好受。

第二天早上起床，她看到小米的黑眼圈，小米故作无事和她说笑，她看出了小米的顾虑，打消了念头没有开口。

蓝戈犹豫了许久，确定这件事不能和小米挑明，小米是个情感含蓄的人，她给林道源织了手套，只是因为没有确定林道源是不是对她有意，就谨慎地没有告诉两位好友，现在她已经知道林道源不可能和她在一起，更不会和她们坦白自己的心思。

军营生活让男人成为兄弟，让女人成为感情更细腻的"兄弟"。在几年的戈壁生活中，蓝戈和麦嘉、小米既是情同手足的家人，也是有着共同事业与追求的战友，她们之间的感情是混杂着亲人、战友的特殊感情，对于蓝戈这样的孤儿来说，小米和麦嘉是比她自己的一切都要重要的人，如果小米发现她刻意隐瞒的事被外界得知，一定会很伤自尊，而蓝戈最害怕的是她们之间的感情因误解而改变，她不敢想象如果小米和她疏远她该怎么办。

蓝戈决定装作什么也不知道，小米的这段感情毕竟刚刚开始，希望用不了多久她就能走出痛苦。

对小米来说，要走出这段感情很难，她陷落在他的身影中。小米和林营长同住一个营院，过去她从来没有留意过32号有这么一个人，但是人和人的因缘际会就是这样奇妙，自从他们俩认识后就频频在营区相遇，即使现在小米有心躲避，仍然会时不时见到他，有时是早上出操，有时是共同执行试验任务，有时是晚饭后在楼前散步。

小米试着调整自己的生活习惯，在林营长可能会出现的时间段刻意回避，但是概率从不因个人喜好而改变，它总是沿着科学的轨道按照规律出现，小米虽然见不到林道源本人，也总是会见到和他相关的人，或是听到和他相关的消息，这些人和事时时都在提醒小米，有一个很重要的人每时每刻在她周围不远处。

每天的早操是小米躲不过去的相见时间。测量站一字排列的七栋楼前有一条长长的马路，早上各连队都在这里跑步、出操，必然会见到林营长。

林营长身材魁梧，站在队伍里非常显眼，无论他在什么位置，小米只需一瞥就能用余光看到他，她觉得自己的感观就像二站的阿特拉斯雷达，捕获目标后就自动转变为自主跟踪模式，就算她克制自己不看，目标也不会丢失，一抬眼就会看到他端正的身影。

林营长通常会和战士们一起在这条马路上来回往返跑几圈，然后在队列训练时走走看看。有时候小米跑步的队列和林营长的队列相向而过，她感觉一马路的人都隐去了，只有他们两个人相向跑近，又擦肩而过。朝阳中，她小心翼翼地偷瞥一眼，她看清了林营长略显瘦削的脸，他不知道有人在关注他，他的眼睛看向前方，表情冷漠而严肃。

在这些不得不见的场合，小米非常艰难地克制着自己，但是她费了那么大力气仍然收效甚微，她对林营长身影的分辨能力越来越强，早操列队、干部大会、试验任务……在一群穿着一模一样军装的人当中，不管林营长在哪个位置，小米都能在相差无几的背影中一眼认出他来，之后余光就会不受控制地跟着他，心思更是不受控制地想着他。

后来小米把林营长家里的情况弄清楚了，林营长的爱人是他家乡一所中学的老师，他们两人是高中同学，他们有一个三岁的儿子，那孩子从生下来身体就不太好，经常生病，林营长准备休假的那一次病得厉害，已经在医院住了很长时间。

知道这些消息的那天小米心里乱糟糟的，给病号输液竟然扎了三次才扎进去，她红着脸连声说对不起。她向护士长请了一会儿假，独自走到营房外的戈壁滩上静静。

小米坐在戈壁上，任凌厉的秋风把头发吹乱，她把头埋在胳膊里，即使面前没有人也不想抬起头来，羞愧让她难以面对一切，包括现在她面前没有人的戈壁。

小米在风里吹了大半个小时，她头痛欲裂，浑身发冷，冻得直打喷嚏，她终于理清了自己内心纠结不安的原因。她明白了，自己的这种不安是因为她无法控制自己对林营长的感情，这种感情突破了"喜欢"的界限，她明明知道他有家庭，感情却不受控地走向他，越走越近，越来越强烈。

小米决心把这份感情收回来，把它牢牢禁锢在心底，不让它再生事搅扰她平静的内心，更不能让任何人知道她曾经有过这个心思。她把那双手套塞进柜子的角落，再也不想看见它们。

当小米在单恋中进行自我斗争时，在后方医院住院的邓柏平对小米的好感越来越强烈。

经过一段时间的治疗，邓柏平已经可以出院了，当值班护士通知他收拾东西出院时他非常吃惊，他还没怎么好好享受32号的美好生活呢，不是说病去如抽丝吗，这病怎么好得这么快？

办出院手续这天正轮小米值班，护士们进进出出忙着交接班，邓柏平趁其他护士不注意悄悄凑到小米身边，他对小米小声说着什么，看上去信心百倍的样子。

"小米，咱们俩在一起吧！"小米听到邓柏平的话时诧异得一时头脑发蒙，"在一起"是什么意思？他是说谈恋爱吗？小米内心深处对别的男性是排斥的，她满心都是林道源，她不可能当别人的女朋友。

但话说回来邓柏平真的是这个意思吗？为什么他突然提起这个话题而之前没有任何先兆？小米对邓柏平没有太多关注过，虽然他是蓝戈的老同学，但医院里来来去去的病人那么多，她也只是把他当作一名普通病人看待，她甚至没有认真端详过他的面孔。

如果他不是要谈恋爱的意思，那么一个女孩子误会别人有意于她也是件很尴尬的事。这番疑惑让小米迟疑了，她不知道该怎么回应，只好装作什么也没听见。

口罩遮住了小米的表情，邓柏平不知道小米在这么短的时间里想了这么多，小米低垂着眼快速填好一张单子，递给他说："这是出院注意事项。"然后匆忙起身离开了，自始至终都没有看他一眼。

第十七章　沙漠玫瑰

邓柏平向小米表白心意却没得到回复，他怀疑是自己声音太小小米没听到。回53号的第二天他给小米打电话，电话要通过总机接转，等了好久被告知因线路问题接不通。这一天邓柏平给总机拨了十几次电话，总机接线员看他一次次地拨打，以为他有十万火急的事情，让他安心等着，一旦线路好了马上帮他接通。

第三天总算是接通了，邓柏平激动得口干舌燥，他握紧话筒听对面的声音，他听到接电话的小护士喊小米，过了一会儿有轻盈的脚步走来。

小米拿起电话，听到是他迟疑了一下："伤口有什么问题吗？"小米的语气平静而职业化，那种波澜不惊让邓柏平确定她没有听到自己临走时说的话。邓柏平一字一句说："小米，我出院的时候和你说想和你在一起，但是声音太小了你没有听到，今天给你打电话就是想告诉你：我——喜——欢——你！咱们俩在一起吧！"

邓柏平最后两句话铿锵有力，震得小米耳朵嗡嗡直响，如果不是护士站人来人往声音嘈杂，估计几米外都听得到。邓柏平听到话筒里没声音，追问道："小米，小米，你听到我说的话了吗？"

小米脸颊微热，语拙词穷，从来没觉得自己的嘴竟然这么笨。这时候有人走过来，她慌乱中顾左右而言他："我还有病人要治疗，有什么问题你问值班护士吧。就这样，再见！"小米扔下电话逃跑一般离开护士站。

小米的态度让邓柏平如坠五里雾中，下次再打电话压根就找不到人了，每次接通后都被告知"黄护士正在做治疗"或是"黄护士不在"，让满腔热情的邓柏平扑了个空。

邓柏平悄悄给蓝戈打电话问情况，得知小米还是单身没有男朋友，悬着的心才放下来。他告诉蓝戈他喜欢小米，准备追求她，末了叮嘱说:"感情这事儿不能勉强,你不用帮我,相信你老同学能搞定!"

邓柏平分析,小米不接电话表明她不想再和他接触,她在电话中没有马上回答大概率是不愿当面拒绝,也就是说小米虽然没有接受但也没有明确拒绝,她的这种回避方式让邓柏平从中看到隐藏在其下的善良,更让他觉得小米值得他爱。

邓柏平决定用行动让小米了解他走近他。在这个充满变数令人忐忑不安的特殊时期,同住一屋的周技师成了他的倾诉对象,每当空闲下来,邓柏平就会拉住周技师递上一支烟:"给兄弟参谋参谋。"

周技师是从河南一个山沟考上军校的农村孩子,到现在为止还没有恋爱经历,而且到部队后基本没见过女性,所以他觉得自己在这方面是没有能力给邓柏平做参谋的,但能力是一回事态度是另一回事,兄弟遇到问题了肯定是要帮的。小周问了邓柏平事情的来龙去脉,热情地帮他分析形势:"从你说的情况来看呢,你的这个小米内秀、腼腆,对待腼腆的女孩子要有耐心,但是哩,你没做任何铺垫就单刀直入去问人家,这简直就是在逼问'你喜欢我吗',你想让人怎么回答你,你以为人家会像你没脸没皮地说'我喜欢你'?所以兄弟啊,你的第一次出击没找准进攻点!"

周技师用河南腔模拟小邓和小米一问一答,语气忽而粗鲁短促忽而细腻悠长,鲜明对比出了小邓的直接粗暴,邓柏平听小周这么一说恍然大悟,他一拍大腿喊道:"我的妈呀,原来是我的问题!周儿你说得对,是我方法不对!"

邓柏平在认真思考与深刻反省后,谨慎调整了对小米的追求策略,他由打电话改为写信。写信因为不受拒接的打击,操作起来自主方便,邓柏平写信频率竟然比打电话还要高——两天一封,雷打不动。

邓柏平改变了直追不放的战术,他在信里不再追着小米要答案,而是像个老朋友一样和她聊天,他讲小点号的生活,讲执行任务遇到的新鲜事,讲自己在工作中的想法和打算。每到夜深人静的时候邓柏平就会铺开信纸与小米"谈心"——虽然戈壁滩无论白天黑夜大多时候都是安静的,但邓柏平认为只有到了夜晚,喧嚣的大气层才真正沉静下来,一切浮在半空中嘈杂的、混乱的都会静止下来,这样的磁场下人的思维会更安静、更敏锐,人的情感也是最纯净最本真的真诚与坦白。

邓柏平文思涌动、妙笔生花,笔下流淌出的词汇文采斐然,夹杂着白天少有的柔情,让他忍不住拿着信一读再读。每读一遍都像是面对面向小米倾诉,然后自己内心涌出倾诉之后的满足与平静。他自认为这么才华横溢、真情实意的笔触一定会感动小米,他坚信小米在持续的读信中会逐渐习惯他的陪伴,最终为他的真诚所打动。

周技师对恋爱中的邓柏平不太理解,白天在机房辛苦干了一天,晚上回来他只想躺床上翻杂志,他不明白小邓怎么就像打了鸡血一样兴奋,大半夜地不睡觉在台灯下一笔一画地写啊写,当年写毕业论文都没这么认真过吧。

邓柏平对周技师的取笑毫不介意,露出憨厚的笑容,这让周技师感慨万分。小邓平时是个嘴上不吃亏的主,别人说他一句他能怼三句,跟浑身长了刺的刺猬似的,没想到谈个恋爱会让他变得这么宽厚,如果世界上的人都在恋爱状态就好了,那会少多少争执和矛盾啊,社会会变得一片和谐,或许连战争都没有了,军人也可以光荣"失业"了。

邓柏平的信通过班车源源不断地被送到了后方医院,小米开始还拆开看,她为自己在事件发生之初没有把握时机处理好而懊恼,她想给邓柏平回信解释误会,但现在的邓柏平在信里根本不提敏感话题,更没有指向两人关系的话,只是像个同事、朋友一样聊聊天而已,这让她不知该怎么面对这个难题,几次提笔又放下,到后来她拿到信就像拿了烫手山芋,看都不看直接扔进抽屉里。

就这样,邓柏平深夜里的一腔热血随着远去的班车杳无音信。一个月,两个月,三个月……邓柏平努力控制内心的情感波动,坚持他精心设计的"信件攻势"。

这天晚上邓柏平雷打不动进行"深夜创作",小周一觉醒来,看到台灯下的邓柏平眉头紧皱,椅子周围一地纸团。小周被刺目的灯光扰得睡不踏实,言语间带了埋怨:"这纸是专列运进来的,每一张都很宝贵!恁咋能为了自己发泄情绪就浪费国家财产哩?恁不能这么糟蹋东西!"

邓柏平正在懊恼,他对小米的一番情谊随着信件一封封走了,但至今没有收到一封回信没有接到一个电话,就像是重拳打在棉花里。他满腔的能量没有释放出来,正在沮丧又听到小周的责怪,气不打一处来,朝躺在床上的小周吼道:"三更半夜睡你的觉,瞎掺和啥!"

说着胳膊一挥撕下一张信纸,揉成团重重砸在小周硬板床靠着的墙上,那架势恨不得砸他脸上才能出气,小周气得一掀被子坐起来要和他理论。

小周怒气冲冲从床上爬起来,睡眼惺忪中看到邓柏平胡子拉碴神情萎靡,在昏暗的灯光下更显得憔悴落寞,平日里生龙活虎的大男人,生生被一个小姑娘折磨成这个样子,真是可气又可怜。

小周心生不忍,怒气消了大半,他盘腿坐床上替这个可怜人想办法。讨人欢心对来自农村的小周来说也是件难事,两人讨论来讨论去,时针走了一圈也没想出什么好办法。小周困劲儿上来了,不耐烦地激邓柏平:"恁每天坐在这儿思前想后的,哪像个爷儿们!有啥想法和她面对面说去,一是一二是二不就说清楚了吗?"

邓柏平眉头紧锁,他对小米的反应始终搞不明白:"我是想和她说来着,可她不接我电话,你说她是啥意思?"

小周气他行动不直接:"你能不能去趟医院?中就中不中就不中,恁看恁这娘劲儿!"

"那是恁这样的武夫才会做的!对女孩子要柔风细雨,要有耐心,何况是小米那么温柔的女孩子……"邓柏平话说到后面时嘴角微微上翘,两眼闪烁着光芒,脸上突然映现出一片温柔神态,把小周看得打了个哆嗦,激起一身鸡皮疙瘩:"我勒乖乖来!"

小周觉得坠入情网的邓柏平已经无药可救,但是又不落忍打击他,只好说:"那恁就要好好动脑子了,对待女孩子得有办法,或者说是手段。"

邓柏平白他一眼:"恁就会纸上谈兵,恁谈过恋爱没?自己一点儿实战经验都没有,还在这儿给我瞎出主意。"

"没吃过猪肉还没见过猪跑啊?我一高中同学追女孩可有一套了,为了讨女朋友欢心,天天拿一朵玫瑰花去她宿舍楼下等,终于……感动成一家人了……可惜……咱这地方没有花店,不然恁拉上一驾子车花,那多强量……"小周边说边打哈欠,说到最后舌头打结都不知道自己在说什么了。邓柏平却越听越精神,小周无意间的话如戈壁闪电照亮了他混沌模糊的思路,先前自己怎么就没想到,他得为小米做些什么,而且得是件难做的事,唯有自虐式的难事苦事才能表达出自己对小米的真情实意。

邓柏平从炊事班要了几斤黄豆,找了十几个大罐头瓶泡进去,又从机房拖回来两个装胶片盒的木箱子,敲敲打打了半下午,改装成两个长木条箱。

小周冷眼观察邓柏平,看他东奔西跑往宿舍捣鼓东西,不知这家伙又想出什么新花样。

周末,邓柏平起个大早,套上作训服背着军用水壶出去了,直到傍晚时分才回到营院。他风尘仆仆撞门而入,肩上扛着一个巨大的蛇皮袋子,他小心地把袋子卸下来,把里面的东西倒进木条箱。顿时一团烟尘腾空而起,满屋子飘荡着灰尘和草絮,一股尘土腥气与动物粪便的混合味道扩散到宿舍每一个角落。

小周吃惊地看着这一切,挥着手臂企图阻挡扑面而来的尘土和草屑,他透过灰尘朝木条箱看过去,竟是一堆羊粪!小周又看看摆在架子下的肥料和架子上的木箱,立刻明白了大半,他边开门窗边呵斥道:"邓柏平!恁这是弄啥来?这是宿舍,不是恁的试验田!"

邓柏平如同他乡遇故知一般开心,面露夸张笑容跑过来要握他的手,被小周挥臂甩开。看着小周嫌弃厌恶的表情,邓柏平冲着他嬉皮笑脸:"周儿啊,我还没说恁就知道我要试验啦?恁小子太聪明了,等我种出玫瑰来,算恁一份功劳啊!"

小周惊得瞪大了眼:"熊孩子,恁脑子烧糊涂了吧?"

邓柏平一脸坚定表情,他说:"周儿啊,我怎么就没想到呢,小米那么爱花的人,我早就应该想到要投其所好,还是你一语点醒梦中人,恁说得对,还是恁见的猪多!恁就等着瞧好吧!"

小周在小点号待了这么多年,除了炊事班在厨房种的一脸盆蒜苗,从没见过鲜活的绿色植物。在戈壁滩上,一把小青菜远比一把玫瑰更受欢迎,如果有劲头在戈壁滩上培育植物,如果戈壁种植要在玫瑰和蔬菜中做一个选择,估计是人都会把票投给蔬菜,现在邓柏平竟然要跨越物质层面去追求精神需求,简直是匪夷所思!邓柏平无可回避成为53号官兵们茶余饭后的戏谑对象,按照小周预测,这也将成为53号的年度头条新闻。

邓柏平对大家的揶揄无动于衷,一心一意培育他的"试验田"。在邓柏平看来,他种花是对喜欢花草的小米的回应,这样一来他们俩岂不是志趣相投,志同道合了。而且能在寸草不生的戈壁上种出玫瑰,亲自采摘送给心爱的人,更是一段浪漫佳话。他相信小米一定会被他感动,会接受他的感情的。靠着这种美好愿景的支撑,种出玫瑰成了邓柏平业余时间最重要的也是唯一的生活内容。

邓柏平的种植试验不可避免影响到小周的日常生活,他在宿舍里搞什么试验,那几个长条箱往房间一摆,房间更加局促拥挤,转个身不小心就磕着腿,这还在其次,重要的是羊粪的味道让人受不了。小周对这种味道特别敏感,闻着直犯恶心,宿舍空间狭小,那几箱子粪就在他桌子和床旁边,白天开着窗还好点儿,到了晚上门窗一关,一阵阵的味道萦绕着他,让他呼吸都不顺畅,躺在床上翻来翻去好久才睡得着。

小周很愿意为兄弟拿下"目标"出力,但总不能让他夜夜睡不好吧,听说长时间睡眠不好会折寿,这可触碰到了小周的底线。

小周硬着心肠讽刺挖苦邓柏平,试图用残酷冰冷的语言暴力为他的热情降温,可是邓柏平根本不为所动,不是乐呵呵地朝他傻笑,就是当作什么也没听见,一副我行我素的样子。就这样坚持了几个月,邓柏平硬生生把小周对气味的敏感磨没了,让他适应了这股夹杂着草味的腥臭。

小周在邓柏平的"感化"下,成了邓柏平"试验"的同盟军。小周虽然在农村老家时没有种过地,但照小周"没吃过猪肉见过猪跑"的理论,他还是比邓柏平有经验,两个人成天趴在那两箱粪上研究,期望着早点种出玫瑰花，促成邓柏平的行动。

邓柏平自从开始种花，感情像是有了寄托，情绪日渐平稳，他晚上不搞"激情创作"了，开始安安稳稳睡觉，脾气也好了很多。小周暗自替兄弟高兴，邓柏平终于恢复以前的正常状态了，如果他再这么折腾下去，小周都担心邓柏平会出心理问题。

内陆的玫瑰来到干燥高温的沙漠地区还真不适应，不知是羊粪的肥料太过猛烈，还是物种基因不适宜环境巨变，那些枝枝条条栽下去没多久，就逐渐变成干巴巴的标本。预料之中的结果没能打击邓柏平，他和小周互相鼓励着："咱导弹都发射上去了，这点儿事算个啥，又没多少科技含量！"俩人刨掉干枝，种下新苗……再刨干枝，再种新苗……

53号离后方医院将近三十公里，唯一的交通工具是补给班车。每个星期一早上九点，补给车会准时停在营房门口，扔下一些补给物资和信件，再驶向下一个点号。

班车牵动着邓柏平的心，每周一班车到来之前，邓柏平会早早从宿舍跑出来，远远望着地平线等待。邓柏平明知道班车不会给他带来任何消息，仍执着地在班车出现的时间一次不落现身，他像在践行一个约定，只因为那辆车是从小米的营区开过来的。

邓柏平揣着手倚在墙上，看着班车远远开过来，又毫无音信地离去。他眼巴巴地目送班车开走，直到再也看不见。

小周不忍心看他这么折磨自己，劝他："兄弟，有一位哲人说'凡事顺其自然'，咱该做的努力也做了，接下来你就顺其自然，让那些事去屎吧！"

邓柏平白他一眼："哪位哲人？是你说的吧？周儿你知不知道你这种处世态度是明显的敷衍！真正的顺其自然是竭尽全力之后的不

强求,而不是你这样两手一摊不作为。"

小周好心好意想替他宽心,没想到邓柏平倒打一耙给他扣顶"不作为"的帽子,小周指着邓柏平瞪大了眼睛,气得说不出话来。

小周并不知道,邓柏平每隔两个星期会给他的同学蓝戈打电话,是为了从蓝戈那里了解小米近期的情况,他要确保小米与他的这种相对稳定的状态,军人从来不打无准备之仗,他暗自努力可以,但也并不盲目。

随着邓柏平"种植试验"的形势发展,小周发现自己又要去适应下一个"新常态"了。

邓柏平床底瓶子里的黄豆开始发酵,虽然盖着盖子,但一阵阵的酸腐之气顽固地飘出来,熏得小周胃里直冒酸水。长条箱里的羊粪也开始发酵,散发出一股难以形容的奇怪味道。冬天的室外零下三十多摄氏度,宿舍窗户肯定是全天紧闭,如此一来房内充斥着腐败的豆腥味和动物粪便的膻臭味,小周半夜醒来恍惚觉得自己是睡在刚施完肥的大棚里……

更让小周烦躁的是,潮湿的花箱里静静潜伏着一群黑色小昆虫,每当他走过小虫子就惊闻四散,无声无息地撞到他的脸上、衣服上,毫无顾忌落在他的水杯里、牙刷上……

小周为了兄弟能结得一世佳偶咬牙忍着,他真不知道这样的日子什么时候是个头。

蓝戈很想帮帮她的老同学,但邓柏平嘴硬说自己有能力拿下这个"碉堡",小米又十分排斥他的靠近,眼见一年过去了,事态也没有一点儿进展。

这天邓柏平和小周正在午睡,通讯员来敲门:"邓技师,有你的电话,32 号的电话。"

一年多来,邓柏平天天在小周面前念叨32号,但既没有从32号打来的电话也没有从32号寄来的信件,小周有时候都怀疑到底有没有小米这个人,这个人还在不在32号。现在突然有32号的电话找邓柏平,两人几乎同时翻身坐起,小周目送邓柏平跑出门去。

电话是蓝戈打来的,她让邓柏平周末来一趟测量站,说有任务上的事找他。邓柏平天天想念小米,但自从出院后再没有见过她,这次去不知道能不能见上,不知她会不会还躲他……邓柏平很是忐忑。

第十八章　重逢

小米看到出现在宿舍门口的邓柏平愣住了，邓柏平笑容灿烂地看着她，说："小米，你好！"

邓柏平比一年前瘦了，皮肤被紫外线晒得黑里透红，眼神中多了些成熟和稳重，和原来医院里那个嬉皮笑脸的人完全不一样，小米有些不认识他了。邓柏平还没坐下来，小米就和蓝戈打招呼："我要去医院倒班，你们聊。"她匆匆忙忙走了。

邓柏平和小米只短暂地待了一两分钟，他在这短暂的时间里发现了小米的变化，他发现她脸色苍白，比一年前憔悴许多，眼神中有一些和原来不一样的东西。

蓝戈打断发呆的邓柏平，对他说："叫你来确实有事，前一阵想找光测影像印证遥测数据，发现它们在时间上没有同步，最近几次试验任务我留意了一下，你们53号报告的跟踪时间和我们遥测不一样，每次都要慢一两秒，为什么会这样？"

邓柏平脑子里还在想小米，回答得心不在焉："这是老问题，一直都是这样。"

"我们遥测设备在发射瞬间就能抓到目标，光测设备为什么会迟滞？"

邓柏平强打精神和她讨论："在导弹出筒瞬间的高度，光测设备捕捉信号有死角，这是设备测量的盲区，所以光测设备捕捉目标会延迟，会漏掉发射后的一两秒时间。"

"也就是说导弹发射到达一定高度后才能被光测设备跟踪？"

"对，这和阳光照射也有一定关系。如果是在清晨或黄昏发射，导弹尾焰扩散后形成的燃烧粒子产物，在地平线阳光照射下会产生暮光效应形成光反射，观测、捕捉目标更容易。如果发射没有赶在这个时间，光测设备受到阳光干扰，捕捉目标就会相对迟一些。"

蓝戈恍然大悟："我想起来了,当年在军校时我上过这门课,我记得课本上说现在使用的多是交会测量法,这就是交会测量法的误差吗?"

邓柏平点点头："先进的技术是加装激光测距仪,但我们现在还没有条件,为了提高系统可靠性和测量参数的精确度,目前用的是多站交会测量法。"

蓝戈叫来李伟强,三个人讨论了大半天,认为可以从操作人手缩短捕捉时间,比如在发射瞬间盲跟,但这个办法对操作手的操作技术要求很高,能否达到标准还得通过实践检验。

邓柏平回53号的时候,小米还没有回来。蓝戈说:"下个周末再来32号吧,咱们研究研究有什么办法能让光测和遥测同步。"那个冬天,邓柏平每个周末都会到遥测室去,有时候能见到小米,有时候见不到小米,不管见得到见不到,他都离小米很近,能偶尔看她一眼,也是心安的。

戈壁人常说,一年一场风从春刮到冬,风来风往的日子里春夏秋冬都过得匆忙,日子就这样流逝了。有一天,小米去班车站接病人,看到了手拿花束的邓柏平。

邓柏平拿了一小束红艳艳的玫瑰,笑容灿烂地朝她走过来,玫瑰的色彩在戈壁灰蒙蒙背景的映衬下显得十分不真实,就像小米眼前的邓柏平。

邓柏平径直走到小米面前,笑得一脸阳光,他把玫瑰递给小米:"小米,这是我专门为你种的。"小米吃惊地看着他,压根没听明白他的话。

晚上下班小米拿了几枝玫瑰回宿舍,她揶揄麦嘉说:"你不是说种不出玫瑰吗,有人比你先成功了。"

麦嘉瞪大了眼睛,新鲜的玫瑰就像戈壁滩的海市蜃楼。她琢磨了一会儿恍然大悟:"这不是沙漠玫瑰吗?这可不是一般人能种出来的,这是用心种的呀!"

小米赶忙阻止她再说下去:"这不是我的玫瑰。"

麦嘉把玫瑰插到玻璃杯中,这几朵花成了宿舍里引人注目的焦点,让小米一回宿舍就闹心。

送花只是邓柏平计划的第一步,如果他只满足于送花,那就偏离光学工程师的"初心"了。

邓柏平的老本行是光学仪器测量,他对自己的本职工作有十二分的热情,这份热情延伸到生活中使他成为一名资深摄影爱好者。种出适应戈壁气候的玫瑰不容易,而干燥地区花朵的保鲜就更不容易了,如果能把它们的美丽留在胶片中,那就完美了。邓柏平要给小米献上一份特别的"视觉礼物"。

这一个月邓柏平在宿舍里拆解摆弄他的尼康相机,铺了满桌子的仪器和零件,小周看他一会儿拆镜头一会儿装滤镜,不知道他又在忙活啥。

照相机改装好后邓柏平开始创作。他把大木箱拖到屋子中央,登高爬低俯卧匍匐地在小周面前"表演",还时不时命令小周"搭把手"把箱子抬到室外去拍。

拍完胶卷,邓柏平把宿舍当暗房开始洗照片。他遮严宿舍门窗,蹲在角落里又冲又洗,大半个晚上满屋子红光莹莹。过去邓柏平也曾在宿舍里洗照片,但都是隔三岔五小玩一把,从没有弄过这么大动静,大半晚上不睡觉窸窸窣窣响个不停。小周在这样的"伴音"中入睡,又在这样的背景中醒来,刚刚适应了午夜梦回"蔬菜大棚"的氛围,现在一觉醒来又不知身在何处了。

小周怎么也没想到，邓柏平把相机改装成了紫外相机，别出心裁地拍摄出了"紫外线下的花朵"。在他的镜头里，玫瑰褪去肉眼所见的艳红色彩，散发出星辰一般深邃的蓝紫色光泽，它的花蕊像闪耀着霓虹光感的明灯，花瓣呈现出阳光下没有的特殊纹理。照片上，纯黑背景下花朵散发着叛逆与科幻的色彩，看上去既有诡谲妖冶之美，又有严谨写实之风，显示出物质与光的完美碰撞。邓柏平在照片背后写给小米一句话："放下记忆的执念，去看更美的世界。"

小周看着照片不得不承认邓柏平的匠心独运，而且这句话也很有哲理。小周感慨："我哩乖乖来，人一旦遇到爱情，会激发难以想象的创造力。牛！"

到了这一步，小周对邓柏平的浪漫之举口服心服，看来自己对他的认识不全面，早知道他这么能干，自己也不用绞尽脑汁帮他想办法了，那些费神的日子不知损耗了自己多少脑细胞。

周一，班车司机捎给小米几枝玫瑰和一个有厚度的信封，小米在众目睽睽之下接过信和花，脸都红了，这种带有特定含义的礼物容易招人误解，自己既无意，何必误导人呢。后来班车司机再来送花小米就不收了，她对司机说："请你转告带东西的人，让他以后不要再这样了，你也不要再帮他转了。"

班车司机在这一两年里每周一都能在小点号遇到邓柏平，眼见着他一日日盼望、萎靡、落魄，深深地同情这位苦恋的弟兄，早都恨不得撸袖子上去帮他，只是苦于自己无用武之地，现在终于见到邓柏平有实质性的行动了，自己又能够参与到这个"攻坚"的行动中来，怎么可能助长小米的退缩。他不等小米说完，扔下花就跑了。

小米拿着那几朵让她触目惊心的花，生怕被来来往往的人看到，恨不得跟前有垃圾筒马上丢进去。

晚上小米拿了一卷报纸回宿舍，当她把卷着的报纸打开时，露出三四枝鲜花。小米对蓝戈说："你老同学人不错，但我们俩是不可能走到一起去的。你帮我代个话给他，让他以后不要再和我联系了。"

蓝戈知道小米是因为内心有另外一段恋情，她一直暗暗盼望邓柏平的出现能够帮小米早一些走出自设的"围城"，但她低估了林道源在小米心中的分量，用了这么久的时间，她和邓柏平都没能打入小米的内心。

邓柏平得知小米拒花后对蓝戈说："不用你说我也知道小米的态度，如果她对我有意早就回应我了。但是她怎么做我都不介意，我也没要求她现在就接受我，只要她把我当作普通同事就好。"

不知邓柏平是不是猜出什么来，他还对蓝戈说："如果有一天她接受我，我希望这感情出自她的内心，没有夹杂任何其他因素。在这件事上我不会给她压力，就让一切顺其自然吧。我可以等。"

为了不给小米压力，邓柏平没有再把花送到后方医院，而是让邮车带到遥测室给蓝戈，他拜托蓝戈说："送到哪儿不重要，只要小米能看到有一个好心情就行。"

那之后的整整一个夏天，每周一下午班车司机都会从53号捎来玫瑰，玫瑰花束用《解放军报》报纸包着，花朵从黑白素淡的报纸中探出头来，有时是两三朵，有时是一小束。蓝戈总是等小米下班回来才拆开花放进水里，尽管经过班车的长途跋涉花朵不那么水灵了，但颜色还是鲜亮动人。

就在小米苦恼邓柏平的"无言攻势"时，她和蓝戈、麦嘉的"结帮对子"龚平家里出事了。

龚平上午收到家里发的电报，说他父亲中风住院，病情严重要做手术，要他速速回家。龚平急匆匆到政治处请了年假，下午就坐班列出基地了。

半个月后，蓝戈算着假期过去大半了，给龚平打电话问情况。那天龚平刚拿到新的检查单，医生说病人有可能会偏瘫，龚平在电话里情绪非常不好，他说不想回基地了，要提前退伍在家照顾父亲。电话里龚平情绪激动，蓝戈安慰他不要着急，大家会一起替他想办法。

蓝戈担心龚平在这件事上处理不好再犯错误，提前退伍也得经过组织批准，不是自己想退伍就退伍的。龚平个性散漫，纪律观念薄弱，如果到了假期仍不归队，少不了还得挨个处分。年纪轻轻就背了几个处分，会成为他未来道路上的巨大阻碍。

蓝戈找两位好友商量，她们绞尽脑汁想怎么才能帮龚平，怎么才能把他拉回正确的轨道，三个人讨论到大半夜也没想出好办法。

汪守义和席教导员考虑到龚平父亲仍在住院治疗，于是向政治处请示派干部去龚平家里慰问，同时做好他的思想工作。教导员把全室的人扒拉一遍，认为龚平和蓝戈关系亲近，平时又很信任她，决定派蓝戈去看他。

为了出行方便，机关还派了试训股麦参谋和蓝戈一同出差。教导员叮嘱她们俩务必说服龚平按时归队，并且要三个人一起回来。

蓝戈和麦嘉出发前，邓柏平来32号送她们，当然她们知道这是打着送人的旗号来见见小米。

邓柏平把小花圃里能摘的花都摘了，有的还只是花苞也被他剪了下来，束成了一小把，看着颇有些壮观。邓柏平说："我军校有位同学在龚平老家的人武部工作，我已经给他打了电话，让他给你们提供帮助，你们俩就放心去吧，有什么事就找他，他一定会帮忙。"

蓝戈和麦嘉出差走后，邓柏平找到合理借口来见小米。他一大早就坐班车来32号，他在医院找到小米，对她说："我刚和人武部的同学通了电话，我知道你惦记她们俩办事顺利不顺利，所以赶紧过来向你汇报。"

邓柏平告诉小米："我同学帮忙在当地找了个护工，把龚平爸爸护理得挺好，目前老人家身体恢复得不错，要不了几天就可以出院了。"

小米用专家的口气说："这时候是病人恢复训练的最佳时期，可别错过了这个时间点，不知道那个小县城医疗水平怎么样，医生有没有关注到这一点，你能不能让你同学提醒一下？"邓柏平得令立马给他同学打电话，千叮咛万嘱咐要他联系好做康复训练的事。

邓柏平把千里之外的同学指挥得团团转，一天到晚都在忙龚平家里的事。在他的敦促下，他同学联系了一所康复医院，龚平父亲顺利转院过去，现在正在那里进行康复训练。邓柏平自认为小米交给他的任务完成得不错，兴高采烈跑去向小米汇报。

后来邓柏平打着向小米"汇报"进展的幌子，接连又来了好几次，有时候是到医院找小米，有时候是到宿舍找小米，小米惦记那边办事顺利不顺利，没有再躲他，他们俩说了好多话。

小米得知，李阿姨寸步不离照顾龚平爸爸，龚平看出来两个人是真心相爱，原来反对的想法动摇了。

过了几天又听邓柏平说，李阿姨提出来要搬家里去住，说这样方便照顾病人，医生也说病人这种情况必须有人照看，不能一个人住。李阿姨还给龚平解释她不求和他父亲结婚，就是想让他父亲恢复得快一些好一些，不要落下后遗症。

邓柏平说，龚平在和李阿姨的相处中增进了相互了解，他相信他们俩，并向他们道了歉，表示尊重并同意他们的决定。

这段时间，邓柏平几乎天天都有新消息，他不是给小米打电话就是来向小米当面"汇报"。在蓝戈和麦嘉回来之前，小米几乎同步了解着她们的工作进展，也了解着龚平的心理状态和想法。

龚平归队后，邓柏平和人武部的同学仍然保持着频繁联络，他拜托同学每周去看望龚平爸爸，掌握他的恢复情况。因此邓柏平每周都要来测量站进行"情况通报"，邓柏平和小米、麦嘉、蓝戈、龚平五人围坐一圈，他把了解到的情况一字不落地转达给他们，大家把这些有限的信息一句一句掰开了分析，在想象中复原龚平爸爸的情况，你一句我一句化解龚平的担心。

共同的"事业"让人心灵相通，感情靠近，邓柏平就这样自然而然地加入这支帮助龚平的"队伍"中，小米也不再像过去那样回避邓柏平。

邓柏平频繁往来于 53 号和 32 号，已经成了测量站和后方医院的常客，他后来也知道了病房里那些花不是小米种的，他说这更验证了他和小米是有缘人，因为两个人若是有缘，都会联系到一起，即使表面上没有共同点，也终究会找到相通之处。

不管小米怎么想，邓柏平的想法自始至终都很坚定。

第十九章　穿越时间的试验报告

小米和邓柏平接触多了，但她一直和他保持着普通朋友的距离。她不愿和邓柏平进一步交往并非有意要和林营长走近，相反她一直试图通过忙碌及逃避远离林营长。

这个月后方医院组织医护人员去小点号巡检，他们要去的那几个点号位于戈壁深处，基地建场以来从来没有女同志去过，所以至今点号内没有修建女厕所，医院做计划的时候考虑到女同志去了不方便，方案中也只列了男同志的名字。

小米看到名单里没有她，和主任软磨硬泡也要去，她说小点号环境闭塞，官兵长年在这样的环境中工作容易出现心理问题，她要去了解情况，开展心理健康知识普及。她说她体质干燥一天上不了几次厕所，去小点号少喝点水就行。她还说小点号没有女厕所是历史原因，近几年参与导弹试验任务的女干部越来越多，小点号修建女厕所是迟早的事。

主任经不住她的游说，勉强同意她先去一次试试。就这样小米进入巡检队，成为近几年第一位踏上偏远点号的女性。

小米跟着巡检队把小点号全部走了一遍，除了和团队一道为官兵巡检，还开设了心理疏导课，她把官兵常见心理问题做了归结，针对每一种给出了自我疏导的办法。她告诉大家心理问题是一种正常的心理反应，科学的方法可以指导大家放松心情调整心态，帮助官兵们顺利度过人生中的各种变化时期。

小米把所有时间都用来工作，她渴望这样的投入能救赎自己，她不想让任何人知道这个烦恼的秘密，这本来就是不该生的枝节，解决掉只是早晚的事。是的，她相信自己能独自把这个问题解决掉，眼前的烦恼只有默默消化。

她努力克制自己的感情，她以为能用物理的距离戒掉这种情愫，但坚持了一段时间，她不得不宣告行动失败。忙碌没有让她解脱，情感也不按理智的选择去发展，内心和思想像是在互相作对，她越是想忘掉林营长，他的身影和炯炯双目越是要一次次出现在她眼前。在小点号巡检期间，她人在戈壁深处的小点号，心却留在了有那个人的32号。那个身影无所不在地占据她的思想与内心，让她白天心神不宁，夜晚辗转难眠。

她当初闹着要去巡检想离开这个沦陷之地，真走了却天天盼着早点儿结束回32号。

小米的宿舍和后方医院相隔不远，中途会路过靶标营，每天上下班途中是小米最渴望最慌乱的时候，她既希望见到他又害怕见到他，如果没有见到他会觉得这一天都黯淡无光，而见到他他也是和战士们在一起，她只能远远地看一眼夹杂在人群中的他，内心更加矛盾黯然。

这天晚上轮到她上夜班，经过靶标营时她看到林营长办公室亮着灯。他一定是一个人吧，他知道她的倾慕吗？知道她所经受的折磨吗？小米突然萌生找他说个明白的冲动，他是这场事件的当事人，也是她唯一可以分享心事的人，她想向他坦白，哪怕被他拒绝了也好过这样天天自我折磨，他拒绝了她就可以卸掉这个包袱。

小米停下脚步，看着林营长的窗户，她打着腹稿心跳加速起来。这时候从靶标营出来一名换岗战士，小米感觉仿佛被人看穿了心思，慌乱中加快脚步离开了。她一边走一边后悔自己的胆小，这个胆小鬼老是把她拖拽回去，告诉她前面是万丈深渊，一旦坠入将是万劫不复的境地。

在小米自我折磨的时候，林道源不知道营区中还有一双眼睛时刻关注着他，他的心思都在航模和战士们身上。基地的大多数试验任务都少不了靶标营的参与，作为营长他要组织官兵参加任务，要带队进行靶标改进，要参与基地的试验科研，还要负责官兵日常管理，工作头绪杂乱繁多。而且这半年他正参与一项具有挑战性的课题研究，基地司令部计划在年底前研制出低空高速靶弹，为了赶时间，他几乎从早到晚都待在机房，休息时间都是压缩了再压缩，无暇顾及和工作不相干的人与事。

小米见不到林营长，心思不受控制地想知道所有与他有关的事情。马上就要进入寒冬季节，不少官兵着凉感冒，这几天出操没见林营长，他该不会生病了吧？连手都能冻伤，可见在生活细节上冷暖不知，对自己的身体毫不在意。

晚饭后小米说要出去散步消食，不顾外面正在刮风就跑了出去。她在靶标营门前来回走了几圈，看到几个靶标营战士路过，差点上前去问他们林营长干什么去了。

蓝戈看得出小米心事重重，她和小米聊天，想帮她排解一些重负。可小米心不在焉，根本没听蓝戈在说什么，她问："靶标营有一名战士在我们科住院，没见他们领导来看他，是最近有试验任务吗？"

"最近我们站在集中攻关。明年初有个新型号导弹来基地检验反导能力，要用低空高速靶弹来检验，遥测室和靶标营都参与了靶弹研制工作。"

"哦，这个靶弹和别的靶弹有什么不一样吗？"

"是不同类型的。它要模拟低空高速目标，目前基地的靶弹达不到这个要求，所以要赶在年底前完成新靶弹的研制。"

小米自言自语中暴露了心事："怪不得见不到林营长。"

蓝戈想告诉她林营长是研制小组的主力成员，他对旧靶标性能最了解，在研制中参与了很多环节和阶段，这段时间早出晚归都在机房。但说这么多有什么用呢？小米在林营长身上的心思太重，这些事只会让她陷入更纷乱的思绪里。

小米一副若无其事的样子，但她眼神中的担心表露无遗。蓝戈把这一切都看在眼里，她心痛小米，想劝小米不要陷入没有结果的感情里。她曾经试探着和小米开启这个话题，但小米把这件事当成禁区，非常敏感地回避了。

作为旁观者，蓝戈看到她的执迷与脆弱，也看到她脆弱内心外面坚固的壳，在无法成全的遗憾下，小米筑起了这个坚硬的保护壳，一个人躲在里面感受着短暂易逝的假想幸福，任何人都无法走入这个孤独的追随者的内心。

靶弹研制进入最关键阶段。苏扬也来测量站了，他和蓝戈、李伟强都是遥测小组成员，负责靶弹的遥测部分。为了赶进度，林道源提出用现有型号的地空导弹改装靶弹，他的理由是改进后的红旗2号的飞行时间是30秒到40秒，超过40秒会自毁，如果取消自毁程序，将飞行时间调整为120秒，延长导弹平飞时间，就可以达到靶弹要求。

大家赞同他的想法，认为这个办法便捷实用，可以缩短研制过程和时间。

司令部保存有十几枚过期报废的红旗3号。这批红旗3号是十几年前由红旗2号改型后未成功的导弹，因为没有定型使用，试验队离开时把它们留在了基地，这些年一直作为学习模型使用。司令部试验科在收到测量站打来的申请后，给研制小组特批了四枚红旗3号导弹用于靶弹改装。

戈壁滩到了一年中最寒冷的时间，靶弹赶在11月底完成了设计、改装，已运到发射阵地准备实弹试验。

第一枚靶弹试射成功，飞行时间120秒，雷测、光测、遥测完整采集到飞行数据，各参数正常。

第二枚靶弹在飞行到95秒时遥测信号消失，雷测、光测点号报告靶弹中途坠毁。

搜索连连夜拉回残骸，靶标营机房内的灯光亮了一个通宵，技师们反复检查每一片残骸，但是没有找到异常。

研制小组每天晚间召开进度协调会，林道源报告了残骸分析情况，他说："如果找不到原因，这枚靶弹有可能是可靠性问题，毕竟这几枚红3弹是过期报废的导弹，现在改装成靶弹相当于超期服役，发生功能性问题的概率要大一些。"

小组决定发射第三、四枚靶弹，如果这两枚都成功了，就可以认为是可靠性问题，那么第二枚靶弹的问题就是偶发的不可复现的，可以忽略不计。

第三枚靶弹发射成功，大家松了一口气。

第四枚靶弹发射后在98秒时坠毁，出现的问题与第二枚靶弹一样。

讨论会又开到了半夜。林道源眉头紧皱地说："这个结果排除了可靠性的推断，现在问题复杂了，要么是改装后的靶弹设计有问题，要么是原来的红3弹本身可能存在致命缺陷。"

苏扬的意见是："第二、四枚靶弹发生了故障复现，但这四枚弹都能够正常飞行，从侧面验证了靶弹的飞行控制系统是正常的，也就是说靶弹的设计原理可行。我认为查找的重点应该放在红3导弹本身存在的问题上。"

林道源说："我同意苏扬主任的意见，根据我们掌握的情况推断，红3有问题的概率更大一些。我马上组织人员分析残骸。"

靶标营在第二、四枚问题靶弹的残骸中没有找到异常。周高工说："看样子在现有素材中找不到问题，那么就扩大查找范围，从过去老型号导弹发生的类似问题中找思路，尤其是当年红2、红3发生过的问题。"

这意味着要暂停试验，工作返回到查找资料阶段，这个阶段需要花费更多时间，大家面临着大量的基础性工作。

苏扬是个急性子，立马站起来说："我现在就去找资料，争取在两天内把建场以来的分析报告全过一遍，看看有没有类似的问题。"

蓝戈说："我也去，我原来整理过遥测资料，对那些老报告很熟悉。"

汪守义连忙说："时间紧，李伟强你和蓝戈一块去，你们三个人用最快的速度把资料梳理一遍，尽快找到解决思路！"

三人从档案室找齐了资料，用平板车拉了两次才全部拉到机房。

他们连续工作了十几个小时，第二天下午时蓝戈喊苏扬和李伟强："你们俩来看这份报告，里面有个案例和咱们遇到的现象相似。"

苏扬和李伟强围过来，资料封面上写着《红旗2号导弹批次抽检中集中出现的问题及分析》，是当年测量站高工蓝一石撰写的一本分析报告。这本故障分析对红旗2号批次抽检中历次故障进行了列举和分析，蓝戈指着翻开的那一页让他们俩看，那一页描述了其中一枚红旗2号改进型导弹提前自毁的原因，并提出了分析思路。

报告中提到"存在弹上燃气发生器中的部件使用较低温度指标的焊接材料的可能性，在导弹飞行过程中因气动加热，高温下焊材软化，部件脱落，导致导弹未飞行全程中途坠毁。因此枚改进型具有其他致命核心问题弃用，故此问题未得到最终证实"。

三人把这篇分析讨论梳理了大半个晚上，认为原来老红2改的这个问题与目前改装的靶弹故障类似，而且靶弹使用的母弹本身就是老红2弹，完全可以按照这个思路去寻找失败原因，如果是焊点软化，有可能会有部分部件脱落，这样极可能导致导弹内部零部件瓦解，因而提前坠毁。

这需要重新检查靶弹残骸。林道源说："第二、四发靶弹因为提前自毁没有落到计划落区，找到的残骸不完整，现在首要的问题是找到所有碎片。我马上组织官兵重新搜寻。"

搜索连推测残骸散布区处于戈壁与沙漠的混杂交界处，那里的环境比一般的戈壁或沙漠要复杂，而且这几天有六级大风，残骸极有可能已经被沙子掩埋。

为了尽快找到残骸，试验科协调邻近部队的直升机协助搜寻。搜索连王连长带了三名列兵上了直升机，直升机到达预测区域后，低空绕着沙丘盘旋，为了能看得更清楚，王连长一再要求飞行员降低直升机高度。

直升机下降到离地面不足20米，在强烈气流的冲击下忽高忽低，剧烈颠簸，和他一起的战士已经吐得抬不起头来。王连长对他们说："你们刚下连队，今天先感受一下，咱们的工作环境对身体素质有很高要求，在后面的训练中要着重加强体能训练和耐力训练。"

三名列兵瘫坐在座椅上，王连长一个人趴在舷窗上寻找残骸，直升机上上下下颠簸了三个多小时，终于在沙漠深处的一处沟壑里找到散落的残骸。

王连长通过机载电台向营部报告，发送了残骸所处位置。

林道源带了四名官兵和一名司机去拉残骸。卡车在戈壁上狂奔了三个小时，来到沙漠边缘。

林道源拿着地图跳下车，告诉大家："步行半小时就能到目的地，除了必要装备以外，只带一壶水，其他的都放下。"几个人在波浪般的沙丘间爬高跑低，半个多小时后来到残骸位置。

残骸七零八落地散落着，大部分已经被风沙掩埋，体积大的没有完全埋住，露出金属碎片一角，体积小的已被完全掩埋，需要借助探测器搜寻。

大家用工兵铲挖出残骸，用绳索固定拖出来，手拉肩扛着金属碎片往卡车方向走。

他们走近卡车时发现，两只骆驼正在敞篷后厢吃他们的晚饭，那是炊事班给他们带的饼夹菜，刚才走得急随手放到车后厢了，估计这两只骆驼是循味而来。一只骆驼正用牙齿撕扯袋子，已有一些饼已经被"扫荡"光了，装饼的布袋被扔在地上。大家看了要去赶，被林道源拦住："让它们吃吧，先坐这儿歇歇，我们一会儿回营里吃。"

一名战士不愿意："要是让教导员知道你不按点吃饭，又得训我们。"

林道源瞥他一眼："你怎么这么笨，你不说教导员能知道？"

战士梗着脖子看他："教导员给我交代了，我就得看着你。"

"教导员的话你听，咋就不听我的？"

"因为我不想看着你老是犯胃病。"

"人越进化越娇气，你看这骆驼，吃了这顿下顿还不知在哪儿呢，它们咋不得病？"

几个人拖着沉重的钢铁碎片，边斗着嘴边拖，残骸装好的时候天已经全黑了。

靶标营检查了靶弹残骸，发现靶弹内部的燃气涡轮已经分离损坏。按照常规思路，会认为是坠地时碰撞导致的脱离，但是有了蓝一石报告提供的思路，他们在检测后证实，确实存在焊点软化现象，尤其是燃气涡轮组件部分，焊点几乎全部软化，说明涡轮在坠地前就已经因为高温而脱离靶弹。

研制小组认为，弹上部件使用了较低温度指标的焊接材料，在导弹飞行过程中，气动加热导致焊材软化，强度变弱，部件脱落后打坏燃气涡轮，最终导致靶弹坠毁。

由于是手工操作，各焊接点的情况不同，加上四枚靶弹的飞行条件不一样，使得四枚弹中只有两枚出现内部元器件脱落，但这个问题是普遍存在的致命性问题，那两枚没有出现只是侥幸。

对两枚靶弹进行了改进，技术人员用耐高温的焊接材料将内部元器件重新焊接，这两枚靶弹发射后，在飞行中没有出现任何问题，残骸中的燃气涡轮也是完整的。

年底前靶弹按计划完成研制，这枚靶弹被命名为"自强1号"。

任务完成了，苏扬要回三站，走前他找蓝戈说有事要告诉她。苏扬说："我托司令部杨参谋查了这几枚红3的生产时间，和蓝高工出事的那批导弹是同一批次。"

蓝戈吃惊地看着他："你是说咱们这次靶弹研制中遇到的问题，就是当年红3事故的问题？可是当时的事故原因不是一直没有找到吗？"

"是不是同样的原因，需要进一步证实，我觉得这两件事非常巧合，所以告诉你，你留意一下。"

蓝戈问："你怎么认为？当年红3会是焊锡燃点的原因导致提

前起爆吗？"

"那次伤亡事故以后，红3导弹停止了研发，所以红3的现存试验数据不多，依靠这些有限数据证实故障原因很难。"

蓝戈像是下了决心，语气很肯定："我要找到当年事故的原因，给那次试验画个句号。"

"这需要付出大量的时间和精力，毕竟是个弃用的型号。你为什么要这么做？"

"红3是导弹发展阶段中的一个型号，即使它失败了，也一定会提供解决问题的思路，这就是它曾经存在的意义，我觉得有必要去探求它失败的原因。"

苏扬想了想，认真地看着她："既然你想去做，我帮你找找资料。"

试训股资料室保存着历年官兵使用过的笔记本，它们被当作秘密资料进行封存，蓝戈要去找爸爸的笔记本。

蓝戈找到了爸爸去世当年的工作日志，他牺牲那天是11月5日，这本日志一直记到11月3日。

11月3日那天记录着发射了一枚红旗3号试验弹，那枚试验弹在90秒时提前自毁。在亲身经历了同样的问题后，蓝戈只读了一遍数据就明白了，笔记中记录的问题和他们在靶弹中遇到的问题属于同一原因。

当时蓝一石列出了他的判断，他认为有两种可能：一是导弹仰角不够；二是内部元器件运行不稳定，而元器件运行不稳定的原因有可能是由元器件的质量导致的，也有可能是高温条件下失活导致的。

事隔多年，当蓝戈读到爸爸的分析时，恨不能回到十几年前去

231

告诉他：确实是内部元器件的问题，您只要看看残骸就会发现，是元器件焊点的问题！

如果她能把这个消息传送给当年的父亲，第二次发射时的事故就会避免，父亲也就不会牺牲，母亲也不会病逝，那么她的人生就会是另外一种样子。

蓝戈紧张地握着拳，直到把自己弄疼才发现手心全是汗。她满心的失望和遗憾，事情已经过去十几年了，时间无法倒流，爸爸排了一辈子导弹故障，最后的这个故障直到他离世时也没有被查找出来，而且这个故障最终导致他离世，他们这个三口之家也因此散了……

蓝戈借出了红3试验报告，红3因为只做过有限的几次试验，它的报告只有几本。随着工作积累，蓝戈对导弹飞行数据所反映的姿态掌握得更为精准，再翻看报告，已经能读懂那些数据背后的含义。她通过数据复原导弹飞行轨迹，分析导弹遭遇目标时的状态，想象自己正和爸爸肩并肩站在一起，通过这些数据分析导弹起爆飞散的破片产生的杀伤效果。

阅读旧报告带给她一种微妙心境，这是一种夹杂着幸福、遗憾和痛苦的复杂感受。当年爸爸就是看着这些数据查找问题，他们在找不到线索时没有畏惧搁置，毅然决定进行第二枚试验弹发射，而他倒在了寻找真相的事故中。

蓝戈在无声的数据中理解了爸爸，他以投身导弹试验这项特殊的事业作为自己的人生意义，所以才会那么义无反顾。

在很多个翻阅报告的夜晚，蓝戈疲惫、孤独，她和爸爸说话，却只能听到自己的声音。爸爸就像头顶浩瀚的宇宙，他容纳她在其中天马行空，但是她永远走不到他的尽头。

第二十章　沙场演习

基地接到通知，接装备的部队马上来基地打靶演练，各站带测量设备参加演习，准备好后马上出发。

演习场地在基地边缘，那里有空军最大的合同战术靶场，导弹部队经常在这里开展实弹演练，几乎每年都会有几场演习，空军的王牌部队也曾经在此与"敌人"开火角斗。

按照演习方案，自强1号靶弹将模拟蓝军巡航导弹向红军实施攻击，同时开展抗干扰、防袭击、电磁兼容试验等战术训练。后勤部要求后方医院全程参与演练，做好现场救护准备。小米作为救护人员来到导弹发射现场。

小米是第一次参与这样的行动。当她和同事们到达阵地时，红军和蓝军正在向"战场"集结，戈壁滩上成建制的官兵扎营驻寨、展开兵器，到处是忙碌匆忙的身影。她四处张望心神不宁，始终没见到那个想见的人。

那几天风沙弥漫，气候条件不佳，阵地医院的帐篷驻扎在指挥部旁边。小米和同事们把帐篷扎起来时，外面的大风已把太阳遮得不见光芒，篷布被吹得哗啦啦直响，虽然已牢牢做了固定，仍感觉这个单薄的"小屋"随时会被刮上天。

阵地周围数十台测量设备已经调试完毕，正在静候指令。测量站遥测室也随设备来到演练现场，蓝戈和小米相隔不远在各自战位等待。

指挥部内，基地副司令员正召集红、蓝两方指挥员敲定最后的演练方案。在领受任务后，双方返回各自阵地，准备展开对抗演习。

演习刚刚开始尚没有伤员，小米等救护人员坐在指挥部座席后排观摩。扬声器里依次响起红、蓝指挥员的报告："副司令员同志，参试部队准备完毕，请指示！"

"开始！"

"发射靶弹！"蓝军指挥员发出命令，自强1号靶弹向红军阵地飞去。

几秒后，红军制导雷达发现靶弹，锁定目标。

"靶弹飞行正常！"蓝军阵地报告。

"发现目标！"红军阵地报告。

"发射！"红军发射的导弹迎面拦截，自强1号被准确命中，一举摧毁。

红军首发命中，阵地暂时恢复平静。接下来的对抗程序没有演习脚本，蓝军何时向红军再次发起攻击，时间及方式都不确定。红军严阵以待，蓝军按兵不动，营地上空充满剑拔弩张的紧张气氛。

静默三天后，蓝军在第四日凌晨突然发起进攻，向红军进行低空突防。红军雷达发现多个突袭目标，跟踪锁定来袭武器，指挥员下达发射指令。红军阵地上一条条火龙拔地而起，呼啸着飞向来袭靶弹，在夜空绽放出绚丽火光……

一时间，戈壁滩成为防空导弹与目标飞行物交会的战场，那些划过天空的"烟花"，让小米又震撼又激动。她与默默深爱的人同在"战场"，虽然彼此不能相见，虽然她的爱得不到回应，但战斗场面让她理解了技术工作的艰辛及残酷，也让她对参与其中的爱人生出无所欲求的热烈感情。

这次"战斗"之后，小米很多次回忆起这场演习，她想起的不是震耳的导弹爆炸声，也不是呼啸的刺骨寒风，而是戈壁上温柔的夕阳和满天闪烁的星光，那是有她所爱的人的美好时光。

战斗结束，各测量点号报告监测设备均完整采集到靶弹数据。红军、蓝军迅速撤回，后面的工作就是残骸搜索人员和数据分析人员的事了。

这一次演练共发射十一枚靶弹，再加上防空导弹，共二十二枚，靶弹和导弹残骸数量多，分布区域广，靶标营的搜索任务艰巨。

林道源又要带队去落区了，临出发前蓝戈从测量点方向跑过来，叮嘱说："林营长，你们检查残骸的时候注意一下内部焊点，把有焊点的碎片找齐全，我想在后期验证一下咱们之前的分析。"

"放心吧蓝工，我们一片不差全给你带回来！"

蓝戈往林道源手里塞了一包饼干说："把这个带上，饿了就先垫垫，免得胃不舒服。"

这一次搜索持续了一个月，林道源一直跟到最后，直到把全部残骸找到拉回，他才返回营部。

残骸数据分析显示：靶弹完成了模拟目标攻击任务，性能达到预期研制目标。基地验收组认为靶弹具备巡航导弹飞行特征，能够满足检验新兵器反导能力的要求。这意味着低空高速靶弹自强1号研制成功。

在这三个月的科研和试验中，小米耳闻目睹了整个试验过程，在试验阵地的日子里，她和技术人员同声共气，遇到难题时焦急不安，测试成功时暗自兴奋。官兵们的认真专注深深感染了小米，林营长更是一步步向小米的心里越走越深。

小米在心里一遍遍地写着林道源的名字，觉得这三个字和她的一生都有了挣不脱的联系。她承认自己无可救药地爱上了林道源，而像他这样优秀的人，值得她放弃一切去爱他。

演习结束后小米走过了感情的这个坎，她的内心一片释然之后地轻松，她想通了，虽然她和林道源不可能走到一起，甚至不可能像朋友一样相见相处，但是默默地爱着一个人，又何尝不是一种幸福呢？她决定，不再顾虑结局，遵从自己的内心。

星期一后方医院各科室照例开周会。马主任在安排周工作时提出，要组织人员到各点号为官兵进行体检。马主任说："体检结束后要分批次去各营连开展健康教育。现在有些官兵的健康意识很差，前几天碰到测量站张站长，说他们站靶标营营长胃病很严重也不来医院，前段时间搜索任务重，他捂着肚子在外面跑。这件事反映出我们工作做得不到位，以后我们不能只待在医院里等病人，病号少的时候要去营连巡检，也可以做一些健康教育宣传……"

主任还说了什么小米没有听到，她先是被"靶标营营长"几个字牵了过去，接着就被对林道源的担忧搅得忐忑不安，直到护士长追问她去哪儿，才打断她失控的思绪。

小米茫然地看着护士长："什么去哪儿？"

旁边的护士悄声提示她："问你去哪个站查体。"

"测量站。"

医疗队到达测量站后，主任分配两人一组分头去查。小米对准备去靶标营的主治医师万强说："万医生，我跟你去吧，前几年靶标营有一个烧伤战士在咱们科住过，我顺便去做个回访。"

万医生和小米跟着通讯员来到会议室。当林道源和教导员出现在门口时，小米上下打量他。林道源比前段时间瘦了些，脸色有点儿发黄，但背还是挺得直直的，眼睛还是那样炯炯有神，让直视他的小米生出一丝慌乱。

教导员和林道源同医疗队队员一一握手，欢迎他们上门查体。教导员热情地招呼着大家："早就盼着你们来消灭亚健康思想死角了，来，先拿我们林营长开刀！"

万医生叫小米赶紧开始："先从林营长来，小米准备采血。"

小米给采血试管贴上标签,来到挽起袖子的林道源身边。小米消了毒找到一根血管,快速而准确地扎入针头,她低头看着血汩汩流入采血试管。采血的那一分钟怎么那么长,在这一分钟里小米不知道自己都想了些什么,脑中一片空白。过后再想又觉得那一分钟很短,短到她都没来得及抬头看林道源一眼。

后方医院用两周时间为附近点号的全体官兵进行了体检,医院安排各科室用最快速度分析普查结果,寻找发病规律及特点。

小米在检验科出结果后第一时间跑来拿血检结果,她快速翻着检验单,抽出她最关注的那一张。报告单显示嗜酸性粒细胞百分比、红细胞体积分布、血小板体积分布都偏低,小米有些担心,拿着化验单去找万医生。

万强看了好一会儿,去隔壁找马主任:"那天我给林营长做检查,发现他左锁骨上淋巴结有点儿肿大,要不要给他做个淋巴结活检?"

马主任拿过化验单翻看,眉头越来越紧,脸色有些凝重。

林道源是被教导员扭着拽来的,直到进了医院,林道源还在和教导员嘀咕:"自强2号靶弹正在改装,这么关键的时候咋能住院?我不住院!"

教导员不管他说什么都不理会,死死拽着林道源的胳膊,两人拖拖拉拉进了门,闯到护士站问:"你们马主任呢?"

马主任听到声音从办公室出来,一看这架势就明白林道源不想来,他一边让护士准备病床,一边把两位军官领进办公室。

马主任把林道源按在椅子上:"林营长,这次只是给你做个全面检查,不是住院。张站长说你最近胃病很严重,和我念叨好几次了,我再不给你检查一下,你让我怎么跟张站长交代?"

林道源听说不用住院松了口气："不住院就好！要查什么你们尽管查，能不能现在就查？"

林道源在后方医院做了淋巴活检和胃镜，结果出来后就被马主任强行转送到基地医院。马主任给测量站张站长打电话，说有一个重要消息当面说，随后脸色沉重地去了测量站。

小米在得知林道源确诊胃癌后呆立了老半天，她不敢相信更不愿相信。半年前她察觉林道源精神不好，但她从来没有往这方面想过，更没想到他的病会这么严重。她在心里痛骂自己，为什么没有意识到他这是病了？为什么怕这怕那不敢大大方方去关心他？如果她早一点儿发现，是不是能让他早些接受治疗？是不是不至于病情发展得这么严重？

就在小米自责、懊悔时，远在几十公里外基地医院住院的林道源从医院偷偷跑回靶标营。

张站长听通讯员说林道源回营部了，急着跑去问情况。林道源说："站长，我身体好着呢，没什么大不了的。不就是胃不好吗？你尽管放宽心，从今天起我就好好注意。我这么好的底子，要不了多久就能恢复。"

正说着，基地医院的电话追来了。张站长听通讯员说是医院的电话，连忙抢过来接听。电话那头的人给张站长告状，说林道源未经批准擅自离开医院。张站长看着林道源瘦削的脸又气恼又心痛，在电话里一个劲地保证马上把病人送回去。

张站长亲自把林道源送回基地医院，他盯着林道源躺到床上，看着护士给他扎上针。张站长生怕林道源不配合，又是命令又是叮嘱，直到林道源向他保证好好接受治疗，才准备离开。

张站长与林道源握手告别，他走到门口时听到林道源喊他。张站长回过头,看到病床上的林道源探起身想和他说话,他疲惫憔悴,神情落寞,在空荡荡的病房里越发显得形销骨立。

"站长,我提个要求行吗?"

张站长一个劲儿地点头:"你说,你说。"

"先别把我生病的事儿告诉我家里,我爱人今年带毕业班,特别忙,回家还要管孩子,她一个人,不容易……"

张站长听了心里不好受,轻轻点了点头,走了。

林道源得病的消息迅速在测量站传开。蓝戈回想起最近几次在发射阵地见林营长,当时他怀里揣着热水袋,蓝戈问他是不是胃又不舒服了,他满不在乎地说不要紧,没想到竟然病得这么严重。蓝戈叹气:"林营长肯定是忍着痛,所以才会抱着热水袋上阵地。"

麦嘉说:"靶标营野外作业多,干这行的人容易得胃病。好多人仗着年轻身体好,也不把这当回事,说到底还是健康意识不强,小米你们医院应该加强这方面的知识普及。"

蓝戈赶忙用眼神制止麦嘉,小米低着头没有说话,脸色越发惨白。

蓝戈坐班车去基地医院看林道源,林道源精神很好,跟蓝戈谈笑风生,一点儿不像生了重病。林道源问:"蓝工,我可是把残骸全给你带回来了,你们查看进度怎么样?原来的判断得到验证了吗?"

"拉回来的残骸很齐全,我们挨个检查了,重新焊接后弹上部件全部完好,没有脱落的,说明原来的母弹问题确实是低温指标焊接材料导致的。"

"找到问题就好,听你这么一说我就放心了,总算没白忙活。"

"你们从来就没白忙活过!这些年就属你们最辛苦,每次打完弹都要风餐露宿去找残骸，要我说导弹试验中你们功劳最大！"

"那可不敢当！每项工作都很重要，功劳是大家的。说实话，我没觉得辛苦，我喜欢这项工作！蓝工，我躺在这儿天天都在想那些靶标和残骸，闭上眼睛就是咱们执行任务的场景。真想早点儿回咱们的阵地！一走到阵地，就像心中燃烧着烈火，感觉浑身都是劲儿！"

蓝戈心里难受，笑着说："你好好配合治疗，我们在阵地等你回来。"

告别前，蓝戈面对林道源敬了个军礼。林道源本来在床上靠着，看蓝戈认认真真给他敬礼，连忙坐起来挺直脊背，坐在床上向她回礼。

虽然在一个营区里天天见面，但他们好像还没有这么正式地互礼过，两个人都笑了。

第二十一章　冷夜

林道源在基地医院治疗了两个月后被送回后方医院，来送他的医生和马主任交接："病人到晚期了，已经出现吞咽困难和食物反流。在我们那儿也没什么更好的办法，他坚持要回来，咱们就满足病人的愿望吧。"

马主任在送林道源转院时就知道他的情况不好，但是事到临头仍对他的病情发展之快感到吃惊。后方医院安排林道源住进最好的病房，对他进行24小时特殊护理。

小米找马主任要求去护理林道源，她知道，这是她最后的也是唯一的和他在一起的机会。

病灶的发展和扩散给林道源带来极大痛苦，强烈的疼痛折磨得他坐卧不宁。心理学理论说身体疼痛会让人的意志力急速下降，但这个理论在林道源身上没有体现出来，小米从来没有见他因为疼痛而烦躁或是消沉，他也没有因为疾病无可医治而拒绝治疗。林道源虽然已经非常虚弱，但看上去情绪并无异样，甚至有时候会刻意表现得轻松，小米知道他是想照顾战友们的情绪。

这天林道源精神不错，小米拿了床叠好的被子让他靠，太阳从窗外照进来，洒了一地一床阳光。小米坐在床边陪他说了会儿话，看着阳光下林道源的炯炯双目，小米感到莫名幸福。他们俩从来没有这样近地坐着说过话，林道源也从来没有这样坦诚地直视过她，这就是小米做梦都在想的日子。她从护士服口袋里掏出一双手套递给林道源："小石说你的手有习惯性冻疮，我专门给你织了双手套，戴上看合适不。"小米大大方方地看着他，眼睛里满含笑意。

小米帮林道源戴上手套，在那个短暂的瞬间，她感觉自己和林道源就是一对天底下最最普通的情侣。这个再普通不过的瞬间是小米最最向往的幸福片断，因为这个短暂的幸福片段，过去几年间她所经受的痛苦全部烟消云散。

林道源看看左手,又看看右手,向小米扬了扬手套,咧嘴笑了:"暖和!"

林道源虚弱的话让小米回到现实,他们都知道这双手套难有机会使用了。两人回避着这个话题,小米是不想承认这个残酷现实,林道源是不想因为自己的病带给战友负担。

没过多久林道源就无法进食,连水都喝不进去,当胃里没有可吐的东西时就往外吐胆汁,直到吐出血。他多半时候是半睡半醒状态,抿着嘴眉头紧皱,手捂着胃不时按一按,看得出用了很大力气忍受疼痛。晚上他痛得睡不着,但是他已经没有力气顺利翻身了,他不想让照顾他的小米太辛苦,独自默默忍受着。他会用很长时间一点一点稍微变换一下姿势,因为费力而把自己弄得满身是汗。

小米眼前的林道源已经完全没了原来的模样,他既苍老又消瘦,面色蜡黄,身体只剩了一把骨头,皮肤松松地覆盖在身上,皱巴巴的,毫无生气。他的头发和病魔一样肆意生长,乱糟糟地搭在额头两侧,原来那双炯炯有神的眼睛时睁时闭,眼神迟钝萎靡。

林道源像一截倒下的枯木,毫无生机地卧在床上。他已经是一副晚期癌症病人的状态,即使是最熟悉的人,面对他也很难认出来。

但他依然是小米最爱的人。为了让他咳得舒服一些,小米轻抚着他的背,他咳出的血喷到小米的护士服上,溅到她的脸上。小米抱着他让他靠在自己身上,她顾不得擦自己身上脸上的呕吐物,急着去清理他的口腔和鼻腔。

护士给林道源换床单时,小米抱着他,他曾经那么高大健壮,现在小米竟然能抱动他。他无力地躺在小米臂弯里,头搭在她肩上,呼吸沉重,像是把所有力气都用来呼吸。

不知是林道源的体重太轻还是小米贪恋与他这样紧密的亲近，她一点儿都不觉得重，她抱着他就像抱着一个小婴儿，小心翼翼又充满爱怜。

护士换好床单，小米轻轻地把他放在床上。林道源的眼睛半睁半闭，不知是睡着还是醒着，任凭小米把他抱起来，又把他放下去。

小米生怕弄痛了他，膝盖抵着床沿为他调整姿势，给他轻轻盖上被子。铁制的床沿把小米的腿硌得生痛，每天围着床帮他翻身，小米的膝盖上留下了一道道瘀血和紫印，但是她不觉得痛，她巴不得能再疼一些，好像这样可以减轻心里的痛。

林道源身体好的时候，小米与他隔着遥远的距离，他不知道小米的心意。现在小米每天在身边照顾他，他依然不知道小米对他的心意，因为他的意识已经模糊，他不知道身边都有谁。

小米寸步不离地守着他，为他擦头上的汗，喂他喝水，在他皱眉时帮他翻身，给他身后垫枕头帮他减轻疼痛。小米原来没想到自己能有机会靠近林道源，现在每天离得这么近，却又希望这只是一场梦！哪怕梦醒后还是那个离她远远的、冷漠的林道源，只要他是健康的，她愿意退出，永远永远不再接近他。

小米整日整夜陪伴在他身边，他没有主动对她说过一句话。她握着他干枯松弛的手，听着他粗重、不均匀的呼吸，无奈地看着疼痛不安的心上人，束手无策。

为了减轻他的痛苦，小米轻轻揉捏着他的胳膊，为他读书读诗。

"世界上最远的距离，不是生与死的距离，而是我站在你面前，你不知道我爱你。

"世界上最远的距离，不是我站在你面前，你不知道我爱你,而是爱到痴迷,却不能说我爱你。

"世界上最远的距离,不是我不能说爱你,而是想你痛彻心脾,却只能深埋心底……"

小米知道,不管她读多少遍他也听不到了,林道源大多时候都在昏睡,他很少能醒过来。

林道源的情况越来越不好,测量站已经派人去他老家接他的家人,最快也要四五天后才能到医院。

这天傍晚,小米来病房替换值班护士。值班护士说:"林营长今天精神不错,晚饭喝了两勺米汤。"

小米温柔地看着林道源,用毛巾轻轻揉去他额头上的细密汗珠,笑眯眯的,像在哄小孩子:"有些痛是吧?我来给你揉揉背。今天吗啡已经用够量了,咱们不能再用了,忍一下好不好?"

林道源今天看上去格外清醒,眼睛也恢复了一些神采,仿佛那个目光炯炯的林道源又回来了,他朝小米咧了咧嘴做出笑的表情:"不痛。"

小米小心翼翼地为他揉捏肩膀和脊背,生怕手重弄痛他。她比前段时间瘦了一些,眼圈发暗,面容憔悴。林道源突然用他又大又瘦的手握住小米的手,他看着她,眼中闪过温柔怜惜的光,一字一句说:"小米,你是个好姑娘,不要自寻烦恼,好好生活。"

林道源声音微弱,说得缓慢,但这几句话在安静的病房里字字清晰、掷地有声,猝不及防地在小米耳边炸响。

原来他知道她的心思!小米吃惊地看着林道源,林道源说这几句话用尽了力气,他抓着小米的手无力地松下来,眼神逐渐黯淡,半闭上眼,陷入昏睡。

夜色垂暮，小米静静地坐在他身边，没有开灯。黑暗中她看不清他的脸，他也看不清她的脸，如果他还清醒着的话。

小米的眼泪一颗一颗落下来。

林道源在家人到达医院后的第二天去世，在这之前他已经陷入深度昏迷，弥留之际他有短暂的清醒，那一会儿他半睁着眼看着爱人和孩子，没能说出一句话。

林道源去世后，按照家属意愿，他将安眠在基地的幸福村。

幸福村是基地官兵对烈士陵园的别称，这名字不知源于何时，想来起这名字的官兵认为"幸福村"这个名字寄托了生者对死者的感情，如果逝去的人还会有生命感知，这么多的官兵在一起倒真是一个幸福的大家庭。

测量站张站长不想让他的干部走得冷清，提出要在林道源下葬时摆几个花圈，司政后机关三个部门各一个。基地生活区没有售卖殡葬用品的商店，后勤处宋助理说陵园里有重复使用的花圈架子，派汽车排连夜到陵园去拉花圈架。

几个小时后，汽车排战士回来了，只拉回来一个花圈架，说守墓的老兵说陵园里就只有这一个。

张站长的愿望没有达成，一个人蹲在楼外黑暗处抽烟。

政治处通知麦嘉、蓝戈和小米去办公室帮忙，说扎花圈是个手工活，这种活儿女同志最擅长。

汽车排把花圈架抬到政治处。这是个用铸铁焊成的黑架子。小米找来毛巾，把架子上的残留物一点一点清理掉，擦得干干净净。桌子上放着政治处为祭奠仪式准备的林道源的照片，照片上那双熟悉的眼睛看着她，他生前回避她的目光，现在终于可以坦荡地与她对视，他看着她，她也看着他。

这双眼睛她太熟悉了,她天天都在看这双眼睛,它们已经刻进她心里了:他拆除导弹战斗部时冷静的眼神,指挥放飞航模时果断的眼神,与战士们在一起时生龙活虎的眼神,病床上握住她的手时关爱的眼神……

小米暗恋林道源这么多年,一直以为他不知道她的心思不理解她的感情,是个冷峻粗糙之人,直到他临去世前说出那句关心的话,小米才知道在他看似冷漠与无情的外表之下所掩藏的善意,他是通过这样的回避与决绝,来保护她不受无谓之事的伤害。

这让小米生出很痛的幸福感,他们两个人,有别人不知道的秘密。

这么多年来,小米与林道源无数次擦身而过,没有几次敢大大方方地注视他。今天小米大胆地热烈地看着他的照片,她发现他的眼中带着笑,并没有平时感觉到的那么严肃。

三个人沉默着,各自想着心事。

小米低着头做纸花,她小心地搓出花瓣的形状,用铁丝扎成花朵。她怕戈壁滩风大吹散纸花,把铁丝拧得结结实实,又觉得铁丝头露在外面影响整体美观,用力将铁丝头弯到花瓣下面。铁丝把小米经常用消毒水浸泡的手勒出红印,小米用力时不小心扎破手指,鲜血一滴滴浸到皱纹纸上,漫延开来。

蓝戈坐在小米身边扎花,她感觉得到她的伤心,但帮不上她,只能默不作声地坐在一旁。她看到小米的手破了,赶忙找来创可贴替小米贴上。

小米不敢看蓝戈和麦嘉,她有点儿尴尬,抬头扫了她们俩一眼,露出浅淡的微笑,随后继续做花,再没抬过头。一整晚她默不作声地摆弄花纸,耐心地尽善尽美地扎出一朵又一朵纸花。

那一个戈壁冬夜，成为小米日后记忆中最漫长、最寒冷的夜晚。

林道源去世后，蓝戈和麦嘉讨论怎么做才能帮小米从悲伤的情绪中走出来。她们看得出她刻意掩饰的悲伤，看得出她故作平静的痛楚，她越是这样越让想帮她的好友迟疑犹豫，害怕不知轻重伤了她想保守这个秘密的心思。

小米以为这悲伤只有自己知道，她以为这个秘密已随着林道源一起埋入陵园。

第二十二章 真相

"一走到阵地，我就像心中燃烧着烈火，感觉浑身都是劲儿！"林道源去世了，蓝戈一直记着他最后对她说的话，每每想起都会在瞬间将她点燃。林道源走后的这段时间，她常常想起和他共事的日子：他们一起执行导弹定型任务，一起从残骸中寻找问题，一起研制目标靶弹……这些画面近得就在眼前，仿佛昨天才和他在阵地上分别。

无论多美好的回忆都有醒来的时候，她知道，战友已经逝去，她要继续走下去，带着他没能完成的心愿。

林道源的话和这些画面激励着她，她觉得在和林道源以及其他同事的共事中自己变了，变得和以前不一样了，刚来基地时她为了了解父亲而去32号，在32号她渐渐萌生出责任感与使命感，而在与林道源等官兵们的共事中她看到，责任与使命需要用努力、坚持甚至生命去践行。

林道源去世前最后一次找回来的残骸仍然堆在靶标营的露天仓库里，蓝戈捡了一小块金属碎片放在办公桌上，这块小小的碎片时时提醒她，每一次试验成功的背后都有不为人知的付出和牺牲，只有充分利用所获得的残骸、数据等宝贵资源，最大可能地复现其背后隐藏的问题，才不枉战友们经年累月的付出。

蓝戈去找田叔，有一件事在她心中搁置很久了，如果说她原来对如何处理这件事还理不清，那么现在她有了越来越明晰的思路。她要解开这个疑问，也算是对林道源抱病找回来的残骸的交代。

蓝戈对田学民说："我们在研制自强1号靶弹时，遇到了和你们当年红3试验时一样的问题，而改装靶弹使用的恰好就是红旗3导弹。当时爸爸怀疑内部元器件运行不稳定，他在工作日志中记录了这个推测，按照他当初的判断方向，我们找到了提前起爆的原因，而且在靶弹试验中也验证了这一点。"

田学民愣了,随即说:"找到问题就好。"

蓝戈追问:"既然你们已经注意到导弹内部元器件存在不稳定因素,为什么不按照既定思路去排除故障?如果当时继续查找就不会出现那次事故。"

"也不全是这个原因。"

"那还有什么原因?"

"小戈,那是十几年前的伤心事,现在红旗3号也不用了,咱就不提它了好吗?"

"这个型号是不用了,但是不管什么型号都可能出现同样的故障,这是共性问题。"

"我也想找到答案!可是过去这么多年了,要找到真正的原因不那么容易。"

蓝戈对田学民说的话不解:"我们在靶弹试验中找到的原因不就是红旗3号提前起爆的原因吗?"

田学民沉默片刻,说:"不是,红旗3号的失败不是这个原因。既然你已经发现了这些事件间的关联,我就不瞒你了,我把知道的都告诉你。你已经长大了,就像我上次说的那样,你正在逐步成为一名真正的军人,你完全可以知道真相,也完全能够承受真相带来的压力。"

蓝戈疑惑地看着他。

"你在基地工作也有些年了,当年的导弹发展历程你也都了解。20世纪70年代初咱们国家大力发展红旗2号的改进型号,红2的性能指标不断被挖掘出来,相继推出了红2A、红2B和红2J,后来推出了新的改进型号红3。"

他回忆说:"红3弹生产出来后,来基地进行试验。那次任务计划在五天内发射三枚试验弹,给我们留的准备时间非常短。第一枚弹打上去后出现了提前起爆的问题,我和老蓝带着人连夜查找故障原因,当时数据分析显示导弹仰角不够,老蓝一边向试验队反馈调整,一边继续查找原因。"

"那两天老蓝就住在机房,除了吃过一顿饭打过几个盹,一直趴在数据堆里演算,我们都想早一点儿找到原因解决问题。当时他和我说,除了仰角的问题外还可能存在硬件因素,但是这需要检查导弹残骸。你现在应该很清楚,提前起爆的残骸散落在落区之外,这是最难搜寻的。当天搜索连没有找到残骸,官兵们晚上就睡在戈壁滩上,第二天天一亮接着找。"

"眼看着发射第二枚弹的时间就要到了,残骸仍然没有找到。对试验弹存在的问题如何评定?后面的试验是暂停还是接着进行?基地司令部让我们站提出意见。"

"我组织班子成员讨论,有人认为应该延迟发射,也有人提出按计划发射,我和老蓝作为团站技术工作的主要负责人,对怎么决定也曾有过犹豫,如果确实存在硬件问题就匆忙发射,会白白浪费一枚导弹;如果只是仰角问题而迟迟不发射,又会影响导弹改进进度。"

"后来还是老蓝下了决心,他说问题总要解决,回避不是办法,既然修改仰角参数后静态测试正常,说明符合发射第二枚导弹的程序。"

"我和老蓝的意见一致,没有充足证据证明导弹硬件存在问题,所有的猜测与判断都不成立。我们修改了导弹发射仰角,准备进行第二次发射。"

"为了捕捉到导弹发射最关键的数据,老蓝带着遥测车去了离导弹自毁时间段最近的一个光测点号,我们谁也没想到,第二枚导弹仍然提前起爆了,而且这一次起爆点就在遥测车上空……"

田学民眼圈红了:"我是站长,在任务决策上应该负全责,说到底还是我太急躁了,如果我坚持没找到全部原因前不进行二次试验,老蓝就不会出事……"

蓝戈和田叔一起生活了十几年,从来没有见过他这么懊丧,这让处于悲伤中的她心情更为复杂,不知是该劝慰他还是该怪怨他。

田学民说:"你妈妈和老蓝感情深厚,老蓝突然牺牲带给她很大的精神刺激,她开始是情绪低落,后来发展到精神抑郁,成晚上成晚上睡不着觉,必须服用药物才能入睡。从那时候起,她所热爱的事业和她的工作生涯就基本上完结了。"

"你妈妈在去世前向我流露过厌世的念头,她说'最爱的东西都失去了,人生已经没有意义',当时我大意了,我以为那是她一时的消极想法,一切都是暂时的都会过去,所以只是简单地劝了劝她。"

"直到你妈妈服用了过量的安眠药,我才知道她的心理。她失去了爱人,又失去了事业,这是导致她彻底丧失活下去信念的原因。她患了抑郁症,她的世界已经和正常人的世界不一样了,她自杀的念头不是一时的消极,而是长久的执念。"

"我是在她去世以后才想明白这一点的,同时我也明白了,如果我能采取一些积极的措施,也许能制止她,能挽救她的生命。因为我的疏忽,导致她最终服药自杀。"

"那时候无论怎么后悔都晚了,我唯一能做的就是尽量隐瞒她曾经有过的自杀念头,毕竟她还留了你在基地,你还要在基地生活下去，有一个精神异常最后自杀的母亲和一个在工作岗位上鞠躬尽瘁的母亲，你面临的未来是不一样的。"

"我悄悄去找了基地医院的院长，他是我老乡，对老蓝也很熟悉，我们俩决定隐瞒你妈妈自杀的真相，为老蓝唯一的女儿营造一个尽可能顺遂的未来。后来基地医院对外公布了你妈妈病故的原因，说是治疗中药物严重过敏，最终导致内脏功能衰竭。这件事就这么模模糊糊过去了。"

"你妈妈自杀前给你留了一封信，我怕你看出迹象来，就把信收了起来。这件事被我藏了这么些年，原本知道事情真相的人就不多，后来很多同志转业复员走了，更没几个人知道这件事了，我才放心把信交还给你。"

"你爸爸妈妈去世以后，我觉得必须得做点什么，必须承担起他们两个人的责任，让他们的女儿在一个正常的家庭环境里健康长大，就是出于这个原因，我收养了你。"

田学民看上去很颓丧："这就是当时的真实情况，这些事迟早都要告诉你。我刚才说的你应该清楚了，导弹的问题我们确实没有找到，但是后面发生的事也确实可以避免，你爸爸妈妈的去世都和我的决策有分不开的关联。这么多年我没有告诉你，不是怕你恨我，我是怕它们伤到你。"

蓝戈还是被伤到了。十几年来，她一直以为爸爸是因为偶然的事故牺牲，妈妈是因为治疗意外去世，直到今天才知道这背后还有不曾想到过的情节。她遗憾、悲痛，爸爸的牺牲完全可以避免，妈妈的自杀也完全可以不发生，而这些连环事件的源头，都和田学民对形势的误判有关，和他武断下达继续发射的命令有关。

她看着田学民，这是那个呵护、教导她的田叔吗？是那个溺爱、陪伴她的父亲吗？不，在这些表面的温情背后，是他冷冰冰的工作形象，他只想着完成任务，不在意同事战友的安危，更不在意战友妻子的情绪和感情，他的眼里只有工作，其他人的世界和他无关。蓝戈突然觉得田学民那么陌生，好像自己从来不认识他。

在田学民的注视下，蓝戈没有说一句话，转身离开这个生活了十几年的家。

第二十三章　噩梦

蓝戈两个多月没回家，周丽阿姨打过来几次电话她也没有接。旧事越想越伤心，她对养父不满、愤恨，养母对她的关爱也因此变了味，说到底他们抚养她是为了赎罪，为了他们自己内心的平静。她已经无法面对这两个人，和他们的感情有了间隙。

她整日心绪复杂，神思恍惚，全然没有以往的工作状态，在设备合练中频频出错。

蓝戈对上机有了心理障碍，一走进机房就思绪起伏，心力交瘁。她的设备曾经是蓝一石工作过的岗位，她一直对这台设备有常人难以理解的感情，认为它是世间仅存的和爸爸有联系的特殊物品。而现在她得知爸爸就倒在这台设备前，它成了爸爸牺牲的"目击者"，当再次走近时，脑中会出现导弹爆炸的画面，一想到接下来要目睹爸爸倒下去的场景，她就充满恐惧，心慌意乱，她不仅不能阻止这场事故，还要亲眼面对这个残酷的场景。

爆炸的火光让她慌张，让她胆怯，让她心跳加速，她大脑中一片空白，注意力无法集中到面前的设备上来，原本熟练的操作程序也想不清楚了。她的思绪断断续续，更加让她不敢确定操作是不是对的，而如果不对这个错误会不会导致一场新的灾难！

设备合练时，蓝戈仍然不在状态，她在跟踪目标时反应迟缓，犹豫慌乱，最终导致目标丢失。

这样的状态一直持续到正式任务开始前，汪守义不得不让李伟强替换她。即使汪守义不下这样的命令，蓝戈自己也要提出来，这样的状态是不可能完成任务的。

生活中的打击让蓝戈情绪低落，事业上的突发情况让她彻底失去自信。这一周她没有上机，躲在宿舍里昏睡。

汪守义从来没见过她这么萎靡不振，让人叫她到办公室谈话。

汪守义给她倒了一杯水，语气和缓："咱们平时说设备就是战士手中的武器，在决定战争的胜负中，武器装备固然重要，但装备终究离不开人，最重要的因素还是人。"

蓝戈默不作声。汪守义态度温和，很耐心："试验岗位对操作手的要求很高，包括情绪稳定和意志坚定，你是一名老工程师了，我相信你能做到这一点。"

蓝戈还是默不作声。"设备出了故障要按照电路图去排查，现在你心里的设备出了故障，一样的道理，先理清思路，再去排查故障。这段时间你可以不上机，好好调整一下！"

一个月后，一批试验导弹进场，即将开始大批量的发射任务。蓝戈还没有调整过来，她向汪守义递交了调离申请，请求到二线研究岗位工作。

汪守义看着她："为什么？"

蓝戈忍着痛苦，她知道不管多舍不得，她也必须走了。"也许更适合我的，确实是计量所的工作。"

"你不是这么想的，这不是你的真心话。"

"师父你也看到了，我现在没办法上机操作。我晚上做噩梦，白天也像在做噩梦，我控制不住自己。"

"即使是在噩梦里，你也要做一个意志坚定的梦中人！"汪守义拉开抽屉，蓝戈几年前的上机申请放在抽屉资料最上面，他把它递给蓝戈，"我一直记着你说过的话，那时候你什么都不怕，什么困难都压不倒。如果你忘了，拿回去看看。"

"无论将来遇到什么困难，都绝不畏惧，勇敢面对；无论在工作中遇到什么阻碍，都绝不退缩，永往直前……"看着当初自己写的话，蓝戈气馁地低下头。当初自己知道什么是真正的困难和阻碍吗？那时候她遇到了一点小小的挫折，自以为有面对的勇气和无畏的闯劲，外界的一切困难在她眼里都不算什么，而在经历了世事她才知道，最让人难以逾越的艰难险阻不在外界，而在自己的内心。

"师父，我这个样子会影响整个团队的运转，马上就要开始试验了，我不想成为咱们团队的累赘，您就让我走吧。"

夜晚，蓝戈独自坐在机房，今天是她最后一次坐在这里，明天她将离开一线阵地，再不能进入这个机房和同志们一起执行任务。这个机房是蓝戈和爸爸共有的空间，在这里她无数次遐想和他在同一台设备前并肩作战，无数次体会和他从事相同事业的豪情。她通过这台钢铁之躯与另一个空间的父亲相聚，更因为它传递过来的陪伴而萌生力量。

而明天，这一切都将和她无关。

蓝戈克制着内心汹涌而出的绝望，拾级上了天台。

戈壁寂静，凉风清冽，坐在星空下，她真希望能像以前一样找回自己内心的平静，但是这一次她失败了，她救不了自己。不远处是二站机房，机房房顶架着阿特拉斯精密测量雷达，在星空下更加雄浑厚重。蓝戈独坐天台中央，深情地看着不远处的雷达，这个陪伴她无数个寂寞夜晚的老朋友，她不得不和它告别了。

"心理障碍一旦形成，会跟随你一辈子，如果你克服不了，就得永远生活在它的阴影之下。"蓝戈听到苏扬的声音，原来苏扬和李伟强正站在她身后。

苏扬来到她的面前："现在还不是离开的时候，咱们一起来试试。"

李伟强也说："我和你一起操作，就像以前咱们俩上机模拟一样再操作一次。"

蓝戈被两人拽着下了楼。站在设备面前，看到那些密密麻麻的旋钮和仪表盘，蓝戈的脑中霎时空白，如同走入汪洋大海，海水的波动让她头晕目眩，身后的李伟强在催促她，她应该怎么做？先拧哪个旋钮？她的注意力在空中飘着荡着，无法集中到眼前的设备上来。

汗冒出来，她掐手指，按太阳穴，努力集中思想看仪表盘，然而硬被赶往一处的思绪又被戈壁狂风吹散，一片一片四散在戈壁上，越吹越远……

李伟强启发她："蓝工，你还记不记得当年师父不让你上机，咱们俩悄悄来机房徒手模拟？你想想那时候是怎么做的，就想象成咱们在徒手模拟。"

蓝戈走近设备，闭上眼想象几年前的情景。那时候真想亲手操作设备，做梦都想有这一天，她和汪主任争执、对抗、赌气，想尽一切办法就是为了能上机操作。现在她就站在当时朝思暮想的设备面前，那么艰难争取到的机会，就这样轻易放弃吗？她要再试一次。这时脑中突然出现了爆炸的火光，蓝戈恐惧地往后倒退，想离这个可怕的机器远一些，然而火光还是击中她内心最脆弱的地方，把她的记忆炸成碎片，一片片飞过头顶，飞上耀眼的蓝天……

蓝戈猛然惊醒，转身往后走："不行，我真的不行，你们别逼我了，我做不到……"

苏扬一把拽住她的胳膊，满脸严肃："你今天必须迈过这个坎，只有迈过去了才能丢掉这个心理阴影！"

苏扬从来没有这么严厉过，蓝戈被他的严厉震慑，犹豫着停住脚步。苏扬抓住她的手一起放在机器旋钮上，他的手盖在她的手背上，温暖而有力量，他握着她微微发抖的手，她的手握着熟悉而陌生的旋钮。

苏扬带着蓝戈操作,他们慢慢扭动旋钮,她的手一直在抖,内心几乎崩溃,几次想放弃这个痛苦的过程,但她的手被苏扬牢牢抓着,挣不脱更缩不回。

蓝戈被苏扬牵引着完成了整个操作流程,完成最后一个操作时,她浑身是汗,如同刚跑完五公里,但她的手不抖了,脑海中的碎片也从遥远的天空落下来,落到脑中复原成一个完整的记忆。她的思绪变得清晰,清晰地记起每一步操作流程,仪表盘上的刻度也不再是模糊的。

操作完成了,苏扬仍紧紧地抓着她的手,生怕一放开她就会消失。蓝戈的眼神安静下来,力量重新积聚于体内,她好像找到了以前的感觉。

苏扬感觉到她的变化,语气也平缓下来说:"逃避不丢人,但也没什么用。担心害怕的时候先不要急着逃避,能直面恐惧就会有解决的出路。来,你自己单独操作一次,我们陪着你。"苏扬放开蓝戈的手,发现自己的手心里全是汗。

蓝戈抬起手轻轻地放在旋钮上,这个她触摸过无数次的小圆柱体,还是像以前那样带着微涩的感觉,摸着它就像拉着老朋友的手。

恐惧如同噩梦,来得突然消失得也快,蓝戈克服了内心的恐惧。

她去找汪守义,把几年前的上机申请再次交给他:"师父,我来还东西了,还是放到您这儿吧。"

汪守义面无表情把申请放进抽屉:"过去了?"

"过去了。师父您放心,以后不管遇到什么,我都会努力面对它,不会轻易逃避了。"

汪守义重重关上抽屉,像要把这个噩梦关到抽屉里:"连同你今天说的话,我全都记住了,哪天你要是再忘了就拿回去看看!"

"不会忘了,这次看了都记到心里了。"

汪守义难得地笑了:"这就对了!你和李伟强将来要在咱们站担当大任,我老了干不了多长时间了,以后执行任务还得靠你们。"

蓝戈听着心里也没来由地难过,连忙说:"师父一点儿都不老,我和李工还要跟着你学。"

苏扬回三站前来向蓝戈告别。两人坐在机房天台聊天,看着满天星辰,蓝戈讲到自己的童年,说起妈妈杨柳:"小时候妈妈常给我念一首小诗:蓝天作帐地当床,戈壁滩上扎营房,三块石头架口锅,干菜盐巴当干粮。你一定很熟悉吧?对,这就是咱们场史馆里的那首小诗,写的是建场初期的艰苦日子。"

"妈妈把它当儿歌教我说话,后来又把它唱成一首歌,我们俩经常拍着手唱,玩得很开心。其实现在看我妈那时候的生活条件比这首小诗里写得也好不了多少,但是她从来没和我提过她受的苦,而且她和爸爸各自忙碌也很少见面,但是她快乐,那几年她给我留下的印象就是快乐。"

"我爸去世以后,妈妈就变成了另外一个人,她的精神越来越差,像生了大病,没多久就回家养病不上班了。她坐在椅子上发呆,从早坐到晚,不吃饭也不说话,像是感受不到外界。那段时间是我最无助的时候,我害怕她这个样子,不知道该怎么办,只能手足无措地站在她旁边。"

"妈妈去世的时候我正在学校上课,两个阿姨把我带到医院,说她再也醒不过来了。那一年我十岁,爸爸去世刚刚半年。那天傍晚我从医院回家,邻居阿姨送来一盘新蒸的包子,我没开灯,就坐在妈妈坐的那把椅子上吃包子。我吃了一个又一个,把那盘包子都吃完了，从天还亮着吃到屋子一片昏暗。那天晚上肚子又胀又痛，胃里反酸得厉害，难受了好长时间才吐出来，吐得满身都是……"

苏扬听着十分难过，湿了眼。

"本来我们一家三口是个幸福的家庭，因为这个事故，爸爸去世了妈妈也去世了，只留下我一个人。"

苏扬说："我理解你，这一关谁都不容易过，更何况你那时候年龄那么小！"他握住蓝戈的手，想把自己的力量传递给她，想让她永远不要再有这样的悲伤。

蓝戈把手从他的掌心里抽出来，从口袋摸出一张照片递给他。明亮的月光下，苏扬看清那是一张合影，两个年轻军人站在一枚导弹前，男军人脸庞棱角分明，眼睛笑成细细的一条线，女军人依偎在他身边抿着嘴微笑，两人肩并肩站在一起，笑容与神情十分和谐，看上去幸福又快乐。

苏扬认出来那是在发射阵地照的："是红旗2号导弹，这是你爸爸妈妈？"

"对，这是我为他们俩合成的照片，没看出来吧？"苏扬用手触摸出凹凸来，女军人是按轮廓剪下来粘上去的。

"那几年他们工作忙，没照过合影。我找到一张爸爸的工作照，又找了妈妈的单人照，这张合影是我拿剪刀剪下来贴上去的，怎么样，技术还不错吧？"蓝戈笑着，对自己的"作品"十分满意。

合成照片上两个人的姿态、表情，甚至风吹过的痕迹都很和谐，像是真的站在一起照的。如果不是凸起痕迹太明显还真看不出这是两张不同的照片。

"妈妈在遗书中说要我做爸爸那样的人，所以我一心想像爸爸妈妈一样优秀，在岗位上做出成绩来，让他们为我自豪！"

"你一直那么努力,对自己要求严格,是不想让你爸爸妈妈失望?"

蓝戈点点头:"我不能让他们失望,这是我唯一能为他们做的事。"

苏扬心疼地看着她,他只知道她工作努力勤勉、自我要求很高,不知道她一直背负着这么沉重的心理负担。"如果他们知道你战胜了内心的恐惧,能继续在遥测岗位上工作,去实践你妈妈的愿望,我想他们肯定会非常高兴!"

"谢谢你的帮助,我会继续走下去,再不轻易说放弃。"

苏扬郑重地点点头:"我相信你。"

苏扬拿着照片,决心不再让她独自承受这些重担,他看着蓝戈,想说"我和你一起承担",但这句话还没有说出口蓝戈就站了起来,对他说:"咱们回去吧。"

人与人相处时的氛围就是这么微妙,一个小小的站起来的动作就使得"和你一起承担"这样深情的话不合时宜了。苏扬咽下这句没来得及说出口的话,两人并肩下了天台。

蓝戈战胜了内心的恐惧,重新返回岗位,一切都像是没有发生过一样。

但她没有走出田学民当年判断失误带给她的心理阴影。

第二十四章　迷雾

蓝戈三四个月没有回家，田学民心神不宁。

田学民有两个女儿，一个在内地独自生活，他几乎没有对她尽过为父义务，她只是他名义上的女儿；另一个女儿就是蓝戈，虽然他是因为内疚收养了她，但是在共同生活的十几年里，他看着她一点点长大，看着她上学、读书，成为工作骨干，他为蓝戈的每一点进步欣喜，也为蓝戈的每一次忧愁失落。在忙碌艰苦的军旅生活中，蓝戈给他带来小女儿的温暖与贴心，他体会了作为父亲的完整、真切感受，他分不清是自己对这个孩子的付出多，还是这个孩子给予他的更多。他对蓝戈的感情比自己亲生女儿要深厚得多，蓝戈就像是他亲生的女儿。

蓝戈没有回家也没有给他们来过电话，田学民知道她一定被伤得很深，那段往事就是一把利刃，无论是谁都会被它刺伤。

田学民思忖再三，给周高工打电话求援。

这天任务分析会后，周高工叫住蓝戈说有事要和她说。待同事们走了后，周高工说："小蓝，有些事我想还是让你知道的好，不管你是不是怨我们，你都有权知道这些事情的真相。"

蓝戈惊讶地看着周高工，周高工直奔主题："当年你爸爸出事的时候，我是试训股的股长，当年的田学民站长和蓝高工都是我的领导，也是我非常敬重的师长，我对他们两个人都非常了解。"

"那次任务我一直记忆犹新，因为我追随的师长也就是你的父亲在那次事故中牺牲了，那些最后相处的片断我会记一辈子。那是在11月初，基地原计划要打三枚弹。第一枚导弹出现了故障，出故障是试验中的常事，谁也没觉得有什么反常。蓝高工、田站长带着我们一帮人连续工作了三个昼夜，我还记得当时炊事班送来的饭放凉了也没人去吃，大家都没有心思吃饭，精神的高度紧张也让人不觉得困倦。我们这么赶时间，是因为后面的试验已经排到了每一天的具体时间点，只要有一个任务环节拖后，就会有很多场试验跟着往后推。

"那次故障排除得不顺利，我们发现故障原因和以往的都不同，我们查找了各个环节都没有发现异常，在这之前从来没有出现过这样的情况。我们国家的武器系统正处在发展的初级阶段，没有太多经验可以让我们参考，当时分析主要原因还是导弹仰角不够。在修改导弹参数后模拟数据显示，问题基本得到了改善，但没有彻底解决，蓝高工一直怀疑除了仰角的问题外还有其他故障因素存在。

"蓝高工认为这个因素有可能是内部元器件运行不稳定，但这只是他的猜测，这个猜测没有得到证实，是哪个部分的元器件也很难在短时间内被排查出来。

"班子讨论的时候，蓝高工坚持要按计划发射，他的理由是仰角修改后静态测试基本正常，其他怀疑没有得到证实，新的判断需要依靠更多的试验数据支撑。而且没有理由因为我们一个站的原因让基地十几个小点号一直等下去。

"蓝高工是站里的技术抓总，在试验任务中有更多的话语权，大家平时都很尊重他的意见，在他的坚持下，班子集体决定，正常发射第二枚导弹。于是发生了大家都不愿意看到的失败和人员伤亡。

"蓝高工牺牲以后，基地成立了事故调查组来32号调查原因，田站长把责任揽到他一个人身上。他最好的战友牺牲了，他不允许任何人把哪怕一点点责任归结到蓝高工身上。

"事故调查组基本认定田站长负有指挥责任，但当时的处理意见出现了分歧，一部分人认为是田站长指挥失当导致事故，应该停职等待处理；还有一部分人认为在当时的情况下做那样的决策符合试验规程,导弹试验中的风险是正常的而非人为的,田站长不应该处到受理。基地领导出于爱惜人才的考虑,也是为了保证测量站正常试验秩序,叫停了事故调查组的进一步调查。

"其实大家都能理解他,碰到这样的问题,无论是谁都很难下决心停下来,就像是在战场上,如果没有充足的理由而命令部队停止战斗,哪个指挥官能下这样的命令?

"我也很多次地想过,如果当时搜索连能够找到残骸,或许我们就可以从中找到一些线索;如果我们积累的试验数据足够多,或许能从中开拓出新的思路。但是我们都没有,这是一项事业发展过程中必经的阶段,我们面对的就是这样的条件和环境,尽管大家都知道这里面有风险,也不得不向前走,去承担这样的风险。

"你父母去世后,田学民决定收养你,他说服爱人,也就是你周丽阿姨来基地随军。周丽当时在苏州一个军工厂任技术员,经济收入和生活条件都不错,如果来基地那就什么都没有了,甚至连一个普通的工作都没有,只能待在家里做家务。

"田学民和周丽的亲生女儿,也就是你的姐姐,那时候已经在苏州的重点中学上初中,周丽随军意味着她要转学,转到咱们基地子弟学校来上学。你也知道咱们子弟学校的教学水平不高,教学条件也不好,子弟学校毕业的高中生有一半都考不上大学,只能上技校。你姐姐成绩那么好,在苏州中学名列前茅,老师建议他们夫妻慎重考虑转学的事。到底是在内地照顾自己的亲生女儿,还是随军到基地照顾你,这个选择对周丽来说也是不容易下的。

"周丽还是放弃了苏州的工作,放弃了照顾亲生女儿,来咱戈壁滩当了一名家庭主妇,后面的事你就都知道了,她专心在家照顾你的生活。你姐姐留在了内地,周丽给她办了住校,她一个人在学校度过了中学的六年时光。

"你田叔和阿姨对你的关心，我们这些外人都看得到，我想你的感受会更真切，他们对你付出的感情和时间，比你的姐姐要多得多。这件爆炸事故影响的不仅仅是那 6 名官兵的亲人，还影响着很多人，比如你田叔和周丽阿姨，他们的人生也改变了，因为他们选择了你，放弃了自己的亲生女儿。

"但是你不要误解，不要以为他们这么做是亏欠你。田学民和你父亲母亲共事的时间比你和父母共同生活的时间还要长，他们之间的感情也绝不是一般的普通战友之情，他所承受的痛苦你是感受不到的，我敢说不亚于你现在感受到的痛苦。我说这些是想让你知道，在蓝高工遇到事故这件事里头绝对没有任何一丁点儿人为的因素，你田叔值得你相信！

"田学民虽然已经离开测量站，但他从来没忘这件事，这是他的心病，也是他的噩梦。他和我说，'咱们得完成老蓝生前的愿望，找到这个故障原因，啥时候找到了我才能松口气，才能理直气壮去见他'。

"我也很想知道原因。没有解决的故障就如同打了败仗，总得知道自己败在哪儿。这些年我们断断续续计算分析，有时候感觉就要找到答案了，但是最后仍然没有结果。"

蓝戈疑惑："我们在靶弹研制时使用了库存的红旗 3 号，发现了导弹本身存在焊锡燃点低的问题，难道这不是红 3 失败的原因吗？"

"试验队留下来的那些教学弹也就是你们改装靶弹用的红旗 3 号，确实是有问题的弹。我们当时没有找到全部的残骸，对焊锡燃点低有过怀疑但没有证实，事故发生后把这个猜测向生产企业做了反馈，后来新批次的红旗3号试验弹更换了高燃点的焊锡，但是它仍然没有解决提前起爆的问题。当时事故的原因远比你想象的要复杂，我们现在的猜测包括焊锡熔点、导弹仰角这些问题都不是它的致命问题，真相至今是个谜。"

蓝戈内心风起云涌，她不知道田叔和阿姨收养她的背后还有这样的故事，他们从来没有对她说过。她曾经问过阿姨为什么姐姐不和他们在一起，阿姨说姐姐喜欢苏州的学校，姐姐每年放假会来基地探亲，一整个假期陪她玩帮她补习，像亲姐姐一样护着她。

在这样完美的家庭氛围中，蓝戈不曾想到他们为了照顾她放弃了事业和亲情，更不会想到事实的真相不是田学民破坏了自己的家庭，而是自己破坏了他的家庭！

蓝戈进家门的时候田学民正坐在沙发上发呆，他看到蓝戈开门进来，急忙跑到门口迎接她，他弯下腰找出拖鞋摆到蓝戈脚前，像个犯了错的孩子小心翼翼看着她。蓝戈心中一酸，扶起田叔，问他："田叔，如果时光倒回去，你们重新面临选择，你会怎么做？"

田学民叹气，仿佛重新面对选择的痛苦："当初我所做的决定，包含了所有战友们的荣誉，我不后悔那么做，但是我也知道，这不能减轻我对老蓝的愧疚和自责，我欠他的。"

"您还会那么决定，对吗？"

田学民沉默了，低下头，不敢直视蓝戈。

蓝戈拉起田叔的手："作为一名试验技术人员，我也会那么做。"

放过对错才能看清答案，蓝戈不再在旧事中纠结。正如周高工所说，这是一项事业发展过程中必经的阶段，他们不得不承担其中的风险，这是他们的选择。对于蓝戈来说又何尝不是这样，她置身于这项事业发展中的另一个阶段，她也要承担其中的风险，这也是她的选择。

10月，红旗9号试验弹进行联合测试。

三站的活动遥测车从35号开到32号发射阵地，停在测量站机房外几百米处。

李伟强从机房窗户看到活动遥测车来了，跑去帮忙。活动车刚刚安置好，苏扬就拿了伙食供应单要去遥测室，32号是距离他们最近的点号，人员补给就近依靠测量站。

苏扬急匆匆往外走，李伟强一把拽住他："看你喜笑颜开的，有啥好事？急着干啥去？"

苏扬指了指伙食供应单："急着联系饭去。"

李伟强故作认真："多大点儿事儿，还用得着你亲自跑腿？给我就行了。"说着来夺供应单。

苏扬躲过李伟强："我就爱干这跑腿的事。"说着快步跑远了。李伟强冲着他的背影喊："看把你乐的，不就是一天三顿和蓝工一起吃饭吗！"

发射当天，官兵们一大早就上机准备，因为53号设备出了故障，一直等到下午才准备妥当。

遥测机房内灯光明亮，扬声器中传出"各号位一小时三十分钟准备"的指令。

蓝戈和同事们正在机位巡查，突然听到急促的脚步声，苏扬急匆匆跑进来："我们设备的示波器异常，判断是控制组合中的集成电路出了问题，你们这儿有没有备用元器件？"

汪主任让蓝戈赶紧到隔壁库房去找，蓝戈拿着设备手册快速清点，发现这一块电路板没有备用的。

汗水从苏扬额头冒出来。

"隔壁学习室有台教学设备!"蓝戈和苏扬飞快跑到学习室,直奔那一排一人多高的信号接收设备。

学习室的设备外形与遥测设备相似,组合抽屉里的电路板也十分相像,几个关键点上元器件指标相同,粗略判断应该可以替代。

时间紧急,他们顾不得多说,给设备断电、拔出背板电缆、抽出组合抽屉、查找电路板……两人动作一气呵成,配合默契。

找到电路板所在位置后,苏扬胳膊伸进密密排列的电路板空隙,小心避开上百条聚集在一起的电线和电缆,避开电路板上凸起的元器件,轻柔用力地拔下那块板子。

苏扬拿起电路板向几百米处的遥测活动车飞奔而去。几分钟后,扬声器里传出苏扬向指挥所的报告"故障已排除,可以正常参试"。

从苏扬进门询问到更换后仪器正常工作,前后不过十来分钟时间,蓝戈和苏扬在电路板拆解过程中对对方的意图心领神会,常年沉浸在任务中的他们,谁都没有细究过是从什么时候开始有了默契。

蓝戈喜欢这种默契,但她不允许自己沉迷于这种默契,她感觉得到苏扬的靠近,却不敢正视他的走近。蓝戈在得知妈妈死于自杀后,开始对亲密关系产生恐惧,她害怕自己思想上和感情上有了依靠就不想前进了,如果有一天这份依靠突然消失,自己该怎么办?

苏扬的关心给她压力,她害怕他们的关系发生意外,她不能接受任何意外,也不能接受任何分别。她宁愿把苏扬看作是帮助她的同事,而不是值得铭记于心的亲人。

周末,苏扬去找蓝戈和李伟强,说有一个改进设备的想法要商量:"在红旗9号静态测量时设备接收信号出现漏洞,我翻阅了过去的资料,发现当年红2改导弹试验时,蓝高工曾经对遥测接收设备进行过改装。"

他说:"目前红旗9号试验弹正在改进,第一枚导弹暴露出设备漏记问题,我想把蓝高工前后三次改装的技术合为一体,改进成'四合一'综合遥测设备。"

"四合一?"蓝戈惊讶地看着他。

"对,四合一!我们向基地司令部打了申请,司令部已经批准了,马上就会有通知下来。"苏扬兴冲冲地看着蓝戈,"我建议咱们两个站联合开展,咱们两站领导都已经接到通知了,我等不及他们安排,先来和你俩商量。"

在设备改进期间,蓝戈翻看着当年蓝一石手写的资料,揣摩着父亲的思路,有时候她看到一个步骤会思考良久,随之为父亲别出心裁的想法感慨。这让蓝戈产生一种错觉,觉得在和爸爸一同攻关,并肩作战。父亲就是父亲,永远都是她的领路人,即使她已成为遥测岗位上的骨干,仍然跟随他在行业中留下来的理论向前走。

蓝戈忙碌而充实,从来没有像现在这样有安定的归宿感。她想,也许这就是苏扬想成全她的目的。

年底前,三站和测量站的遥测设备都已改装完毕,改装后的设备解决了漏跟问题,司令部验收组评估后认为,改装后设备捕获速度更快,设备运行更稳定,达到了预期效果。

一周后,第二枚红旗9号试验弹发射,一二级发动机顺利分离,遥测车完整获得遥测数据,试验成功!

阵地上一片欢呼,三站与测量站工作人员激动地击掌握手,蓝戈和苏扬分站在欢呼人群的两侧,中间隔着雀跃的战友,两人相视而笑。

年初测量站要调整干部,自从遥测室副主任调到司令部试验科任副科长,副主任的职位就一直空缺着。政治处对全团连职干部考察后,蓝戈和李伟强从众多干部中脱颖而出,成为排名靠前的人选。

确定人选时测量站领导班子中出现了不同意见。分管试验任务的杨副站长主推李伟强,说李伟强业务能力强,工作踏实个性稳重,非常适合担任技术室领导,而且小点号试验环境艰苦,危险性大,这个岗位更适合男性干部,综合来说李伟强是最佳人选。

周高工则力挺蓝戈,他说:"过去我也对女干部从事技术工作有怀疑,但是小蓝来了以后,我发现女干部有其自身的优势,比如她们工作细致专注,遇到困难不轻易放弃。另外我征求过汪守义主任的意见,他认为蓝戈工作有干劲有闯劲,创新思维和业务能力都很突出,汪主任在这件事上也支持小蓝!"

班子成员对人选意见不统一,干部选拔工作暂时搁置下来。

不知是谁透露的消息,李伟强知道了站领导的意见分歧。

李伟强向政治处递交了一份转业申请,要求当年年底转业。政治处赵主任找他谈话,问他:"你是咱们站的技术骨干,组织正在考虑让你到更重要的岗位上去承担更大的责任,你为什么在这个时候提出转业?"

李伟强面露疲惫,一副无所谓的样子:"工作了这么多年,很累,有倦怠思想了,想歇歇了。"

赵主任不信他的解释:"这不是你的想法。"

李伟强正色道:"是真的,我想换个地方,尝试一下另一种生活。"

"你应该已经知道了,站里正在考察干部,你是拟任用人选之一。"

李伟强低下了头:"知道,我实话实说吧。我觉得蓝工比我更优秀,尽管这些年我不服气一直和她争高低,但我们争的是工作,不是职务,我承认我的业务能力确实比不上蓝工,就凭她能把设备的所有电路图都默背下来,我就服她。在职务晋升上就应该能者上,我不想让别人说我是凭性别优势上位的,大男人顶天立地,不靠这个!"

这件事上,李伟强山东人的倔脾气表现得一览无余,谁的劝他也不听,坚决要年底转业。

麦嘉听说了这件事,打电话要他来一趟试训股。麦嘉看上去心事重重:"我知道你是想成全蓝戈,除了转业,就没有别的办法吗?"

李伟强没想到麦嘉会挽留他,他因为麦嘉的心事重重心中一软,差点就说要留下来。

李伟强咬咬牙,说:"如果蓝工不当这个副主任,别的人都不合适。我不想引发无意义的争论,我走了好。"

李伟强下这样的决心,是已经把这件事想透了。这些年来他一直默默爱着麦嘉,但他知道自己配不上她,虽然现在他们是"朋友""哥们儿",但只是暂时的,天下没有不散的筵席,她离开自己是早晚的事。与其如此长痛不如短痛,自己走了不仅能成全蓝戈,还斩断了无益的犹豫和留恋,也是件一举两得的事。

麦嘉也很严肃,不像平时玩笑的样子:"你们技术干部为什么老是这么认死理?除了博弈就没有别的办法了吗?"

"难道还有更好的办法吗?我了解蓝工,这个了解是在一天天加班中的了解,是一包包方便面吃出来的了解。我懂她的努力,也懂她到底付出了多少。我胜出了对她不公,她胜出了她会不安,我退出了,事情就能顺利解决了。"

麦嘉看着李伟强,有很多话想说,却不知从哪一处说起。

第二十五章 288根电线杆

测量站党委集体讨论决定，任命蓝戈为遥测室副主任，同时提请基地干部科调李伟强到三站交流使用。年底，基地政治部任命苏扬为三站分析室主任，李伟强为三站分析室副主任。

李伟强虽然离开32号去了35号，和麦嘉不能经常见面了，但他对麦嘉的爱有增无减，更深了一层。麦嘉不仅仅外表和个性吸引着他，她的缜密思维和超脱思路更是让他佩服。当时麦嘉得知他要转业，极力劝他留下，她说："以你的个性特点和专业能力，在基地工作能发挥最大的效能。你不应该走。作为同行，我为你做这样的选择感到惋惜，作为朋友，我认为你这样的决定是错误的！"

她还说："在面对两难选择的时候，除了二元思维方式，还有更好的第三种甚至第N种方式。现在摆在你面前的，就有第三种方式。"

在麦嘉的建议下，他收回了转业申请，递交了调换岗位申请。因为麦嘉的这个主意，他现在得以继续从事喜欢的工作，继续跟随喜欢的姑娘，尽管他的姑娘不知道他是因为她的那番话而留下来的。他不在意她作为同行生出的遗憾，他在意她作为朋友生出的遗憾，为了成全她的挽留，他再一次突破自己的行事原则，改变主意留了下来。

春天的时候，邓柏平再次启动"行动攻势"，只要没有试验任务，会在周末去32号。

从邓柏平的营区53号到小米的营区32号，中间隔着二十八公里戈壁滩，邓柏平在班车上数过，从他的宿舍到她的宿舍，中间要经过288根电线杆，这288根电线杆就是他和小米的距离。53号到32号每两周有一次班车，在没有班车的时候，邓柏平骑自行车跨越这288根电线杆。

通讯员宿舍有一辆自行车,这辆自行车是53号的备用交通工具,平时主要是营里收发紧急文件时应急使用,不知从什么时候起这辆自行车成了邓柏平的专用,他的使用次数远远超过了通讯员的使用次数。这个周末,邓柏平从通讯员房间熟门熟路推出自行车,检查了一遍"装备"后骑车出发。

今天是个艳阳天,头顶是美丽的戈壁蓝,就像他的心情一样晴空万里。邓柏平边骑行边数电线杆,这是他消解旅程单调的方法,过一根电杆就离小米近一些,等数到第288根的时候,就能见到小米了。

第1根、第2根、第3根……眼前的戈壁滩广阔平坦,邓柏平吹着口哨踏上"坦途"。

虽然戈壁滩看上去平坦,但作为经常在上面行走的人,邓柏平知道它的颠簸,除了坑坑洼洼的小坡小坎,还有大大小小的石块沙子,在这种路上吉普车都开不稳,更别提自行车这个轻量级工具。不过这对邓柏平来说算不上是问题,他自认为是戈壁滩骑行的"老把式",他知道什么地方应该减速什么地方可以快速通行,他骑着车在戈壁上飞奔。

第20、第21、第22……

刚刚过去的这一年冬天,对邓柏平来说非常漫长,他知道这个冬天对小米来说也非常漫长。邓柏平早就看出来小米有喜欢的人,若是真心爱一个人,就能从这个人的眼神和表情中看到她的内心,他就是这样发现这个秘密的。

邓柏平想知道这个人是谁,他要把小米的心从他那里夺过来。没多久他就"侦察"明白了,小米喜欢靶标营营长林道源。

52、53、54……

邓柏平认识林道源，他们一起执行过很多次任务。林营长不光专业技术好，为人也正直善良，是个很优秀的人，如果不是他已经结婚有了家庭，邓柏平觉得林营长和小米还真是挺般配的。他不知道小米是不是了解林营长，以他对林营长的了解，他不可能在家庭之外再开始另一段恋情，邓柏平一眼就能看到结果，小米和林营长走不到一起。

100、101、102……

果然，小米的感情没有得到林营长的回应，但是那傻姑娘就像中了魔，碰了南山也不回头，成天自己折磨自己，把自己弄得越来越瘦。这个局势让他感到棘手，犹如满腔斗志要去和"对手"比试，却发现这个"对手"根本不存在。他想帮她走出这个"迷宫"，她却拒绝他的走近和试探，一点儿机会也不给他。

158、159、160……

林道源刚去世那段时间，邓柏平能想象小米正在经历的伤痛，他给蓝戈打电话问起小米，蓝戈说小米从早到晚都待在医院，每天都在替同事值班。他心疼她，想去看她，但他知道这没用，这个时候谁都帮不了她，她只能靠自己才能走出来。邓柏平按捺住自己去32号的冲动，也没有给小米打电话，他要给小米留一段自我疗愈的时间，他能做的只有等。

181、182……

他在等待中度过了这个最难过的冬天，现在到了该他出场的时候。他预想小米一时半会儿还接受不了他，这很正常，小米是个重感情的人，她不会轻易从痛苦中走出来，但只要她不拒绝和外界接触，他就有信心帮她恢复。他做足了心理准备。

路程已经过了一半，一阵热风疾吹而过，夹杂着尘土的味道。

作为天天在风沙中摸爬滚打的老戈壁，邓柏平从中嗅到风沙的前奏。戈壁气候多变，也许这一会儿还好好的，过不了多久就是从天而降的沙尘暴，邓柏平看着远方，起风了，风要来了。

190、191……

天空恍如进入魔界之境，乌云变幻着翻涌着，带着不可预知的神秘力量。风越来越近，邓柏平已经看到是一小股龙卷风。远处的龙卷风正打破沙尘暴四处弥漫的混沌形成旋转着的圆柱，紧贴地面飞速前进。圆柱扶摇直上，与天空翻滚的云团融为一体。

龙卷风的核心离邓柏平尚有距离，但外围风沙已横扫而来，邓柏平还没来得及下车就被吞没，他在低洼处放倒自行车，趴在地上等狂风过去。

251、252、253……

风声渐渐远去，前面道路越来越清晰。邓柏平感觉自己又打败了一个阻拦在他和小米之间的敌人，他拍打着作训服上的沙砾，看着已经跑到远处的"风墙"，灿烂地笑了。

288……

邓柏平在心里数着，抬眼已经看到遥测室宿舍。

小米看到满头沙尘、嘴唇干裂的邓柏平，边上下打量他边问道："你怎么来了？怎么过来的？"

"骑车来的！"

"这么大风还骑车？以后这种天气就别出门了。"小米脸上露出担忧的神情，虽然这个表情转瞬即逝，但它没能逃过邓柏平的眼睛。这几年邓柏平在心里不知想过小米多少次，她脸上的每一丝表情都熟悉得不能再熟悉，即使只是瞟一眼，邓柏平也知道她是开心还是不开心。

邓柏平笑得眼睛成了一道缝:"我运气好,是顺风!"

戈壁滩一年四季都被裹挟在大大小小的风中,时间在邓柏平的来来往往中悄悄过去。这一年里小米把所有精力都投入工作中,工作之余还自修了医学院的心理学专业,读完了全部专业课程,对心理学在军营中的运用也有了明晰的想法。

这个想法来自龚平。龚平在战士中具有鲜明的代表性,测量站很多战士都像他一样没有明显的心理问题,但是个性特点使得他们在集体中表现出不融入、不和谐的行为,有的影响到了工作和训练。小米一直关注着龚平的成长,也由此思考像龚平这样没有明显心理缺陷的战士,什么样的方法能激发他产生正向力量。龚平这个"试验品"其实是众多战士的代表,找到了适用于他的方法,也就解决了一批战士存在的问题。

在帮助龚平的行动中,小米逐渐找到了方向,她认为,心理学不应只是对缺陷和问题进行研究,还应该对优秀品质进行研究;心理治疗不仅要对伤害、缺陷进行修复,也要对人自身所拥有的积极潜能进行发掘。只有这样才能紧密契合军营的环境,帮助官兵高质量完成训练任务。

又一年冬训要开始了,今年32号冬训有两个创新点,战士们在"信息交换中心"议论了好长时间。一个是测量站仓库管理员戴旭成了冬训教员,将在冬训期间开设《元器件在设备中的作用及排除故障方法》课程,成为32号第一名为干部授课的士官;另一个是后方医院的小米护士要开设心理辅导课,成为授课教员中的第一名非技术工作人员。这两个人突破了往年冬训惯例,单拿出一个来都够人议论半天,何况还是两个。

临开课前,试训股向后方医院反馈报名人数太少,不够开课人数。小米看到名单上只有五个人报名参加学习,其中一个是龚平。她问龚平:"为什么没人报我的课?"

"好多人都说你开的课不是正常人上的,只有心理不健康的人才上心理课,大家都怕被人议论,不好意思报名。"

小米问:"你不怕被人说吗?"

"我不怕!你讲课咱肯定要来捧场,那四个人是我老乡,都是我拉来的!"龚平颇有侠义之气。

小米朝他竖起大拇指:"够意思!好人做到底,你帮我个忙吧。"

晚饭后,龚平跑到小商店大肆宣传,说:"小米护士说了,心理健康课和数学语文一样是一门科学,机关好多参谋干事都报名了,站长政委也说了要去听。"

他还向正在下棋的战士们透露:"听说试训股出了冬训加分的规定,马上就对外公布了,规定给上心理课的同志加分,年底各单位评优秀士兵的时候可以参考。"

这个消息在"信息交换中心"一传十十传百,没几天就在战士们当中传遍了。冬训开课前,报名上心理辅导课的人数已经满员。

冬训结束后,小米成了基地小有名气的"讲心理课的老师"。试训股在总结分析时发现,上心理课的战士冬训成绩明显高于往年,也高于其他战士。他们评估认为,心理健康课为战士们提供了排解情绪的方法,它所倡导的积极心理也对训练起到了助推作用。

试训股建议后方医院开展经常性的心理知识普及,帮助官兵建立良好心态,提高训练成绩。

在小米的建议下,后方医院开设了周末热线电话。热线电话的使用频率很高,小米的周末都在接听电话中度过,她引导战士们主动面对内心冲突，保持积极的心理态度和行为方式。这一年过得充实而忙碌。

小米的工作投入让她快速成长，她也在自我成长的同时渐渐走出那段隐秘的伤痛。在这段自我疗愈的道路上，邓柏平一直是那个陪伴她左右的人，无论小米是忙是闲，有没有时间或者心情回应，邓柏平都坚定地站在她身边。让邓柏平遗憾的是，他的努力没有让她打破内心的自我封闭，这么多年她始终不能向他敞开心扉。

小米就这样和邓柏平僵持着，直到她遇到耿参谋。

认识耿参谋是在一个停电的晚上。那天正赶上小米晚班查房，因为突然而至的沙尘暴引起电路故障停电了，小米惦记着楼下还有病人在做治疗，一边安排值班护士启动应急用电，一边急急忙忙摸着黑下楼。

小米在楼梯拐角迎面撞到一个摸黑上楼的人，小米受到惊吓叫出了声，那人一边道歉一边掏出打火机照明。随着光亮闪现，小米看清了楼梯，也看清了与她近在咫尺的熟悉的脸。

这张脸和小米隔着永别后的岁月，没有心理准备的相见让她震惊。时隔多年，伤心往事渐渐淡去，但林道源那双令人心悸的眼睛从未离开过她，一直待在她内心最柔软最脆弱的地方，跟随着她注视着她的生活。现在这双眼睛在她最不设防的时候猝然出现，而且离她这么近，她的心脏闪过几秒刺痛，旧日结痂的伤口被猛然撕开。

后来，小米从病历上得知他是基地通信科参谋，姓耿。

耿参谋比林道源年轻，他长着一张酷似林道源的脸，尤其是他的眼睛和林道源极为相似，如果只看眼睛会让小米产生强烈的错觉，认为他就是她惦念的那个人。

耿参谋爱说爱笑，和林道源的严肃完全不同，就是这么不一样的两个人，小米却总是从他身上看到林道源的影子。

耿参谋的出现让小米对痛失恋人的记忆瞬间复现，她深信往事就是某个人的寄生物，会随着这个人的到来不期而至。小米会有意无意到耿参谋的病房去，她和耿参谋说话时，熟悉的眼睛让她恍惚回到旧日熟悉的场景与时空。当小米看到耿参谋笑着的时候，她仿佛看到林道源在微笑地看着她，这双炯炯有神的微笑着的眼弥补了她心底的遗憾，她迷恋这种既一样又不一样的感觉。这双眼睛牵引着她一步步向他走近，每一次的接近，都让曾经有过的情感一点点反刍上来，让她重新坠入痛苦的幸福之中。

受苦比解决问题容易，承受不幸比享受幸福来得简单。小米躲在自设的围城里不出来，她心甘情愿坠入这种痛苦，这种实实在在的感觉提醒着她，这个世界上有过一个特殊的人，这个人确确实实存在过，而并非是存在于漫长日子的回忆之中。

耿参谋善长外交，没多久就和后方医院的医生护士混得熟络，他常常自由进出医护值班室，看到有人不忙还会找他们聊天，不管是医生还是护士都宽容着他对医护领域的"入侵"。

后来耿参谋的聊天对象逐渐缩小范围，最后只剩下小米一个人。他每天都会有要紧的或不要紧的事找她，芝麻点事都要说上半天，后来他不再称呼小米是"护士长"，改口叫"小米"，而黄护士长似乎不反感，由着他每天小米长小米短。

他的坦率把自己的心思表露无疑，科室的小护士们都看出来了，耿参谋喜欢黄护士长。黄护士长对耿参谋也印象不错，谁都知道黄护士长最反感工作时间病员们有事无事的聊天，若是搁往常她早就赶他回病房了，但她对耿参谋的"越界"非常包容，不仅没赶他走还时不时地和他互动，有一句没一句地聊一会儿。

这个周末小米照例来到科室，值班护士以为她会和平时一样去值班室看书，没想到小米说："你去整理病案吧，我去楼下做治疗。"

耿参谋正准备去楼下做治疗，听到门外有人大声喊"小米"，开门看到对面的护士站里站着一位风尘仆仆的上尉。值班护士正对他说："邓工程师，来看我们护士长来了？怎么不给我们护士长送花了？"

"送花那是我雷打不动的责任！前一阵儿有任务没时间过来，今天来看看有没有人给你们护士长出难题？有了你可得告诉我！"

"看邓工说的，谁敢给你家护士长出难题！你不给她出难题就好。护士长在楼下给病号做治疗，要我去叫吗？"

"别叫她让她忙，我没事就是来看看她，我在这儿等她。"上尉拉开椅子坐到小米的座位上，顺手拿起一张报纸看。

上尉看上去对后方医院很熟悉，和护士们也都认识，他熟门熟路坐下来和小护士说话，一看就是常来的熟人，这一幕让耿参谋充满疑问。

耿参谋来到治疗室，小米正在调试理疗设备，问耿参谋感觉有没有好转。耿参谋不回答，他问："小米，楼上有人找你，是位姓邓的工程师。"

耿参谋目光炯炯地看着小米，他看到小米脸上闪过一个表情，那个表情里有三分吃惊一分尴尬。

耿参谋和邓柏平两个人同时出现在面前，小米猛然清醒，她和他们俩人是在同一个时空，她并非活在过去的时空里。

面对一步步走近的耿参谋，无路可退的小米不得不面对内心审视自我。她看到自己矛盾的内心，林道源活着的时候她不敢靠近，林道源故去后她沉迷于怀念，她从耿参谋身上寻找替代的感情，压根儿没想到自己的行为会带来什么样的结果，会给他人带来什么样的伤害。

她故步自封地纠缠于往事，时间非但没有抚慰内心的伤痛，反而让她在逃避中愈走愈远，渐渐背离愈合方向。她一直在帮助别人走出心理枷锁，指引他们用科学的理念疏导行为，没想到自己却深陷心理怪圈，表现得比任何一个人都懦弱。

站在远离林道源的地方回望，小米发现他不仅仅是她暗恋的爱人，他更是一名优秀的军人、出色的航模专家、负责任的丈夫和父亲。跳出个人情感来看，岗位对他的需要、事业对他的需要、家庭对他的需要，都远远超过她对他的需要，她个人失去他的悲伤永远无法与一项事业失去他的损失相提并论，事业仍在背负着缺憾前行，从未止步，而她，却在往事中患得患失，踌躇不前。

她觉得自己更像个需要心理治疗的病人，反倒是邓柏平让她刮目相看。面对她的拒绝或退缩，他坦然面对，全盘接受，始终乐观而坚定，积极的态度和行为与小米的拖沓犹豫形成鲜明对比。

小米认识邓柏平六七年了，这六七年里她经历了从暗恋到失去再到疗愈的过程，身在其中时她自以为把那件难以启齿的暗伤隐瞒得很好，现在跳出来看，她怀疑那是自己产生的错觉。

她想到在自己最悲伤的那段时间，蓝戈和麦嘉没有追问过她什么，却在关心中流露出一些小心翼翼；邓柏平不再频繁来医院看她也没再写信，他在那段时间里没有来由地消失了。

而且这一次邓柏平突然来医院探访也让小米吃惊。自从几年前她委托蓝戈拒绝邓柏平后，邓柏平就很照顾小米的情绪，他知道小米不愿意和他一起在公开场合出现，平时很少到她的工作单位来，而这一次他为什么来了后方医院？

小米突然想起一件事，她从抽屉里翻出一个大信封，那里面装着邓柏平让班车司机捎来的几张照片，她抽出照片翻过去，照片背面写着："放下记忆的执念，去看更美的世界。"

小米愣了。蓝戈和麦嘉那么做是不忍心让她受到刺激和伤害，所以她们装作什么都不知道默默关心她；邓柏平那么做是不忍心让她知道他能看出来她的悲伤，所以腾出空间让她自我消化……

这些年她在战友们的宽容帮助下一点一点疗愈恢复，她只顾关注自己内心的小悲喜，从来没有探究过他人的情感和内心，她忽略了战友们对她的担忧，和邓柏平对她日复一日的包容。

这时候的邓柏平，仿若阴霾中的一束阳光，照进小米布满伤痕的内心。

对于离开这样的事，不管是因为什么原因也不管是哪一方主动，当有一方做出了疏远的决定，这段关系就已经注定要渐行渐远，小米知道自己必须要止步了。

小米不知道自己在剖析耿参谋和邓柏平的时候，耿参谋也在洞悉她的内心，别看耿参谋平时嘻嘻哈哈，他伸出来的触角很敏锐，他感觉得到小米态度的细微变化。

耿参谋是通信科参谋，耳听六路眼观八方是他的长项，况且32号还有小商店这个众多信息汇集的地方。耿参谋没费多少工夫就打听到上尉邓工已经追求小米多年，小米从最初的不接受发展到现在的来往密切，两人正朝着男女朋友的方向发展。

耿参谋病愈要出院了，出院前一天到护士站找黄护士长，大方地约她到医院小树林说话。

医院小树林是32号营区的地标，位于后方医院回字型楼中间的空地上，长了一小片胡杨、榆树和沙枣。小树林形成于很多年前，在方圆百里的戈壁上非常珍贵，当年医院建立时为了不让树林遭到破坏，小心地围着这些树建成了现在的房屋格局。小树林虽然规模不大，却给后方医院官兵带来了非常重要的情绪抚慰，成为病员休息时经常去的地方。

正值深秋，树木到了一年中最丰美的时期，沙枣树上挂满小果，榆树深绿夹杂浅黄，胡杨树叶由初期的金黄渐变为橙黄与橙红，小小一片林子竟展现出层林尽染的繁盛景象。

秋风里，树叶旋转着在空中飘，一片一片落在青石砖铺砌的小路上。远远望去，这条青砖小路洒满斑驳的姜黄色彩，就像一条散发着光芒的道路。

路的那头，小米踩着耀目光泽婷婷走来。今天她没有穿护士服，她穿着军装。耿参谋从来没有见过小米着便装服，那身军装让她英姿飒爽，和她的眼神一样。小米短发别在耳后，圆润的脸庞被太阳映得微微泛红，帽檐下弯弯的眼睛笑望着路这头的耿参谋。一阵风吹来，红色黄色的树叶被风扬起来，在空中纷纷飞舞，掠过小米肩头又飘落到脚下。

耿参谋目光炯炯地看着小米和这片小树林，真美！他要把这幅画刻进脑中，这样美好的画面，值得他记一辈子。

他温暖地笑着说："小米，明天我就出院了，我有一个冒昧的请求，希望你能成全。"

小米笑意盈盈地看着他："请讲！"

"这个小树林让我想起家乡的一条小路，能不能请你陪我在小树林散散步，遥感一下家乡情怀？"耿参谋的笑容里藏着一丝羞怯。

"非常荣幸！"小米抬手示意，两人并肩踏上小路。

走在铺满树叶的路上，脚下的叶子发出质感的挤压声。耿参谋给小米讲家乡的小路以及家乡景物，还有童年时的快乐往事，不时发出爽朗笑声。

两人在百米长的小路上漫步，围着小树林转了几十圈。离开小树林前，耿参谋和小米握手告别，他说："今天见你最重要的事就是来向你告别，虽然咱们基地不大，但也许以后很难再见到了，保重！"

耿参谋的大手温暖而有力，眼神真切而庄重。

这之后小米真的再没有见过耿参谋，基地真的是很大的。

这一年，邓柏平把玫瑰和骆驼刺进行了嫁接，嫁接后的玫瑰抗寒抗风能力大大增强，邓柏平把它们移栽到室外，种了一小畦玫瑰园。

邓柏平在戈壁深处精心打理这片"孤芳自赏"的玫瑰园，他坚信有一天小米会来玫瑰园实地"视察"的。

如果小米能到现场，一定会被邓柏平创造的奇迹感动：53号就像戈壁滩上的一个孤岛，走进这个孤岛就会看到在茫茫天地间盛开的玫瑰。得益于戈壁滩的充足光照，这片玫瑰长得粗大茁壮，花朵颜色炫丽，在粗糙单调的背景下十分出众夺目。

改良后的玫瑰逐渐适应了沙漠气候，邓柏平的花圃愈加繁茂，夏天来临的时候，邓柏平又开始托班车司机给小米送花。

邓柏平还把机房淘汰的电瓶加装到自行车上，自行车摇身一变成了电动车。有了这辆改装电动车，去看小米的赶路时间缩短了三分之二。

在邓柏平年复一年不变的行动中，53号的弟兄们被他一心一意的坚持彻底征服，由最初的冷嘲热讽看热闹，变成想方设法出主意。

这辆电动车就是大家和他一起改装的。改装后的电动车被53号官兵誉为"戈壁宝马",邓柏平被他们称为"追风少年",兄弟们坚信,"追风少年"有了"宝马"助力,达到目的指日可待。

与此同时,后方医院的官兵们也已习惯邓柏平的定期来访和"鲜花速递",他们先于小米接受了这个不折不挠的小伙子。这一年夏天,小米坦然收下沙漠里的鲜花,并在花香中接受了种植它们的"花匠"。

第二十六章　报考军校

王栋转士官后还负责炊事班和菜地的工作。他在种菜的第二个年头攻克了高寒地区蔬菜种植的关键技术难题，菜地又增加了新的蔬菜品种，菜地面积也进行了扩大，收的菜当下吃不完，炊事班晒干做成咸菜储备到冬天吃。

这一年王栋还带着炊事班在菜地旁搭了一段水泥柱子的长廊，长廊两边种了南瓜、蛇瓜和香炉瓜，秋天的时候红红绿绿的瓜果挂满长廊，既能吃又能看。大家把这命名为"蔬菜+景观"式的后勤保障模式。

炊事班还在饭堂后面建了一个土坯大棚，准备冬天试一试大棚种植，如果成功，冬天就能吃到新鲜菜了。

遥测室炊事班在基地名声大噪，基地后勤部把他们的菜地、瓜廊和大棚列为样本，组织各站来观摩学习，专门下发文件在各个点号推广他们的种植经验，规划在小点号建立戈壁滩特有的后勤保障模式。

一时间测量站成了基地领导和官兵们关注的焦点，军区还组织了媒体团来32号采访报道。政治处透露说，后勤部准备把遥测室炊事班树为后勤保障模式中的集体典型，并计划在年底时表彰炊事班，为他们记集体三等功一次。

就在这个关键的节骨眼，龚平又不争气，出事了。

事情的起因是闯入营区的一头骆驼。基地作为导弹试验靶场，场内一直是无人区，但靶场周围零散居住着牧民，他们以放牧牛、马、羊和骆驼为生。牧民对骆驼不圈养，任由它们在野外找食。不过他们给自家骆驼做了独特的标记，所以无论骆驼跑到哪儿，他们都能凭借不同的标记认出来。

夏天蔬菜成熟的时候，有一头小骆驼游荡到菜地吃菜，龚平当时和战士齐少峰在菜地值班,他们发现这个不速之客就把它赶跑了。这么大一片绿菜,在戈壁滩算得上绝无仅有的丰盛"草场",小骆驼没见过这么多"草",第二天又跑回菜地,这一次任龚平怎么赶它也不离开,龚平甚至使出了扔石头的老把式,仍然没有把它吓走。龚平蹲在地头它就远远地看着,龚平一回屋子它就过来吃菜。

龚平和齐少峰轮番上阵,武力驱赶、点火恐吓、投掷石块,两人想尽了办法,就是赶不走。

龚平跑回遥测室向王栋汇报。王栋说骆驼是老乡的财产,不能伤害,搞不好破坏了军民关系,最好的办法是给这个不速之客设置一些障碍,它吃不着自然就走了。

龚平四处寻摸"障碍",他在仓库里看到了运输设备的外包装,准备拿来堆在地上当"障碍"。龚平推着架子车跑了十几趟,才把那些木板、木条和纸箱子拉到了菜地。

龚平和齐少峰把纸箱木板堆在菜地四周,两人直干到大半夜才布完"阵"。谁想第二天早上一推门,就看到小骆驼正伸长脖子越过障碍物,优哉游哉地吃早餐,而且已经啃完了一小片地上的菜叶子。

龚平气得怒火中烧。为了在戈壁滩种出菜来,炊事班这两年出了多大力吃了多少苦,前前后后的曲折过程恐怕只有他们自己清楚。龚平作为炊事班的派出人员,看住大家的劳动果实是他的首要任务,怎么可能放任这畜生吃大家的菜?

龚平蹲在地头琢磨,成天防贼防不胜防,不如一了百了彻底灭了它。龚平和齐少峰两人一合计,叫了几个老乡帮忙,在当天晚上悄悄杀了这头小骆驼。

这事肯定不能让王栋班长知道,更不敢让主任和教导员知道,杀了贼还得毁尸灭迹。他们把骆驼肉切分成多块,美美地吃了几顿,又分送给其他站的老乡一部分。

虽然是头小骆驼,但老话说"瘦死的骆驼比马大",骆驼的个头放在那儿,那些分割好的肉一时吃不完,再说骆驼肉也不甚好吃,吃起来下去得太慢。龚平生怕这事被人知道,决定把"罪证"埋到菜地里。

他围着菜地转了一圈,想出了办法。最早在整理菜地的时候炊事班清理出很多碎石子,在菜地一侧堆了一个小土堆,龚平和齐少峰趁着天黑挖开土堆,把吃不了的骆驼肉和骆驼皮毛埋到碎石子下面。他们以为天黑夜深,这件事做得隐蔽,而且菜地离遥测室有一段距离,整个过程也没人看见,现在该下肚的下肚了,该掩埋的埋掉了,这事肯定神不知鬼不觉就过去了。谁想到事发两个月后,骆驼主人竟然寻了过来。

那位牧民认定自家骆驼是在32号附近走失的,他在32号问了很多人,都说没见过,问到菜地时龚平做贼心虚,蛮横地说:"你有啥证据能证明是在我们这儿走丢的?再说那么大个骆驼,谁还能把它藏起来?!"

齐少峰更心虚,怪他反应太强烈:"人家又没说在这儿走丢,就是问咱见没见过,贼娃子不经吓,这不是不打自招吗?"

龚平故作镇静:"不碍事!反正现在畜死赃灭,他还能赖在咱身上不成?"

那位牧民每天在32号走走转转,拎根棍子在角落里扒拉。他在菜地停留的时间最多,最后从菜地旁的石头堆里扒拉出几块骆驼骨头和皮毛碎片,他凭着皮毛上的标记认定这就是他家那头丢了的骆驼。牧民找到骆驼后没有和看菜地的两个毛头小伙子闹,也没去找测量站领导，而是装了有标识的骆驼毛皮，径直到基地政治部告了一状。

这是基地建场以来少有的侵犯群众利益事件，基地政治部把这件事当作重大事故进行了处理，给予测量站政委和政治处主任严重警告处分，两人还在基地领导干部大会上做了检查。龚平和齐少峰在测量站受了记过处分，被关了禁闭。

马上就要进入冬训时期，试训股又开始准备冬训授课了。李股长想开个战士补习班，说大部分战士高中毕业，有一定文化基础，有一些底子好的战士有报考军校的意愿，不如趁着冬训做几期文化补习，帮他们备考。

麦嘉打着冬训备课找人帮忙的旗号，把龚平要到试训股出公差。龚平到试训股后，主动和麦嘉提起关禁闭的事，他告诉麦嘉："我一点儿也不后悔杀骆驼这件事，它本来就该死！大家为了那几亩地费了多大的神，好容易种出点儿菜，不能毁在我手里。再说了，骆驼养着本来就是要吃的嘛！"

说到这儿，龚平一副自我牺牲的悲壮表情："菜就那么些，要么骆驼吃，要么咱们吃，这是个无解难题，只能二选一。就算是关禁闭，我也得这么做！"

看着他自以为是的样子，麦嘉恨不得抬腿踢他一脚："气死我了！怎么就只能二选一？你们不是在想办法把地围起来吗？"

"确实围起来了，但是没辙啊，那骆驼长那么高，一探脑袋就吃上了！"

"往外移移！围得面积大点不行吗？至少找大家商量一下，你能不能不要这么冲动！"麦嘉随口说出来的办法让龚平愣住了，他挠了挠头，终于觉得自己杀骆驼确实有点莽撞了。

龚平刚从禁闭室出来，表现得很规矩，每天老老实实地对着一堆资料剪剪贴贴。

这天他一脸神秘地在麦嘉眼前晃荡了好几圈，见麦嘉不理他，忍不住凑上前去："麦姐，我在戈壁滩抓了只小动物，你想不想看看？"

麦嘉瞪着他，一脸的不配合："别卖关子，赶紧拿去！"

一会儿龚平抱着一个方便面纸箱来了，掀开纸箱盖子，一股臊臭之气扑面而来。纸箱里，一个灰黑色小刺团蜷缩着，因为突然变强的光线和纸箱的晃动，它恐惧地缩到箱子一角，紧张得浑身的刺竖着，小身体微微发抖。

麦嘉拨弄着刺猬身上的刺："它吃什么？你该不会是用菜地的菜养着它吧？"

龚平连连摆手："不能不能，咱为了保护军粮都挨处分了。它在野外一般吃些骆驼刺、草根树皮什么的，现在吃点剩饭就够了。它还有保护色，你看它身体的颜色和戈壁滩是不是挺像？"

龚平看麦参谋玩得高兴，凑近了说："麦姐，喜欢不？送给你吧。"

麦嘉面无表情地盯着他。他看到麦姐怀疑的眼神，连忙毕恭毕敬地站好："我不敢隐瞒，有件小事儿想求麦姐帮忙。"

麦嘉推开纸箱："少来这套，有事直说。"

龚平正了正军帽，脸上露出羞涩来："最近整理资料我看了那些数学题，有的题我还会做，你说我这样算不算李股长说的有文化基础？"

"想参加培训？"麦嘉上下打量他。

龚平有点不好意思，吞吞吐吐："我这刚挨了处分，不知道能不能参加。我一定好好学,我保证!要不你和李股长说说?"

麦嘉盯着龚平看,看得他越来越没信心,直到看得他站立不安露出窘迫的表情,麦嘉哈哈笑了,像个领导一样拍拍他的肩:"小同志,学习是好事儿,麦姐支持你。我打包票,李股长不会反对!"

蓝戈听说龚平要参加补习班,送给他一本漂亮的笔记本。她鼓励龚平:"你看戴班长,尽管他只有高中学历,眼睛也不好,但是人家能做到'日常管理无差错,数量质量一口清'。可见有了勤奋和自律的习惯,做什么事都能成功。"她还说,"咱们在新兵培训班上的课就有物理和数学内容,那些课你能跟上,说明你有基础,努努力,咱今年也去考军校!"

考军校,这是龚平想都不敢想的事,这是个很有挑战性的愿景,但是他被这个愿景激励得像换了个人。他白天认真听讲,晚上《新闻联播》一结束就跑回宿舍学习。他还邮购了数学习题集,每天都要完成自己给自己规定的作业,除了一日三餐在厨房干活,有点时间就趴桌上做题、记笔记。

王栋悄悄观察了两个星期,觉得龚平不像是一时冲动。他悄悄看了龚平的作业本,本子上写得整整齐齐满满当当,学习蛮像那么一回事。王栋在班务会上表扬了龚平,说:"冲动成不了英雄,脚踏实地才能成功。"他号召全班战士向龚平看齐,争取全都考上军校。

蓝戈每天晚饭后拿出一个小时给龚平补课,补完课再去机房加班。麦嘉告诉龚平:"为了回来给你补课,蓝工要在补完课后再返回机房加班,每天回来得更晚了,你可别白瞎了她的时间,一定要好好学!"

龚平很感激蓝戈和麦嘉没有看不起他,不嫌弃他学习差,他告诉她们一个小秘密："我爸特别羡慕出大学生的人家，我如果能考上军校，准能给我爸长脸！"

两人认识龚平这么长时间，第一次看到他的眼中流露出一种渴望与憧憬，让他看上去成熟了许多。

第二十七章　时空距离

7月是出成绩的时间，有坏消息也有好消息。坏消息是龚平考军校落选；好消息是麦嘉考上了军校研究生，即将赴内地某军事院校学习。

麦嘉临走前，同事、朋友们纷纷为她送行，她吃了好多顿送行宴，单单没有她最想吃的那一顿。

她最盼望的，是和李伟强单独在一起坐坐，听他说出他的心里话。这些年李伟强一直默默跟在她身后，无条件地帮助她、支持她。麦嘉相信，就算是全世界的人都反对她，李伟强也会坚定地站在她这一边。在32号时他们俩打打闹闹成了"铁哥们儿"，后来李伟强去了35号，两人见面越来越少，就是在他们两人分开后，距离让她发现自己对李伟强的感情有了变化，她对他的惦记已经远远超越了一般的"哥们儿"。

李伟强这个腼腆的山东爷们儿始终没有突破心理重围，一直和麦嘉保持着朋友距离，也没和她说过一句改变关系的话。而麦嘉也习惯了对他颐指气使，在他面前豪放不羁，要让她温柔地说些情话，也很困难。

两人说哥们儿不是哥们儿，说朋友不像朋友，谁都没有勇气捅破那层窗户纸，直到她去学校报到，也没有更进一步。

军校就在麦嘉家乡旁边，气候宜人，满目芳菲，正是她从小熟悉的环境。

学校门前的马路是一条城市主干道，名为"丁香大道"。丁香大道两旁种了丁香树，白的紫的花团锦簇，空气中弥漫着淡淡的花香。这样的美景别说是一片，就是一棵，放在戈壁滩上也得吸引全团人驻足，但城市里来来往往的人群早已经习惯了这样的风景，他们匆匆忙忙走过去，没有人停下来。

这些丁香树常常让麦嘉想起基地的那一棵。那棵丁香和眼前的这些树简直没法比，既不繁茂也不秀美，它就是努力活下来的非常普通的一棵小树。但它在麦嘉的心里非常重要，每当想起远在戈壁滩的那棵小树和小树下的人，麦嘉心里都会涌起带着甜蜜的温暖，会在马路边上对着来来往往的行人和车辆莫名绽出满脸笑容。

一向豪爽豁达的麦嘉，因为这带有旧时生活痕迹的树木，时而多感，时而伤感。她觉得自己变了。

她变得不适应这样的生活，这是她刚到部队时日思夜想的生活，经过这些年，她已经没有了当初的心心念念。她习惯了戈壁滩的安静，那种方圆几百公里没有人烟的安静。来内地后她仿佛时时置身于热闹市集，不管走到哪儿耳边都交织着各种声音，高音低音、尖音粗音、车声人声、机器声施工声……工业社会能够产生声音的源头很多，各种杂乱的声音交织在一起像无法理清的线团，重重包裹缠绕着她，到了晚上也久久不能散去。

这些声音对她的睡眠造成困扰，它们在深夜萦绕着她，丝丝缕缕钻进耳朵里脑子里，惊扰得她难以入睡，即使进入睡眠也睡得轻浅，常常被偶然产生的车轮声惊醒。她原以为过段时间就能适应，但过了很久也没有改善，反而成了顽固性失眠，发展到要靠药物才能入睡。

她怀念戈壁滩的安静。想当初刚到基地时她憎恶那种安静，说孤独的极端就是没有人的安静，现在她发现自己错了，孤独不是身边无人，而是与人无法交流。她觉得自己现在身居闹市，反而陷入了更深的孤独中。

除了对环境的陌生，她对城市的生活方式也生出疏离感，精致讲究的穿着、饮食用度的铺张，还有热闹的夜生活和无谓的应酬联系，这些都让她觉得浪费时间浪费精力，她在基地从来没有这样奢侈过，生活也从来没有这么麻烦。

然而城市生活就是这样，到处都是人群，到处都是人来人往的热闹与喧嚣，麦嘉在热闹中感受到了遥远的距离。这些身体和内心的不适时时提醒她，她是一个身在"异地"的"异乡人"。

在每个睡不着的夜里，她想她的戈壁滩，想蓝戈和小米，想龚平和王栋，更是无数次想起那个"迂腐认真"的技术干部。

只有身临其境地生活过后，才会察觉自己内心的声音，这种地域变化带给麦嘉的冲击，让她意识到自己的改变。在基地的这些年，她在和清苦生活的斗争中，被军营的传统思想和现代精神所影响，她一直在吸收这种影响力。在毫不知情的情况下，这些内在化的影响力幻化成了属于她的想法、感觉和信仰。

毕业那年夏天，麦嘉收到一个小包裹，是李伟强从基地寄来的。撕开包装，露出一个小小的玻璃瓶和两页信笺。

李伟强是给她报告好消息的，他说："龚平考上军校了！是他最想学的电子信息专业，大家都为他高兴。王栋表扬他给炊事班的新兵们树了个好榜样，亲自下厨为他做了一大桌子的送行宴。龚平临走前专门来35号和我告别，让我把这个好消息带给你，还让我转达对你的感谢，说如果不是你和蓝戈帮助他，他做梦都不会想到自己能考上军校。"

李伟强说："龚平能考上军校，蓝戈立了汗马功劳，这两年里她坚持每周给龚平补课。去年他考学差了3分，本来可以上士官学校，但因为不是想学的电子信息专业有些犹豫，蓝戈支持他再补一年。今年他如愿以偿考上了军校，成绩在军区部队战士中靠前，他专门选了导弹院校，说毕业了要回咱测量站，要'在蓝戈主任手下干,在麦参谋手下干'。

"这次见龚平他还告诉我很多32号的新消息,说他们炊事班的大棚种植非常成功,现在冬天也能吃上现摘的新鲜菜了。基地后勤部把这个经验推广到各个点号,很多点号都复制成功了,现在咱们基地成了军区后勤保障的先进典型。"

信的结尾写道:"你种的丁香树长大了,我知道你肯定惦记它,春天的时候我专门回了趟32号,我去给它浇了水,捡了一些掉下来的花,现在把它们寄给你,让你在远方也感受感受咱们戈壁滩的春天。"

"麦嘉,你马上就毕业了,你会回基地吗?我还能再见到你吗?不管你怎么决定,我都在基地等你回来!"伟强写在信尾的最后几句话,字迹笔锋、笔墨浓度和上面的字迹不太一样。

麦嘉不会知道这新增墨迹背后的故事。麦嘉离开基地前,李伟强以为他们分别后再不会见面了,她会像大家议论的那样回内地部队工作。他听到这些议论已经开始伤心了,不敢想象将来真的失去麦嘉该怎么办,所以在麦嘉上学走之前,他躲着她不敢见她。

麦嘉到学校报到后,主动给他寄来了信,尽管只是说说学校的情况,也足以让李伟强兴奋不已。在麦嘉进修的两年里,他写了十几封回信,与她保持着"哥们儿"间的友谊,没有一封敢越雷池半步。

除了他们的"哥们儿"友谊没有变化,这两年基地的各个角落都有新变化。李伟强和苏扬、蓝戈参加了很多次科研和试验,完成了一件件急难险重的任务,成为基地上下公认的技术骨干;蓝戈"举贤不避亲",向田参谋长推荐戴旭,戴班长成了基地的一名"兵教头";小米考取了心理咨询师资格证,在32号后方医院开设了心理咨询室；邓柏平专业能力突出，在冬训竞赛中获得第二名，被任命为光测点号中队长。最让人高兴的是，小米和邓柏平终于牵手走入婚姻，在32号安了家。邓柏平53号的兄弟们说他是爱情、事业双丰收的人生赢家。

小米和邓柏平的家成了大家周末最爱去的"据点"。李伟强也经常去聚会聊天，大家聊天时最爱围攻李伟强，邓柏平说他："就你在这儿磨叽的工夫，咱国防力量都从松散联系变成紧密协同紧耦合了，你和麦参谋啥时候能向'紧耦合'发展？"

小米则是循循善诱地鼓励他："遇到难题的时候不要等，等待不光等不来时机，还会消耗美好。走出那一步，不会太难！"

无论是面对讽刺挖苦，还是鼓励撺掇，李伟强只是憨笑，他还是觉得自己配不上麦嘉。

麦嘉临毕业前，蓝戈向李伟强透露了一个重要消息，说麦嘉的父母让她回老家工作，在毕业这个节点上她面临更多压力，会有不同的选择，而这个选择会使他们两个人有完全不同的人生。蓝戈说："麦嘉是个豪爽人，她喜欢直来直去，至少你要让她知道你的想法。"

在三个人苦口婆心的轮番轰炸下，李伟强鼓足勇气在信尾加了那两行字。

麦嘉虽然不知道这新增墨迹背后的故事，但她被李伟强难得流露的感情感动了。

拿着李伟强的信，想着戈壁滩上的往事，麦嘉的思绪飞回到那个小小的军营。当年龚平这个"刺头兵"是她和蓝戈、小米共同的"事业"，这几年他一点一点发生了转变，现在他考上了军校，毕业后会成为一名空军部队军官，还是技术军官！麦嘉在欣喜之余疑惑，是什么让龚平发生了这么大的转变？是蓝戈持之以恒给予的帮助？是小米和风细雨般地对他进行的心理重建？还是他自己找到了努力方向？似乎都有作用，又似乎不完全是。

麦嘉还想起当年王栋带着大家翻建菜地的场景，那时候还只有稀稀落落的菜苗，现在菜地扩建，有了更多品种，还修建了冬菜大棚，测量站的后勤保障已经上升到更高水平。不知不觉间基地发生了这么多变化，这些变化是因为每一名官兵的投入和努力，而每一名官兵也在这些变化中成长、成熟，变得比以前更好。

夜晚，麦嘉在台灯下看着那瓶丁香花。这是一瓶来自沙漠的春光，因为脱水，花朵成了天然的干花，干花足有小半瓶，在灯光下闪着光彩。她倒出几粒，紫色花瓣在白色信笺的映衬下雅致耀目。

从瓶中倒出来的还有戈壁风的气味，是夹杂着花香的戈壁风，麦嘉一下子就闻到了那熟悉的味道。在熟悉的味道中，麦嘉仿佛回到了戈壁军营，她甚至看到李伟强在树下捡拾花朵的身影，他笨手笨脚一朵朵拾起来的样子十分真切。麦嘉想，技术干部就是这样，干什么都认真，丁大点儿事让他们干起来都像是在准备导弹发射，真是傻得可爱！她被自己脑子里勾画出的李伟强的样子逗笑了。

她想起在基地时的喜怒哀乐，以及那些个普通却让人怀念的日子：三人在小宿舍里的长聊，永远停不下来的戈壁风，万里无云的"戈壁蓝"，阵地上呼啸的导弹，还有炊事班战士蒸的又白又香的大馒头……

在远离基地的地方回首往事，那些简单、粗陋却热烈的生活让她感到了亲切，它们已经与她融为一体，成为她的生命中难以抹去的印迹。她明白了，她之所以一直惦记那株丁香，并不是它本身有什么特别，而是因为它带着她青春的烙印，见证她一路走来，成为她生活的一部分，与她的人生紧紧联系在一起。

这是一个有风的夜晚，窗外树叶簌簌摇摆，沙沙声犹似戈壁行走之风。在这样的声音中，麦嘉被熟悉的安定包围，身体感到了久违了的放松。这一晚她睡得很沉，梦到自己回到了戈壁，在辽阔天空下和战友们尽情谈笑……

毕业前两个月，麦嘉到基层连队实习，在连队她见到很多个"龚平"、很多个"王栋"，这些充满个性和活力的战士给麦嘉带来新的启示。她找到答案了，龚平的改变不是哪一个人的力量，而是整个部队集体的力量，他们在单调枯燥中的勉力和勤奋、在艰辛困苦中凝聚的战友深情，影响着龚平，使他有了点点滴滴的变化，让他在长期的军营生活中彻底改变为另一个人。

毕业前，爸爸告诉她已经联系好了成都的后勤部队，她毕业后可以直接到新单位报到。妈妈也再三叮嘱她务必要回老家，说放心不下她一个人在戈壁滩生活。

如果一个地方让人念念不忘，大多是因为那里有他深爱的人，或是让他难忘的青春。麦嘉没有深究过自己是因为哪一个，总之她选择了回基地。

麦嘉回到基地后被调至司令部训练科工作，此时正赶上训练科部署基地大练兵，她要把所有小点号跑一遍。时隔两年再次来到小点号，麦嘉有了不一样的认识。当她重新体会官兵们执行任务时的专注、以苦为乐的幽默、基地特有的生活秩序时。她的感受也发生了细微变化，她从这些未曾改变的日常细节中感受到回归的踏实，感受到安静的快乐，而且她坚信这种快乐会比她想象的还要持久。

这让她想起当年刚到基地时的叛逆，那时她用卡尔维诺所说的"在路过而不进城的人眼里城市是一种模样，在困守于城里而不出来的人眼里她又是另一种模样"来证明自己的观点，她有意忽略了文中后一句："人们初次抵达的时候城市是一种模样，而与她离别的时候她又是另一种模样。"在经历过时间磨砺之后重新品味，她为前人的智慧所折服，那是只有完整走过旅程才能体会到的智慧。

熟悉的环境以及充实的工作让麦嘉安心，她的身体自然而然地摆脱了药物依赖，在外地读书期间迁延不愈的失眠和神经衰弱竟然消失了。她认定是回基地后多了风声这个"背景"的缘故，曾经让她抱怨、憎恶、恐惧的风声，现在竟成为她在深夜安定心绪的环境音，看来她注定要和基地同在了。

蓝戈尚不知麦嘉是怎么说服家人回了基地，但她知道这对李伟强是个非常好的机会，她劝李伟强不要再拖延下去了。在蓝戈的鼓励下，李伟强决定向麦嘉表白。

怎么表白还有待商榷。这些年来，李伟强把对麦嘉的爱默默放在心底，他相信麦嘉从来没有洞察过他的内心，麦嘉一向待他如同兄弟，现在突然要她转换角色成为恋人，他不知道她能不能接受。比起自己受挫，他更害怕他的表白让麦嘉难堪。

李伟强在宿舍练习想要表达的意思，他设想了好几种麦嘉的反应，拟订了好几个交谈方案，构思了不同的告白说辞，没想到自己越练越没有信心，越练越张不开口。

李伟强突然想起几年前和麦嘉在一起时的一件事，他有了主意。说不出口的话可以用物品来代替，如果麦嘉不愿意接受自己可以借拒绝礼物来表达，这样她就不会太难堪，他们还可以继续做"铁哥们儿"。

这几个周末李伟强带了水和干粮早出晚归，他去戈壁滩找玫瑰石去了。当年蓝戈说寻找玫瑰石本身就是一种考验，李伟强现在就要经受这种考验，他相信自己肯定找得到。

按照训练科安排，麦嘉和同事去 35 号部署训练任务，中午吃饭时她让同事先去，说她到遥测分析室说几句话就来。

麦嘉来到李伟强的宿舍。李伟强吃惊地看着麦嘉，他得知麦嘉回来后就一直设想与麦嘉的第一次见面，没想到这么快，玫瑰石还没有找到，表白的话也没想好，他该怎么办？两年未见，李伟强有点儿拘谨，两个人一时相对无言。

麦嘉坐到桌前，书桌上整整齐齐地摞着几本书，她顺手拿起一本："我记得你说过要把这些书讲给我听。"

不等李伟强开口，麦嘉说："我一回基地就赶上有紧急任务，每天都在小点号，没办法来找你。本来想等这次任务完成后再来的，但是我等不及了，也不想等了。"

麦嘉抬起头看着他说："我这么着急来是想早一点儿告诉你，我，是为你回来的！"

李伟强内心里风起云涌，他设想了很多次他们相见的场景，可从来没有一个剧本是这么写的。

这个剧本在麦嘉脑中已经构思了很久。这两年的分别让她在心里存了很多话，这些话都是要对李伟强说的，但是说出来她又觉得这也是说给自己听的："在基地的这些年，我不停地和身边的'敌人'抗争：孤独、寂寞、单调……有时候我觉得自己就像堂吉诃德，身边全都是假想敌，我一路摸爬滚打，拼尽全力和这些'敌人'斗争。我好累，没人知道我还有这么多'敌人'，只有你知道。你关心我，想方设法帮我，如果没有你，也许我早就倒下了。

"可是我很长一段时间都没看清这一点。在外面上学这两年，离开了你，离开了咱们的戈壁滩，我反而越想越明白。因为有了你的支持和相助，我才能战胜一个个假想敌，离自己的内心越来越近。我看清了自己想要的生活是什么样的，看清了适合自己的人是谁。"

麦嘉沉思："过去我以为身边的这些事都是些微不足道的小事，从来没有在意过，在外面才发现它们很珍贵。这些点点滴滴的小事组成了一条纽带，把我和过去连在了一起，把我和你连在了一起，让我没办法把你们丢掉。"

麦嘉站起来，走到李伟强面前："我知道自己错过了很多，现在不想再错过了，所以我回来了。"

麦嘉一口气说了这么多，说的话真诚而又动情，她再看李伟强，他满脸都是技术干部的严肃认真，就像正在面对设备执行任务一样。麦嘉被他逗乐了，无所顾忌地大笑起来。

麦嘉笑容灿烂，还和以前一样率真。李伟强找到了面对麦嘉的感觉，拘谨和羞怯在两人的笑声中消散。李伟强被她的坦白和真诚感动了，山东大汉湿了眼眶。

世上所有的相遇都如同久别重逢，李伟强和麦嘉的再次相遇与互相靠近，让他们感到自己和对方是失散又相见的亲人，是消除误解的恋人，如同一辈子的幸运与幸福突然降临到身上，不敢相信这是真的。

李伟强和麦嘉因为生活赋予他们的厚爱而惊喜，也因为自己对自我变化的认同而感到幸福，这让失而复得所爱的李伟强和再次回到基地的麦嘉生出深深的归属感。

时光真是美好，就像一杯用时间之水冲泡的茶，茶叶经过水的滋养与浸润，其中的甘甜味道被一点点激发出来，散发出让人沉醉的味道。在这样安详惬意的时光里，他们只希望时间再慢一些，脚步再慢一些，期望能够留住这最美好的人生旅程。麦嘉和李伟强都以为，生活就会这样平静快乐地过下去，有的是时间去完成今生的梦想，有的是时间去等待让人心仪的结果。

元月初，麦嘉要去基地最远的点号调研，顺便把训练科给小点号配发的器材带过去。

下点号那天飘起了雪，寒冷干燥的空气使雪花保留了最初的完美形态，一片一片在空中翩跹轻舞，飘落到营房上、树枝上。气温降到零下四十摄氏度，老同志们说基地建场后从来没有下过雪，也没有过这样的极寒天气，这种天气是五十年不遇。

五十年不遇的雪为营区增添了喜庆气氛。官兵们兴奋地跑出营房，在漫天大雪中说着笑着、跳着叫着。雪花一朵一朵落下来，落到黄蓝相间的肩章上，落到厚厚的棉帽上。

麦嘉从库房领出器材，把吉普车后备厢塞得满满当当。

车开出营区后，眼前视线豁然开朗，白雪遮盖下的戈壁更显得平坦，一直绵延到天尽头，与灰白色的天空融为一体。路上微微起了风，灰白的风搅动着洁白的雪，雪随风卷地而起，消散在模糊的天空中……

麦嘉的车在飘飘扬扬的大雪中驶入戈壁深处。

如果说雪是五十年不遇，那么暴风雪就更为罕见，李伟强没有预料到麦嘉在戈壁深处遇到了暴风雪。没有人知道麦嘉经历了什么，第二天大家找到她时，吉普车侧翻在戈壁上，她和司机因头部失血，加上低温严冷，两人早已经没了呼吸。

麦嘉在刚刚开启新生活的时候，就这样没有预料地挥手而去。

夜晚的风来得突然，没有一点前奏就奔涌而出，吹得机房门窗发出阵阵异响。蓝戈坐在天台上，冷风阵阵袭卷全身，冷彻心骨。她不愿离开这儿，在孤独的风声里她不用面对任何人，更不用面对任何事。她想躲进风里,就像当年和麦嘉一起跑到戈壁滩听风一样。

蓝戈望着夜空问自己:究竟什么样的生命过程才算有意义?瞬间的光辉?还是漫长的平凡?哪一个更有意义?

几个月前蓝戈去专列车站送人,恰好碰到麦嘉从学校返回基地,麦嘉开心地笑着对蓝戈说:"想当年你成天寻找意义,我现在找到你要找的意义了!"

蓝戈问她:"你找到的意义是什么?"

"人生不是从生命的长短中寻找意义,是我们做过的事让人生有了意义!"

那时候的麦嘉不会知道,她的话解答了蓝戈未来即将遇到的疑问,抚慰了蓝戈无从宣泄痛苦的内心。蓝戈对着黑夜里的风,自言自语说:"你还是老样子,走到哪儿都想着要帮我。是不是你知道自己要离开了,所以预先回答我的问题?"

麦嘉的意外离世带给李伟强极大打击。他喜欢了麦嘉十几年,始终张不开口向她表白,没想到还是麦嘉主动向他表明心意,然而他还没来得及细细品味这突如其来的幸福,那些个美好得像梦一样的日子就消散了。他们最后一次通话就像往常一样随意,仿佛过几个小时再拿起电话依然可以听到对方的声音,都没有意识到要认真道别,原以为一会儿工夫就能再见面,没料到转身即是永别,这么容易就失散在茫茫戈壁之中。

李伟强照常上机执行任务,除了躲不过去的任务交接,他不和任何人说话。周末他也不在宿舍待着,早上早早出门,晚上熄灯回宿舍,没人知道这一整天他去了哪里。

李伟强想躲开战友们的关心,更想躲开这个让他心碎的环境。麦嘉离世后,她的声音和笑容在他的记忆里更为鲜活,常常在他没有防备的时候从心底冒出来，吃饭、睡觉、喝水、列队，不经意间就从心底跳出来，带着痛楚渗透到身体的每一处。这让他相信，人死后不会消失，而是会以更深刻的方式留在活着的人的生命里。

他在戈壁滩一整天一整天地暴走，烈日暴晒让他裸露的皮肤爆裂脱皮，一阵一阵火辣辣地刺痛他。戈壁风吹得他头涨欲裂，身心俱疲，走着走着自己把自己绊倒在地。

李伟强终于在戈壁黑山附近找到两块沙漠玫瑰石。这两块玫瑰石个头不大，球状的花体上裂开片片花瓣，淡粉的颜色细腻柔美，在李伟强宽大的手掌中显得乖巧可爱。李伟强相信麦嘉一定会喜欢它们，他甚至想象出麦嘉看到玫瑰石时吃惊的眼神和灿烂的笑容。

李伟强要找个盒子把它们包装成礼物，翻遍柜子也没有合适的外包装，他在抽屉里翻到三等功胸章盒。这个三等功是在测量站执行外事任务时获得的表彰，那一次表彰会是麦嘉带队去的，那时候她还不知道他喜欢她，只要是和她在一起的日子，李伟强就会感到无比幸福。

过去的幸福都是现在的伤。李伟强小心翼翼地将玫瑰石装进三等功胸章盒，盒子大小刚好容纳这两块玫瑰石。灰粉色的玫瑰石、正红色的盒子搭配在一起非常和谐，盒子像是专门为玫瑰石定制的。李伟强很满意，这就是麦嘉喜欢的"范儿"。

周末，李伟强步行去了陵园，他把红色盒子放在麦嘉墓前。这是他送给麦嘉的礼物，也是他向麦嘉的真情告白，一份虽然迟到但是他认为必不可少的告白。他一直记着和麦嘉一起听的那个故事："送给心上人沙漠玫瑰石，两个人就会一辈子在一起，永远也不会分离。"

同事们都下机回宿舍了，李伟强一个人坐在办公桌前熬时间。

他不知道蓝戈是什么时候来 35 号的，也不知道她是什么时候来机房的，他无意间抬头的时候，发现蓝戈正坐在门口的椅子上看着他。

蓝戈来到他面前："我能理解你的痛苦，我知道不管说什么都不能减轻你的痛苦，但我还是想说，咱们都应该振作点，不管麦嘉现在在哪儿她都会看到我们，她那么阳光的一个人，肯定不喜欢咱们现在这个样子。"

李伟强低着头沉默。蓝戈并不期待他能和她对话，她只要李伟强听着就好："麦嘉走前的那段时间就像变了个人，我从来没见过她那个样子，她的眼神是明亮的，笑容是幸福的，看得出来，她的内心很安定很快乐。还好，她在走之前感受到了这种快乐和幸福，这是你给她的。"

李伟强的嗓音沙哑低沉："蓝戈，你说我是不是错了？我是不是不该给她写那封信？如果不是那封信她就不会回基地，她可能还在哪个地方好好活着。"

李伟强的眼泪流出来，他抱着头趴在桌子上，哽咽着说："我错了，是我错了，是我害了她！"

"麦嘉回基地那天，刚好我去车站送人，我看见她正从专列上下来，我问她：'你怎么回来了？不是说叔叔阿姨让你回老家吗？'当时咱们的诗人又给我念了一句诗，她说'吾心安处是吾乡'。这就是她的真实想法，所以不管你写不写那封信，她都会回来，她早就决定了。"

蓝戈的话不能减轻李伟强的伤痛，那伤痛是任何语言和行动都无能为力的。"我恨自己，我真迂腐，为什么张不开口？为什么不敢对她说我早就喜欢她？我在担心什么、害怕什么？如果让我重新来，我一定要早早告诉她我爱她，我愿意被她拒绝一百次，被别人

319

嘲笑一百次!可是晚了,现在说这些有什么用?找到玫瑰石有什么用?太迟了……"

"咱们麦嘉是个多聪明的人,她怎么可能不了解你?"蓝戈从军衣口袋中摸出一只小瓶子递给李伟强,"这是整理她的遗物时看到的,是你寄给她的吧?毕业前她去基层部队调研实习,只带了很简单的行李,随身物品一简再简,但是她一直带着这个小瓶子。以我对她的了解,她其实早就明白你的心意了。"

李伟强看着瓶里的丁香花,捡拾时的情景仍历历在目,那时候他和麦嘉隔着遥远的空间距离,现在他和麦嘉隔着遥远的时空距离。他和他心爱的麦嘉一直远远地望着,也许他们注定一生都要这样远远相望,直到她住进他的心里,他们才不会分开。

他拿起那只小玻璃瓶,双手合拢握在手心,轻声说:"好吧,麦嘉,那我就在这儿陪着你,我们永远在一起。"

李伟强用手抹一把脸,弄得半张脸上都是泪痕。

第二十八章 红旗9号

杨叔交给蓝戈两本薄薄的笔记，一本封面上写着"光测经纬仪快速捕捉目标操作方法"，另一本上写着"经纬仪设备改进理论研究"。他告诉蓝戈："你上次来的时候说起53号光测设备有'漏跟'现象，我根据自己的经验写了些体会，你拿去交给他们参考。"

蓝戈有点儿犹豫，问："杨叔，您那时候的设备和现在的差别大不大？会不会使用原理不一样？"

"放心吧！这几年我一直在关注小点号的光测设备，新老设备原理是一样的。当年我在28号的时候，捕捉目标也常会发生'漏跟'，当时我就想，如果能对设备做些改进就好了，但是当时自己的理论水平有限。这些年在陵园空闲时间多，看了些书充了充电，才把这些想法整理出来。"

蓝戈这才明白杨叔一直记挂着这件事。墓园小门房里堆了一地光测理论书籍，她原以为是杨叔看守墓园太无聊了，看看书打发时间，没想到他一直惦记着要解决这个问题。"这些年你一直在看书，就是想解决这个问题？"

杨叔点点头："准确捕捉目标一是靠设备，二是靠操作，除了改进设备，还要提高操作水平。这几年新型号导弹越来越多，它们的轨迹存在更大机动性，对设备操作手的要求提高了，所以我结合过去的心得琢磨了一些方法，都写在这本《光测经纬仪快速捕捉目标操作方法》里了。"

蓝戈把这两本手写的心得带给了邓柏平，告诉他："当时咱们没找到光测和遥测同步的方法，杨叔知道了，写了这些心得让你们参考。"

一周后邓柏平给蓝戈打电话，隔着电话都能听出来他的兴奋："杨叔的操作方法虽然简单但是管用，捕捉目标时间快了足有两秒钟！我们点号的同志们都想见见他，想和他当面交流，最近就准备接杨叔来我们点号！"

"这两本报告是杨叔用左手写的，光是写出来就要花很长时间，而且凝结了他十几年的心血，资料很珍贵！"

"我们准备按照杨叔的操作方法来训练，另外还打算用杨叔的思路改进设备，今天已经给基地训练科打报告了，如果能改进成功，也不枉费杨叔这些年的心血。"

后来邓柏平又给蓝戈打电话，说杨叔去53号了，说他不光熟悉光测设备，还对人生有独特、深刻的看法，官兵们和他谈得非常投机，大家和他聊了大半天。邓柏平说这次打电话是想告诉蓝戈一个重要消息，他问："你知道杨叔是在哪次试验中遇到事故的吗？就是导致他残疾的事故。"

"哪一次试验又有什么区别？时光不可能倒回去，他受的伤也不可能恢复。"

邓柏平急着说："是十八年前的红3试验事故！就是你爸牺牲的那次试验，他们俩经历了同一场事故！"

蓝戈认识杨叔十八年了，从来没有听他说起过他是怎么受伤的，也从来不知道他和爸爸曾那么近距离地执行同一场试验任务。这个陪她走五公里戈壁送她回家的老人，原来和爸爸是同一场事故中的受害者！

如果是这样，杨叔来陵园看守大门的时候正是他陷入人生谷底、经历人生重大转折的时刻，可是蓝戈怎么一点儿也没有感觉到呢？他自始至终都那么沉稳、淡定、平静，仿佛他生来就是一只胳膊，生来就在陵园看守大门，命运从来不曾改变过他的人生轨迹。而且他在看到蓝戈这个孤僻的小孩子后，就像源源不断地散发着热量的太阳，给予她无尽的关怀、温暖和精神支撑。

想到这里，当年父母去世后所经历的那些阴郁情绪卷土重来，而更令她感到纠结不安的是，亦师亦友的杨叔因为这场事故改变了命运，从一名有着大好前途的光测工程师变成一个看守大门的残疾人。蓝戈为爸爸心痛，为杨叔心痛。

蓝戈去墓园看望杨叔。她在那四名年轻官兵的墓前放下一小束绿草："他们是您光测点号的战友，对吗？"

"是。当年我们点号一共有八名官兵，现在有四个躺在这儿，加上我，刚好组成一个班。"杨叔和以前一样平静，表情和语气波澜不惊。

"从来没听您说起过，能给我讲讲他们吗？"

"他们都是我一个点号的战友，四个人中有三个是操作手，还有一名是炊事班的班长，叫郝磊。你肯定奇怪吧，为什么会有炊事班的？其实他完全可以躲过去。那天我和几名操作手在露台操作设备，郝磊在厨房准备午饭，他准备得差不多了，出来看我们任务结束了没有，一抬头看到导弹正改变轨迹朝着我们机房的方向俯冲过来。郝磊发现的时候还有时间撤离，他当时可以跑开，这娃就那么傻，想都没想就朝我们这儿跑过来，朝我们喊有危险……

"郝磊老家在陕北农村，他是家里最小的娃，也是家里老人最心疼的孩子。那一年是他服役第四年，按规定年底就可以复员回乡，家里人都盼着他回去早点儿安定下来，没想到临走了发生了这样的事故。两位老人来基地参加追悼会的时候，我还躺在医院里，我听说老人家在陵园里坐了一晚上……

"和他们比我已经非常幸运了，我还活着，只是胳膊受了伤。后来基地医院没控制住感染，右胳膊保不住了，就做了截肢手术。

组织上照顾我把我调到了机关，我想着只要还在咱基地干，换个岗位也行。"

"在新岗位我努力过，想去适应，但是最终我不得不承认，无论是原岗位的设备操作还是新岗位的文字材料，只有一条胳膊，都没办法更好地胜任。"

"后来我就想既然这些我干不了，不如干点力所能及的事，陵园总得有人管理看护，我去看守陵园，可以替换身体健康的战士，他们干点别的也是一样的，而且在这儿我还能陪着点号的兄弟们，这样挺好，所以我就要求来了陵园。"杨叔说着往事就像在说一件普通的家常事。

蓝戈责怪自己的粗心，十几年来她把杨叔当作倾诉对象，遇到的苦恼、伤心、委屈、郁闷，所有负面的情绪都统统倒给杨叔，她从没想过杨叔也有伤心和遗憾。"杨叔，您在外面还有亲人吗？就准备一直在这儿待下去吗？"

"没有了，我和你一样也是个孤儿。来基地之前有过一个未婚妻，是我们一个村子的，当时咱们基地刚成立对外保密，我来了以后暂时不能和她联系，我俩的婚事就耽搁了，后来要准备结婚又发生了事故，我残疾了，不想拖累她，我们就分开了。"杨叔说得简单平静，白发在阳光下闪着耀眼的光。

杨叔看出蓝戈的不安："有试验就会有失败，咱们都是干这一行的，都能理解。我觉得这样挺好的！这儿有这么多老战友陪着我，不寂寞！"

蓝戈替他遗憾："如果是放在现在，肯定会有年轻人不理解你为什么这样，你完全可以不这么做，在机关也会有适合的工作。"

杨叔沉默了一会儿，他说："我不认为自己的这种生活方式就是最好的，每一代人都有自己思考的标准和行事的时代背景，所以当现在的年轻人对人生价值和意义重新思考定义的时候，我也不会因为这种观念上的变化而否定自己的过去。"杨叔的话如同在回顾过去，这么多年之后，他仍对当年面对巨大变故时自己所做的人生选择强烈认同。

他们像往常一样坐在面向陵园的台阶上，杨叔看着眼前的队列："当时我的教导员带着我们学过一段话，是他特别喜欢的一段话：如果选择了能为人民工作的职业，重担就不能把我们压倒，我们的事业将默默地但是永恒地发展下去。"

杨叔说："当时年轻没什么感受，这几年陪着陵园里的老首长和兄弟们，才渐渐理解了这句话的含义。你看咱园子里这522名官兵，他们可能从来没有听说过这句话，但他们就是这么做的，他们用行动践行了522次这句话。"

"蓝戈，作为同行，我把这句话送给你。可能你现在也和当时的我一样，对这句话没有太深感受，但是我相信总会有一天，你会通过自己的亲身经历有我这样的感触，希望你不管遇到什么样的压力，都能有力量承担它，有智慧逾越它。"

那天蓝戈和杨叔在陵园坐了许久。过去她一直以为那场事故离她非常遥远，而现在看着杨叔这个近在咫尺的亲人，她发现事故的残酷会延续很多年，它会一直留在当事人的身体上，留在亡故人亲人的心灵上，留在事业发展前行的道路上。

这个导致六名官兵伤亡的事故原因至今没有被找到，如果找不到，在以后的试验中仍有可能发生类似事故，仍有可能出现下一个蓝一石和下一个杨叔。

蓝戈急匆匆赶回32号，她要去找周高工，说服他重新评估红旗

3号的事故原因。

蓝戈对周高工说："如果找不到故障原因，咱们对导弹故障的认知就会短缺一部分，在以后的试验中还会有发生这样事故的可能性。要杜绝的办法只有一个，就是找到原因，建立故障数据库，让各点号共享数据汲取教训。"

"你想法是好，但不容易。搜集到的素材需要大量人工进行分析，现在咱们基地试验任务繁重，实在没有时间和精力。"

"人工分析海量数据，这在过去确实很难做到，但是现在已经不是你们那时候了，计算机技术的应用让很多难以完成的工作容易实现了，您把搜集到的资料给我，让我来试试。"

在周高工的提议下，测量站重新启动红旗3号事故原因查找工作。

蓝戈一心要找到十八年前的导弹故障原因，但是她在拿到素材时发现难点很大：相关的素材是海量数据，而有关的试验却次数有限。红旗3号导弹不会再测试发射，在没有动态数据的情况下找寻问题的突破口在哪里？

眼下蓝戈还顾不上红旗3号故障的查找，基地进入了一年中最繁忙的阶段，红旗9号导弹经历了两年多测试改进，新一批的改进弹正陆续运抵阵地。

就在大家忙碌着准备时，政治处赵主任到遥测室宣布最新命令：批准汪守义转业申请，由蓝戈暂时负责遥测室工作。

半年前汪守义和蓝戈说起想转业回老家，蓝戈以为是他的长期打算，基地试验任务这么重，又缺少他这样有经验的技术干部，组织不会轻易批准他转业。现在政治处突然宣布这样的决定，她蒙了，红9飞行试验马上要批量开始，师父走了她怎么办？她能组织起整个场站的遥测任务吗？能承担得起一个技术室的责任吗？

蓝戈在机房待到很晚，上到天台时发现汪守义正站在八木天线下面，蓝戈像看到救星一样，急忙跑过去拉住他："师父，你不能走！我去找周高工，去找田参谋长，让他们把你留下来！"

汪守义摆摆手："蓝戈，红旗9号马上就要开始集中试验了，你也看到了，它和原来的型号大不一样，它升级换代了。人也应该这样，如果思想和理论不升级换代，就会影响试验质量，会影响导弹研究发展的速度和效率。"

"师父，我负不起这个责，咱们遥测室这么大摊子，技术、后勤、行政几十号人，我怕担不起这个担子……"蓝戈内心充满恐惧，就像刚学会游泳的孩子独自待在大海里，不知哪一个浪头就会把她打入海底。

"蓝戈，军事教育中有句话说'没有打不倒的兵'，所以兵败如山倒，挡都挡不住，可是还有一句话'最怕打不倒的将'，好的将领在遇到任何困难时都要顶住。如果你现在还做不到这一点，没关系，从现在开始，你要让自己成为这样的团队领导。"

蓝戈失望了，说话带了哽咽："师父，我还想跟着你学，跟着你干……"

汪守义抚摸着八木天线的操作杆："我选择走，一方面是对咱们部队负责，腾出位置给你这样更适应形势的年轻人，另一方面也是对家庭负责。我的前二十年给了学校，中间二十年给了基地，未来的二十年，我要回到家庭去，现在该轮到我去照顾老人、陪伴孩子了。"汪守义的话让蓝戈彻底失望。

蓝戈一个人在天台坐到很晚，师父要走了，她的心情复杂。虽然在最初的一段时间里她和汪守义对抗为敌，但是如果不是他的严苛和挑剔，没有他制造"困难"逼迫她不断学习，蓝戈也成就不了今天的自己。这个面冷心热的师长与兄长，永远是她的领路人。

汪守义转业后，蓝戈来不及去慢慢适应，她被突如其来的忙碌和重担冲击得没有时间思考。红旗9号导弹已经准备完毕，各设备也已完成合练，马上就要试飞了。

汪守义走了后，苏扬专门来了趟32号，他去机房找蓝戈。

蓝戈正在看资料，脸色疲惫。苏扬说："再忙也要休息，张弛有度，才能保持长久的战斗力。"

"汪主任走了，我觉得压力很大，怕自己带不好团队，怕在任务中出错。"

"我当了六年副主任，主任一直空缺，这六年里一直负责分析室工作，你说我算不算有点儿带团队的经验？"

"那当然，你是咱们基地的岗位标兵，又是优秀主官，是我望尘莫及的老师。"

"好，那我就大言不惭当回老师，我愿意把带团队的经验分享给你，只要你需要，我这个老师随时会出现！"

蓝戈感激地看着苏扬，这么多年，他总是在她遇到困难时及时出现。

这天是第一次飞行试验，按照红旗9号导弹设计思路，由发射发动机实现导弹垂直发射功能，导弹升空3秒后主发动机点火，发射发动机与导弹主体脱离，由主发动机继续推动导弹对目标进行攻击。

导弹发射升空，大家在屏幕上看到发射发动机带动红旗9号垂直升空，主发动机点火后导弹转弯飞向模拟目标。

大屏幕显示，主发动机点火后没有实现与发射发动机的分离，导弹拖着已经熄火的发射发动机飞完全程。毫无疑问，第一次发射失败了。

苏扬匆匆赶来测量站参加讨论。大家讨论说如果不能及时分离发射发动机，导弹飞行控制将受到干扰，还会成为飞行过程中的巨大负担，影响导弹作战效能。因此目前的关键问题是找出发射发动机分离控制故障。

蓝戈问苏扬："你们那边查得怎么样？试验队有没有什么新发现？"

"已经排除了机械原因，现在推测是电气控制系统没有正常给出分离指令。我想再看看遥测信号的详细记录。"

蓝戈赶忙找出数据记录盘，她把记录盘放进电脑回放记录，两人看着屏幕上闪过的一串串数字。

他们反复翻看数据列表，发现了一个异常：在多路电气控制系统的信号中，其他各路参数均显示正常，但是问题的关键点——发射发动机分离信号，没有被采集记录下来。

两人在机房里忙活了一个通宵，只发现了这一个异常，其他数据全部正常，根据目前情况无法推测导致这一现象的原因。天边渐渐亮了，又一个清冷的戈壁清晨来临。

苏扬走的时候，蓝戈趴在桌上睡着了，苏扬把自己的棉大衣盖在她身上，轻轻带上门。这一晚上两人忙着看数据找原因，没有说一句工作之外的话，难得的相聚时光就这样草草过去，是不是有点儿浪费？

屋外寒风凛冽，苏扬往汽车排走去。他有点儿遗憾，很多个这样的夜晚，本来是美好的两人独处时间，但他们会一直讨论工作。苏扬看得出来，蓝戈的心思都在试验任务上，她很专注，想不起其他话题。想着这一幕他无奈地笑了，蓝戈一直是这样，不解风情。

苏扬带着红旗9号导弹遥测数据回了三站，经过分析发现，遥测参数的预先设定中没有采集到电气控制系统的状态码信号，导致现有数据不全，而这个数据恰恰是非常重要的参考因素。因为这个数据的缺失，让大家在故障原因查找中迷失了方向。

查找故障、修正参数是试验任务准备中的常事。各小点号正常进行后续准备，官兵在战位待命，一旦失败原因查清，将立即进行第二次发射。

这几天试验队和基地专家组天天开会讨论到深夜。这天晚上的协调会上，大家对是否正常进行后面的试验争执得厉害，意见分歧很大。试验队带队领导说："试验队几十号人耗在靶场，每多待一天就多一天的花费，这些费用都要计入成本。我的意见是暂且搁置发射发动机分离故障问题，修改弹上飞行程序，利用飞行时间控制发射发动机硬分离，用这个办法保证后续试验正常进行。至于分离故障等回厂后再细查。"

蓝戈认为这不是好办法，她说："垂直发射是红9的最基本特征，搁置问题会让试验失去意义，应该首先解决第一阶段出现的问题，然后再进入第二阶段试验。"

苏扬说："我和蓝主任想法一样。我们俩会前还在探讨这个故障，现在有这样的解决思路：首先由测量站重新编写遥测信号监控程序，确保弹上发回的电气系统状态信号能成功采集；第二步是我们三站在监测分析中确保找到这个数据。如果这两步能顺利完成，就能大概率地找到发动机没有分离的原因。"

周高工说："我很高兴你们俩能这么想！积极主动的态度能让思路另辟蹊径。当然要同时做到这两点不容易。分离信号的脉冲宽度是 6.25 毫秒，弹上遥测设备采样周期只有 5 毫秒，在导弹发射的有效时间内只有一两次机会捕捉到这个信号。即使能记录下来，这一两个数据也会淹没在海量数据中，找出这个数据好比大海捞针。"

蓝戈和苏扬几乎同时说："测量站遥测室保证完成任务！""三站分析室保证完成任务！"

在场专家陷入沉默，这种解决问题的办法执行起来非常困难，毕竟数据量太大，而人眼筛选有误差，谁也没有把握在短时间内一定能筛选出错误数据。一屋子的人各有顾虑，只有蓝戈和苏扬最有信心。

最后周高工拍板："就按这个思路办！蓝戈组织干部加紧编写遥测信号监控程序，苏扬你们回去后加大对第二枚导弹的地面测试频次。"

两天后，测量站遥测室将遥测处理程序修改调试完毕，蓝戈去三站送拷贝磁盘，顺便看看他们的准备情况。

技术阵地的测试厂房正在准备静态测试。测试厂房坐落于三站营区边缘，是导弹进行系统测试和综合测试的场所，这是一座层高30米、面积4000平方米的宽阔空间，可容纳十枚导弹同时测试与组装。周围墙壁布满不同规格的电源和气源接口，上层有吊装导弹的行吊。

夜晚的测试厂房灯火通明，第二枚等待试验的红旗9号导弹静静摆放在测试台架上，三站技术人员正在准备遥测系统有线测试。弹体连接着不同颜色的电缆，另一端连接到测试设备和电脑上，几台监测电脑飞速闪过一行行数字。

技术人员身着白色防静电工作服，分散在导弹四周检查监测数据。蓝戈抱着一件军大衣，走了大半个厂房才找到苏扬，她把程序磁盘交给苏扬，又指了指军大衣："实在抱歉，上次在机房睡着了，害你受着冻走了。后来讨论会上见你，但是光顾着讨论问题了，结果忘了给你。"

"厂房里冷，今天刚好用上。"苏扬把大衣披到她身上，紧了紧领口，说，"既然来了，多待一会儿吧，我没时间陪你，你坐我们这边，请你观摩。"

按照协调会确定的流程，今晚将组织第二次飞行试验前的发射发动机分离故障排查。指挥员正在下达测试口令，红旗9号导弹开始模拟飞行程序测试，通过在地面上模拟导弹飞行时的控制流程，检查导弹各系统的工作状态。

弹上遥测设备启动，地面接收设备显示屏上显示出各路遥测参数，电脑屏幕上飞速上翻着一组组数据。蓝戈紧张地看着，他们对监控程序进行了修改，但这只是理论上的设置，是不是真能捕捉到电气控制系统信号，马上就可以出结果了。

苏扬和同事们端坐在电脑前，目不转睛盯着电脑屏幕，在快速闪过的数字代码中仔细辨别，生怕漏掉一组数据。

测试设备在一秒内能够捕捉20000多组测试数据，每一组又包含若干代码，导弹故障原因可能就隐藏在这些向上翻动闪烁着的数据之中，要找到那个异常数据，只有依靠肉眼读取鉴别。

蓝戈当天没有等到结果，返回了32号。

苏扬和同事们经过三天三夜的查找，终于抓住了这个信号。这枚信号代码毫不起眼地隐藏在长长的数据队列里。大家高兴坏了，议论说："太不容易了，眨个眼就能漏掉几十组数据，竟然让咱们给抓住了！大家这是没眨过眼睛吧。""在数据海洋里找到一个指向性代码，又刷新纪录了！"苏扬说，"这项工作是对大家意志力与专注度的考验，能找到这个代码，说明大家具备超常的耐心和高度的专注力，咱们经受住了考验！"

然而还是高兴得太早了。数据分析表明：电气控制系统正常发出了分离指令，说明电气控制这一部分没有问题，原先认为是电气控制系统出错导致发射失败的推测被否定了。

大家坐在设备前沉默不语。苏扬给大家鼓劲儿："这个结果很重要。你们看，这个结论证实故障不在电气控制系统这部分，那么我们就可以明确排除这部分，这为以后的查找缩小了范围。"

团队重新进入枯燥而又缓慢的排查，没有人看得清谜底在什么地方，也没有人知道需要跋涉多久才能找到答案。

这段时间三站和测量站频繁开会对接，苏扬在小组分析会上提出一个新想法："既然电气控制系统给出了分离信号，发动机却没有实施分离，会不会是飞行程序没有正确处置这个信号？"

蓝戈赞同："原来咱们认为问题出在电气控制系统，在接下来的时间里一直围绕这个思路查找问题，谁都没怀疑过其他部分。现在跳出这个问题来看，如果导弹飞行程序出现误差，确实有可能导致信号异常。"

查找问题的起点转移到飞行程序上。几天后，试验队发现飞行程序中确实存在隐性缺陷，有一条判定分离条件的逻辑判断语句条件设定不严谨，这完全可能导致导弹产生误判，忽略分离指令。

试验队对弹上程序进行了修改，随后进行新一轮模拟飞行测试。测试显示：导弹各分系统工作一切正常。

为了验证排除故障思路的正确性，试验队反复测试，在后面的测试中再也没有出现分离故障。测试结果显示：是飞行程序错误导致发动机没有分离。

这天对接会开成了庆功会，大家都说多亏了苏扬的逆向思维，这个思路让原本无从下手的问题有了新的切入点，故障才得以顺利排除。

散会后，苏扬仍坐在会议室，他在翻看打印出来的一厚沓数据纸。李伟强敲敲桌子说："先别看了，我有事问你。"

苏扬头也不抬："说！"

"今天会上大家说到逆向思维，你是怎么想到这个办法的？"

苏扬边翻报告边回答："逆向思维就是从问题的相反面去思考，采用逆向思维可以让问题变得更清楚，更容易解决。"

"哦，是这样，我怎么觉得这个道理可以应用到生活中，也许，逆向思维能解决正面思考无法处理的问题。"

"听着很有哲理的样子。"

李伟强不吭声，手指在桌上轮番敲击，认真地盯着他看。苏扬抬起头，怀疑地打量李伟强："你小子想什么呢？"

"在想我刚悟出来的哲理，就是不要以为遵从对方的意见就是对她尊重，那可能是你自己在逃避。"

苏扬猜出他的意思，不理他，继续翻资料。李伟强说："上个星期我去32号，碰见小米了，她和我说起蓝戈，你知不知道蓝戈是怎么想的？"

苏扬急急抬起头："蓝戈怎么了？"

"你看看你着急的样子！明明是喜欢，偏偏要逃避。"

苏扬不理他的打趣，问他："你觉不觉得，当你面对喜欢的东西时，这样怕轻了那样怕重了，不知道怎么做才能符合她的想法？"

"首先你得了解她的真实想法，或者说有时候她也没看清自己真正的想法是什么。这对你是个考验，你得像查故障一样透过现象看本质。小米说蓝戈有顾虑，她觉得自己没做出什么成绩来，怕沉迷到感情里变得松懈，怕让父母失望。"

苏扬想起蓝戈那天在天台上对他说的话，这是她解不开的心结。

"小米让我转告你，在心理问题中行动永远是解决问题的首要方法。当事人一个小小的实质行动，胜过任何心理疏导和心理干预。"

"至于还有没有其他原因我就不知道了，我只能帮你到这儿了。苏大工程师，把你的排障思路也运用一下，用逆向思维看什么会让你们的关系失败？"

苏扬认真想了想："逃避和犹豫。"

李伟强拍拍他的肩："逃避和犹豫，会消耗我们的勇气。这是我这辈子犯的最大的错，是永远弥补不了的遗憾。兄弟，别像我那样！"

周末，苏扬搭班车去32号，他给蓝戈送了几本资料："听说你想分析红旗3号发射失败的原因，我专门找了几本资料给你，还有一些想法和你探讨探讨。"

蓝戈惊喜地看着那几本资料："你在哪儿找到的？"

"试验科资料室。"

"你怎么知道我在找这几本资料？"

苏扬神秘地笑了："我有内线。"

"我也去试验科了，找了几次都没找到，你是怎么找到的？"

"我和我同学用了两个周末，把资料室翻了个遍，总算在压箱底儿的资料堆里找出来了！"

蓝戈迫不及待地翻开："你觉得我能找到原因吗？周高工曾经做过很多次尝试，但始终没找到。"

"我相信能找到！那场事故已经过去了十八年，这十八年基地开展了很多新型号导弹的试验，出现过各种类型的故障，从这个角度看咱们已经掌握了很多数据，可以借助大数据的积累，采用排除法来筛选。也可以软件模拟当年的试验过程，通过故障再现反推出数据来。"

"但是现在有一些不同意见，我们杨副站长就不同意再去找，他认为红旗3号已经停用了，找到原因的可能性又非常小，说在一个废弃的型号上浪费时间不值得。"

"短时间内也许看不出寻找的意义，但在导弹发展历程中真相一定有它的价值，也一定会发挥作用。我支持你！"

蓝戈眼中闪耀着喜悦。苏扬看上去更高兴："考虑不考虑让我加入？我也对这个结果好奇。"

"你加入我当然是求之不得，但是这样你就太辛苦了，要承担很多额外的工作。"

"看看老资料也是对现在任务的促进。咱们就这么说定了！"

在准备红旗9号导弹任务间隙，蓝戈和苏扬开始钻研红旗3号这个谜题。他们组织技术人员把历年试验数据录入了数据库，进行了无数次推演和演算，除了正常试验和训练，将全部精力都投入红旗3号故障的查找中。

在枯燥艰辛的工作中，已经算不清有过多少次失败，蓝戈已经不再关注结果，她对问题的心思变得单纯，就像在解一道数学题，在失败第50次后，她坚信试过第51次就离解开更近一步。杨叔曾经说："走向成功的最好方法，就是集中你所有的智慧，所有的热忱，把今天的事做到尽善尽美。"她现在就在尽善尽美地做这道难题。这个过程中他们走了很多路，谁也不知道这是通向成功的路，还是又一次碰壁的弯路。

这天调数据时,苏扬对蓝戈说起自己的新想法:"蓝高工怀疑导弹动力系统存在问题,因为没有得到证实,咱们在一开始就把它当作已经排除过的问题因素。我在想,也许咱们错了。有可能蓝高工的判断离正确答案很接近,只不过没有更多数据证明。"

"有道理,当年他提出这样的猜测也是建立在积累的经验之上。"

"他没找到原因是当时试验数据太少,时间又太短,而不是方向性的错误。"两人在讨论中越来越明晰了思路:就在蓝一石圈定的范围中查找。

经过了雾暗云深的跋涉,谜底渐渐浮出水面:当年红旗3号发射后,因发动机燃料泵工作异常,导致燃料和氧化剂燃烧混合比例不达标,最终引发导弹爆燃。

果然是动力系统问题!当年蓝一石提出猜测没来得及证实就牺牲了,在经过十九年之后,蓝戈和苏扬通过数据模型证实,蓝一石的判断是正确的!

找到了答案,苏扬是最高兴的人。"蓝戈,今晚不工作了,咱们去天台坐会儿吧。"

今晚的星空清晰深远,空气清冷微寒,蓝戈从来没有这么放松过,她对苏扬说:"谢谢你这么多年一直在帮我!"

"举手之劳,不用挂心。"

蓝戈看着苏扬,神情严肃起来:"'谢谢'两个字说出来太容易了,放在心里又太沉了。我早就想和你说,从十年前认识你起,你就一直在帮我,所以这两个字很重。"

苏扬诧异地看着蓝戈:"十年前?"

"十年前我刚高考完,当时在家闲着没事,田叔拿回家厚厚一摞基地的《东风报》让我看。有一天我读到了一篇人物专访,是宣传科对你的采访报道。当时你解决了红61的一个重大难题,报纸上做了详细的报道,旁边还有你和红61的照片,照片上的你那么年轻,看上去和高中生的年龄也差不了多少,但是你的笑容非常自信,像是没有什么困难能压倒你。"

苏扬恍然大悟。蓝戈说:"照片上那个年轻人的笑容感染了我,让我觉得自己也可以像他那样做出一番成就来。当时我正为自己报什么专业去什么学校迷茫,那个年轻人及时为我指了一条路,所以我没听田叔的建议去学法律,我决定报导弹专业,毕业以后回基地从事导弹试验工作。"

苏扬有点不好意思:"没想到一篇小小的报道会影响到你的选择,你来咱们基地没后悔吧?"

"从来没后悔过。虽然来基地后有过一些不顺利,但这些不顺利给我上了一课,让我知道一项事业不是凭着激情就能完成的。再说这个过程中你也一直在帮我,直到我顺利走上正轨。"

"当年宣传科要报道我的时候,我还不想接受采访,听你今天这么说我觉得很庆幸,幸亏那篇报道,把你这么优秀的人留到了基地,也让我认识了你。"

"所谓今日因明日果,你这也算是为基地做贡献了!以后还得多多接受采访,不知又得吸引多少青年才俊往基地来。"蓝戈今天很放松,竟然和苏扬说笑起来。

苏扬问蓝戈:"愿望实现了,下一步有什么打算?"

"听说训练科正在建立建场以来的故障数据库,我想抓紧时间整理,尽快上交司令部。"

"燃料泵导致的故障不多见，这是个非常典型的故障，应该让各站官兵都了解清楚。"

"我就是这么想的！"

"好，我帮你整理素材，咱们善始善终！"

第二十九章 听风

蓝戈和苏扬联手完成了《红旗3号发动机燃料泵问题导致燃爆原因分析报告》。

周高工手里拿着分析报告，站在窗前对着远处的机房看了好一会儿，他说："没想到困扰我们的问题，竟然在十九年后解决了，看来老问题在新技术面前也终究不能遁形。"

"祝贺你找到了原因！"周高工没说更多话，他郑重地握了握蓝戈的手，就像平时最普通的礼节性握手一样，但是蓝戈从这一握中感受到了分量。

周高工说："我基本同意你报告中的论点，下面我来组织专家进行评审论证，验证故障分析的准确性。"

"周高工，专家论证通过以后我想上报司令部，训练科正在建立导弹故障数据库，如果能增加这个问题，咱们的数据就齐全了，能为将来故障诊断提供完整的数据基础。"

听蓝戈这么说，周高工犹豫着说："这个想法不错，但是你有没有想过这么做会有什么后果？"

蓝戈疑惑地看着周高工，她不明白。周高工说："当年红旗3号事件发生后，有人认为是田学民指挥失误，这件事已经尘埃落定十九年，现在再把这些旧事翻出来公之于众，意味着怀疑会被再次提起，那时候你怎么面对田参谋长？"

蓝戈明白了，周高工是担心她把田学民推到风口浪尖，到了那时候田学民将面临什么样的指责或压力？她又能否承受得了面对他的不安？

"蓝高工已经去世这么多年了，但是田参谋长还在岗位上，他也是你的父亲，你再考虑考虑。答案是你找到的，要不要向上报告我尊重你的意见。"

周高工走了，蓝戈心里斗争得厉害。如果不能公开，投入这么多时间和精力是为了什么？承担了这么长时间的压力，蓝戈靠着一个信念支撑，那就是她认为自己在做对导弹事业发展有益的事。现在周高工的话让她突然间看到，这么多人这么多年的努力，不过是想知道一个谜底，而这个谜底对事业发展并无裨益。她倾尽心力所做的一切，都毫无意义。

蓝戈在天台上坐了很久。天空还是从小熟悉的天空，星星还是千年不变的星星，日月轮回，斗转星移，它们置身世外淡然超脱，全然不知在地球上这个无人知晓的角落里，有一个渺小的人充满困惑。

康德说，有两种东西对它们的思考越是深沉持久，它们在心中唤起的敬畏就会越来越历久弥新，不断增长，这就是我们头顶浩瀚的星空和心中崇高的道德法则。

世人对道德价值的敬重，也是对宇宙规律的敬畏，法则和法理都是激发人们敬畏之心的根源。那么在这一场事故中，我们应该敬畏什么？是短暂生命中亲人之间的温情？还是事物发展中冰冷的规则？没有人告诉蓝戈答案。

也没有人理解她的矛盾和无助。天空中星辰无数，每一颗都是沉默的，孤独的。你看着我时，知道我心里的疑问吗？她多么希望万亿颗星球中能有一颗星接收到自己的思想信息，能对她的困惑做出回应，传递力量引导她走出迷雾……

蓝戈仰头望着星空，没注意有人走上天台。

苏扬踏上天台。他马上要回三站了，特意来向蓝戈告别，在宿舍和机房都没找到她，便径直来了天台。

蓝戈正抱膝望着夜空，眼中似有泪光，有星星一闪一闪。他绕到蓝戈面前蹲下来面对着她，蓝戈像没有看到他，仍然一动不动看着夜空。

"我能帮你吗？"

蓝戈暗自神伤，静默无语。天上星星闪烁，戈壁静谧无声，苏扬看着蓝戈，耐心等待她的回应。

沉默良久，蓝戈张口说话，不知是对他说还是在自言自语："星星距离地球上千光年，现在看到的光是它们几千年前发出来的，就是说这些星星早已经灭亡了，这不过是几千年前投射的影像。"

自言自语间，蓝戈哽咽道："也就是说，我从小到大的每一次仰望，都是在回望过去，我以为是在和它们交谈，实际上是在和几千年前的影像交谈……一切都是幻象，我以为它们在我身边，实际上它们离我很远，或者说它们离开了我。我和它们不在同一个时空，永远不能相互理解。"

苏扬席地而坐，看着蓝戈说道："记不记得前两天咱们坐在这儿聊天时说的话？你说人类是恒星的尘埃，从这个角度看咱们本身就是宇宙中的星辰，既然如此为什么还要去奢求星星的理解呢？我们彼此就可以互相靠近，互相理解。"

蓝戈不想沿着他的话题说下去，她回避他的靠近："既然我们是一粒尘埃，对宇宙不会产生任何影响，那我们存在的意义是什么？也许我们没有任何存在的意义，我们的努力也没有任何意义。"

"每个人都有使命，这是我们存在的意义。"

蓝戈沉默，苏扬开导她，又像是向她倾诉："世界上总是会有一些事让我们产生怀疑，让我们不知道该往哪个方向走，但是不管往哪个方向走，星空永远都在，真理也永远都在。它们不会因为我们一时迷茫而消失，它们一直在头顶上闪耀，抬起头就会看到它。"

苏扬说:"如果一件事在心里有了意义,我们就会赋予自己使命,就成为艰苦追寻的动力。所以我能理解你,你的这些疑惑和探究都是必要的,只要找到了意义,一路上披星戴月都值得。"

一颗流星在天空划过长长的轨迹,映得苏扬眼神闪亮。"我理解你。不用怕,不管将来遇到什么,我都会陪着你,你的方向就是我的方向。"

苏扬站了起来,向她伸出手:"晚上冷,别在这儿坐太长时间。"

蓝戈默然不动,仍然抱膝沉思。

苏扬伸着手,执着地等着。

在苏扬的坚持下,蓝戈犹豫着伸出手,被苏扬温暖而宽阔的手掌握住拽起来。

蓝戈把《红旗3号发动机燃料泵问题导致燃爆原因分析报告》带回家交给田学民。田学民认认真真看完了报告,他拿报告的手颤抖着,声音也有点儿异样:"有这份报告,我就不害怕见老蓝了,见了他我可以跟他说:'老蓝,当时把咱们难住的问题已经找到原因了,而且是你的女儿找到的'。我都能想出来这家伙得多高兴!"

蓝戈犹豫了好一会儿,问:"田叔,我听说司令部正在建立导弹故障数据库,这个故障原因已经通过了专家论证,您看有没有必要把它充实到数据库中?"

田学民看着蓝戈,他的目光中包含着让她看不懂的东西,似乎是犹豫又像是疑惑,但又都不像,这让她很不安。

田学民沉默了一会儿,开口说:"小戈,你是一名老技术干部了,不应该有这样的疑问。困扰了我们将近二十年的难题,让我们的战友付出了足够大的代价,这个答案已经晚了,绝不应该被排除

345

在后人的视野之外!"

蓝戈长舒一口,随即担心:"可是……我听说当年有一些议论,是负面的议论,如果这个结论公开,会不会……对你有影响?"

"我要是这么想,估计老蓝知道了会骂我。不是因为他受了委屈骂我,是因为我计较个人得失,阻碍我们的事业发展骂我!"

第二天,田学民亲手把《红旗3号发动机燃料泵问题导致燃爆原因分析报告》交到训练科。

王栋转士官后有了专门的办公室,不用再亲自下厨做饭了,他的工作重心转移到研究菜谱和协调后勤处调剂蔬菜品种上,比当炊事班班长的时候还要忙。但是他还是更喜欢待在厨房,有点时间就往厨房跑,炊事员备菜,他围在一边走走看看,炊事员炒菜,他在旁边传授经验。他成天琢磨新点子,一门心思想着怎么才能把伙食搞得更好,他对炊事班战士们说:"技术干部的阵地在机房,咱们的阵地在厨房,大家各司其职,守好各自的阵地!"

这天王栋又冒出个新点子,跑去和炊事班商量:"马上就到中秋节了,往年过节后勤处在外面采购月饼,这月饼长途运进来容易碎,也没什么新鲜花样,今年咱试试自己做,让大家尝尝刚出炉带着热气的月饼是什么味儿!"

炊事班战士没人做过月饼,大家对这个挑战又兴奋又忐忑,七嘴八舌议论着:"做月饼可是个精细活,能行不?""月饼得有花纹吧?这可咋整?""没花纹那不成饼了吗!"

王栋心中有数:"等着,我有办法!"

测量站前一阵新进了一套设备,设备运输的外包装箱是木头打的,现在那些木条木板还堆在机房仓库里。王栋在仓库里挑了几块板子,又翻找了几件趁手工具,胸有成竹地回去了。

王栋征求炊事班战士意见,看给月饼做些什么图案,战士们海阔天空说了几十种,从天上飞的到海里游的再到地上跑的,好像不管什么图王栋都有能力把它们体现出来。王栋还算清醒,没被这些想象力丰富的建议冲昏头脑,他说:"要做就做咱们自己的特色,五星、导弹、飞机、云彩,就这四种!"

王栋和炊事班班长关着门在房子里捣鼓了三四天,刻出了十几个月饼模子,他们拿生面试了一下,扣出来的图案虽然粗陋了些,但看着还像那么回事,重要的是这图案独一无二,是一看就明白的基地特色。

王栋列了个单子,让炊事班把花生、核桃捣碎了和糖、油混在一起,他们尝试了不同比例的馅料,挑选出认可度最高的混合比例和甜度。炊事班有一名新疆籍战士,自告奋勇说可以用土糊个馕坑,仿照新疆人烤馕的办法烤月饼。

经过一个多星期的尝试,中秋节前一天,炊事班的手工月饼正式出炉!因为是初次尝试产量不高,每个人只分到了四块。大家拿着月饼新鲜地互相看,说:"王栋班长又创新了,估计过一阵其他站又要来学习了!"

蓝戈看着那四块月饼,图案质朴可爱,拿在手里软软的暖暖的,带着一股清淡的面香。她撕了张数据打印纸,把月饼包起来。

周一苏扬来遥测室取数据记录盘,蓝戈把记录盘交给他,又从抽屉拿出那包月饼:"这是我们炊事班新研发的,和外面运进来的不一样,送给你尝尝。"

苏扬打开包装纸,看到了月饼上的五星图案,他开心极了:"这样的月饼要在星空下吃才相配,中秋节也没能见到你,走,咱俩去补过中秋节。"

两人上到机房天台。中秋虽过，月亮依旧圆满，明亮的光芒掩盖了四周星辰的微光，秋日的戈壁风带着水一样的清凉。苏扬掰开月饼，递给蓝戈一半："最近试验队在汇总数据，你趁这个时间好好休整，不要太辛苦。"

"来基地前田叔不想让我从事技术工作，说技术工作辛苦，当时我不以为意，现在才体会到他说的辛苦是什么滋味。"

"对于自己喜欢的事情，再辛苦也不觉得苦。"

"你工作了这么多年，就没有过思想疲怠吗？"

"当然有，很多次生出这种感觉。每天工作15个小时，每周工作7天，几年如一日持续不断，不管是谁都会觉得疲怠。"

"那你是怎么排解的？"

"用对工作的热爱冲抵。"苏扬向她眨眨眼，带着玩笑的口气。

"热爱一样伴随艰辛，它们本来就是一件事物的两面，我觉得热爱不是消除倦怠的办法。"

苏扬收起笑容，回答："你说得没错，热爱本身就会带来倦怠，尤其是当走到一个阶段难以突破的时候，那种枯燥和劳累很考验人的意志。但是我们从事的工作要求我们有高强度的抗压能力和受挫能力，这样才能在一次次的探索和受挫中，战胜困难达到目标。"

"所以才会有跨越的艰难。"

"我理解你的意思，每个人都会有一个阶段要独自承受这种艰难，独自去面对压力。但是你要知道，每个人的背后都有关心他的人，想了解他所承受的压力，想去替他分担。就像我对你一样。"

月下的天台一片明朗，苏扬说这句话的时候眼睛熠熠发亮。

蓝戈面色平静，语气更平静："每个星辰都有自己的使命，互相照耀，去完成自己的使命，就很好。"

"我们和星星不一样。我们有亲人，有朋友，有战友，这些人让我们不孤单，让我们面对压力时有坚强的后盾支援……"苏扬一边说着一边深情地看着她。

蓝戈沉默着没再说话，她侧身躲过苏扬的目光，抬头看星星。小米曾经对她说："理性是一种反噬的力量，很多人追求理性，以为这种力量可以让自己变得强大，结果却适得其反，真正可以让自己变强大的力量是爱和信任。"她明白小米一直想帮她走出心理困境，她也曾经试着努力，最终发现这是自己克服不了的弱点。妈妈自杀这件事成了她的心理阴影，让她对亲密关系充满恐惧，再亲密的关系都会消失，再恩爱的感情也会分离，越是相爱分离越痛苦，妈妈就是承受不了那样的痛苦才自杀的，那是她的噩梦。她怕自己变得脆弱，就像妈妈。

随着新型号导弹试验的不断深入，靶场布局和测量设施已不能满足试验需要，这个问题在红旗9号导弹最初的试验中就暴露出来，为了准确记录遥测数据，司令部命令三站活动遥测车向导弹航路方向开进。活动车停在距离遥测机房一公里处。

事故发生在第十一次试验。指挥员下达"发射"口令后，导弹垂直发射，在第10秒即将转角飞向目标时，突然改变方向向32号飞来。

各点号都捕捉到反方向飞行的导弹轨迹，导弹自毁装置启动，距离自毁位置最近的，是测量站遥测机房。

遥测机房内一阵沉默，大家坐在设备前默不作声。数据测算导弹将在遥测机房上空爆炸，大家都知道，以导弹的飞行速度，撤离是不可能的。

蓝戈心跳过速。她和通讯员给大家分发头盔，抑制着心慌，故作平静说:"大家保持冷静,撤离已经不可能了,咱们现在唯一能做的就是坚守岗位,争取拿到完整的测量数据。"

戈壁无声,机房寂静。显示屏上波形变换,他们已经执行过数不清的任务,从波形上就能看出来遥测信号越来越强,导弹离他们越来越近。

大家虽然知道试验过程存在危险,但不是每个人都有遇到的概率,谁也没有心理准备会遇到这种情况。短暂时间里容不得人想太多,大家坐在各自战位继续操作,机房内秩序井然,听得到庞大设备里的风扇声。

导弹爆炸,遥测机房随着大地的震动微微摇晃,屋顶的灰尘落下来,在空中飘散。

导弹在机房一公里外爆炸,遥测机房安然无恙。

爆炸位置在三站活动遥测车上空。蓝戈跑到窗前,她看到爆炸产生了浓重的烟尘,滚滚浓烟和地面的沙尘遮住了视线,看不清活动遥测车的状态。

机房里响起调度呼叫:"遥测车报告目前状态。"

"遥测车报告状态。"

……

活动遥测车没有应答。蓝戈脸色煞白,她跑出机房,向着阵地方向跑去。

后方医院的救护车从蓝戈身边驶过,司机没注意还有人朝着同一个方向奔跑,加大油门奔向爆炸点。蓝戈跑到遥测车时,救护车已经拉着伤员呼啸而去。蓝戈跑得气喘吁吁,眼前的遥测车被弹片击中起了火,火已被扑灭大半,车上的遥测设备大部分已损坏,空气中弥漫着焦煳气味。

蓝戈看到站在车外的李伟强，冲过去问："苏扬呢？他受伤了吗？"

李伟强脸上有擦伤，他看着她，沉默着，没说话。

蓝戈跑到后方医院时，苏扬已被推入手术室。十九年前父亲跟随遥测车到小点号采集遥测数据，就是在这样的爆炸事故中离开了她，十九年后这样的事故再次重演，她目睹了爆炸，而这次在事故中受伤的，是她特殊的、亲密的战友。

他会像爸爸一样离开吗？爸爸离开了，妈妈也离开了，现在他也要离开吗？蓝戈思绪万千，像要倒退到产生心理障碍时的状态。她被巨大的恐惧裹挟，坐在手术室外的凳子上，没注意李伟强也赶过来了。

等待的那两个多小时十分漫长，蓝戈把自己的一生都想了一遍。她想到高中毕业时认识苏扬，跟随他的指引走近导弹试验工作；想到初到岗位时充满迷茫，他鼓励她帮助她坚定信心；想到自己陷入心理困境要放弃遥测工作，是他拖着她拽着她带她走了出来；想到他为了帮她解开红3事故谜题，牺牲了一个又一个周末，放弃了所有的休息时间……自己怎么没注意到，苏扬和她竟然有这么紧密的联系！他和她一起走了这么多年，经历了这么多事，她已经习惯了有他在身边，他已经成为她不可分割的一部分。

小米从手术室出来："蓝戈，很抱歉……"

蓝戈胸口剧痛，一阵眩晕，她几乎被这个消息摧毁，站起来朝手术室走："我要去看看他！"

小米拉住蓝戈："现在还不能进去……"

"别拦我，我要进去！"

"蓝戈你别急先听我说，我是说很抱歉得留一道疤，一道20厘米的长疤。"

李伟强冲过来问:"他还好吧?"

"已经没有生命危险了,但是很惊险,导弹碎片从肩颈部擦过,创面很大。"

蓝戈满眼泪水,腿一软坐到椅子上。

苏扬醒来的时候,一睁开眼就看到了蓝戈。她趴在床沿上睡着了,头抵着他的手,头发拂着他的指尖。他怕惊醒她,一动不动躺着,感受着她的温度。

蓝戈的脸侧对着他,一缕头发遮住脸颊,他们俩从来没有离得这么近过,他想好好看看她。苏扬抬起手,轻轻把那缕头发别到耳后,露出了清秀的面孔。蓝戈睡得浅,睁开眼正看到他的手在脸边。她握住他没来得及收回去的手:"你醒了!"

苏扬和她十指相握,屋内一片安静。他们谁都没说话,但感觉到了对方的感受,欣喜、庆幸、失而复得的美好……这些感受像是通过相握的手在两人体内互通。

苏扬紧握她的手,说:"当时看到导弹失控,特别怕落到你们机房,还好,幸好你没事!"

蓝戈现在想起来还感到后怕,眼圈红了:"如果你醒不来,我不知道以后该怎么办……"

"傻丫头,我不会丢下你一个人!你放心,以后不会再发生这样的事。"

有惊无险的事故让蓝戈经历了从未有过的情感波折,她看清了自己的内心,比起对未来亲密关系消失的恐惧,她更害怕的是眼前的分离。

半个月后,苏扬还没有完全恢复,就急急跑去32号。

蓝戈正和同事们在机房维护，苏扬在门口叫道："蓝戈，出来一下，和你说件事。"

蓝戈走到门口，看他神秘地使个眼色，跟着他下楼来到机房外。"怎么了？什么事这么神秘？"

苏扬把她拉到机房侧面，背着手看她，眼中闪着喜悦的光："有东西要送你。"

苏扬把手伸到她眼前，手心里有一枚戒指。

这是一枚看上去很特别的戒指，它是一个简简单单的环，不事雕饰，干净简洁，蓝戈一眼看出来它的材质不是普通的饰品材质，那是导弹使用的材料。"你做的？"

"我让人捡了落到我们活动车旁边的红9碎片，戒指是用碎片加工的。"

蓝戈拿起它，阳光下小环闪着耀目的光。苏扬说："蓝戈，这里面有我的命，现在我就把我的命交给你。"

两人深情地凝视着对方。苏扬用手指轻轻点点那个环："看看里面刻了什么。"

戒指侧里刻着"LL99"。"这个9是红9的意思吗？"

"是红9也是久久。咱们俩和红9有缘，它让我们俩加深了解，让我们走到一起，以后咱们俩会一起陪着它成功。"苏扬还说，"这枚质地坚硬的戒指代表我的爱，不变形，不褪色，到永久。"

蓝戈轻抚戒指："你在手术室的时候我想了很多事，回想自己走的每一步，我觉得，从第一次见到你开始，这十几年里我一直在朝着你的方向走。现在才看明白，我走的每一步，都是为了更靠近你。"

"现在咱们俩已经站在一起了，以后一起走，朝着同一个方向走。"阳光照着机房侧壁，反射出暖暖的温度。蓝戈和苏扬背靠着墙，看着眼前一望无际的戈壁滩，阳光下的戈壁滩和夜晚的戈壁滩不同，看上去温情许多，是另外一种模样。

这次险情后，靶场的薄弱问题越发显现出来，新型号导弹射程更远，轨迹变化机动，靶场已经无法满足所需要的试验条件。基地司令部提出，对试验靶场进行改扩建，确保完整获取导弹飞行的内外弹道数据。

司令部召集各站专家研究靶场改扩建方案，会议决定，由测量站周高工牵头，按照光测、雷测、遥测等点号对导弹测量的实际需要，尽快拿出《导弹试验测量站点布局方案》。

司令部批准新团队成立，苏扬、蓝戈、李伟强都是团队成员。周高工安排兵分两路，一路与军委总部及国家部委对接，查阅外军资料，了解导弹发展趋势；一路在戈壁滩勘查测量，设计测量点布局。

周高工带着团队白天实地勘查，夜晚开会讨论，制订出《靶场改扩建航区测量技术方案》，方案上报不久就获得部委立项支持。方案从调研到批准，只用了一个多月，被司令部誉称"导弹速度"。

在基地改扩建靶场同时，试验队也在查找并解决红旗9号导弹试验中发现的技术缺陷：高空滚动、飞行失控、引信战斗部配合失衡……试验队依据基地技术人员的分析结果，不断修正最初的设计方案，使红旗9号导弹的各项设计指标日臻完美。

年底前，11枚红旗9号试验弹搭乘专列浩浩荡荡运抵基地。这次是最后的定型试验，如果通过定型，红旗9号导弹就获得"准生证"，将批量生产并装备部队。

再过39天就是春节，基地司令部向各站下达命令，务必在大年初一之前完成定型试验，确保导弹装备部队的时间按计划完成。

从这天起，全体官兵进入备战状态。39天内做好连续发射11枚导弹的准备，连炊事班都对这个节奏和数量咂舌，王栋专门给炊事班做了动员，他说："咱们炊事班要拿出备战精神做好后勤保障工作，要保证24小时在岗，确保加班的同志们保质保量吃上热乎饭！"

大年二十九，各点号按计划完成准备工作，11枚参试导弹运抵发射阵地。除夕，各点号测量设备开机预热。

遥测室官兵大清早就集合上机了，午饭是炊事班送去的，王栋也跟着去了机房。当初他任炊事班班长时萌发了对思想政治工作的热情，跟着教导员偷学了不少"招数"，一发不可收地随学随用，被大家称为"被做饭耽误了的指导员"。现在"王指导员"就是专门来给大家打气的，他站在机房正中神情激昂："今天是除夕夜，炊事班已经剁好饺子馅儿，准备了八凉八热，就等着大家伙完成任务一起吃年夜饭。同志们，我们在室里等大家胜利返回！加油！"

"王指导员"走后，各点号开始进行合练，准备工作一直持续到晚上。小点号机房灯火通明，指挥所调度台传来各号位报告声，指挥员根据点号情况不断调整工作指令。发射阵地上油机轰鸣，气温已降至零下三十摄氏度，战士们穿着棉大衣在阵地巡检。

遥测室机房数台设备正在待命，不同颜色的指示灯此起彼伏交替闪烁。准备工作一直持续到晚上。22点，0号指挥员发出指令："一小时三十分钟准备。"

扬声器里传来各号位报告声。

23点，指挥员命令："牵动！"

蜂鸣器发出持续嘟嘟声："发射！"

随着命令下达，第一枚红旗 9 号导弹腾空而起直奔目标。20 秒后，准确击中目标，指挥所响起热烈的掌声。

指挥员命令："各号注意，现在统一发射时间，19 点 11 分 15 秒 233 毫秒。"

第一枚发射成功。各点号及发射阵地准备第二枚导弹。

炊事班估摸着时间把饺子包好了，左等右等不见人，眼见着饺子皮开始干裂，王栋派人去机房探班。

一会儿打探消息的战士回来了，说才打了三发弹，打完估计得到半夜了。王栋对炊事班班长说："这楼里太安静了，没一点儿大年夜的气氛，走，咱们去机房！"

王栋和炊事班搬着烟花鞭炮来到机房，大家轻手轻脚上了天台，悄悄坐到楼顶的角落里，等待发射。

按照定型试验计划，接下来要依次放飞靶弹、航模和靶机，模拟检验武器系统对高空高速、低空低速、低空高速等目标拦截能力，测试杀伤区边界以及系统的可靠性。

"发射！"

"发射！"……

随着指挥员命令，一枚枚导弹腾空而起，导弹尾部产生巨大冲击力，发射车旁尘土卷扬，掀起滚滚烟尘，耳边巨雷炸响，脚下戈壁颤动，导弹刺破夜空呼啸着冲向天空。

导弹在既定空域击中目标，黑色蘑菇云腾空而起，红色火焰四散升空，大大小小的碎片带着强大冲击力向四周飞射，在空中翻滚着一片片跌落到戈壁。

十一枚导弹先后发射升空，全部击中目标！火箭发动机隆隆声响彻戈壁，导弹与目标遭遇爆炸的火光不时在天际闪耀。

成功了！发射阵地上，官兵们兴奋地欢呼。天台上的炊事班战士看到导弹击中目标的火光，高兴地大喊大跳，自豪的样子仿佛自己就是操作手。不知谁喊了句："马上要敲钟了！新年要到啦！"

王栋和炊事班战士点燃鞭炮和烟花，烟花在夜空绽放出热烈的色彩，硝烟散发出新年的味道。

机房里的官兵闻声跑出来，有人从仓库找出一套锣鼓，大家笑着闹着抬鼓上了天台，天台上一片喧闹。

蓝戈和苏扬从各自机位出来，随着欢呼的官兵上到天台，两人走到一处肩并肩欣赏零星的烟花。在闹哄哄的人群里，苏扬侧脸看着蓝戈："想和你一起看星星了。"

"等你的伤好了。马上就是春天了，天暖和了去看！"

"春天？时间太长了！"苏扬指着天空问："你看那边，看到了吗？"

烟花照耀着天空，银河在缥缈的烟雾和明亮的烟花下隐约闪烁着。

苏扬在蓝戈耳边说："我每天都在想你，如果每一次想念是一颗星星，它们已经汇集成银河了……"

苏扬牵住蓝戈的手，这是他们第一次公开站在一起。大家吵吵嚷嚷地闹着，喧哗声掩盖了他们的低语，也没有注意到两人牵手站在一起。远处的几个点号看到发射阵地的烟花，发出信号弹远远回应。红色、黄色的信号弹朝着阵地的方向飞来，带着尖厉悠长的鸣叫，和发射阵地上的烟花遥相呼应。

几个方向此起彼伏升起火光，在广阔的戈壁中虽然稀疏，却营造出热烈的节日气氛。鞭炮和信号弹稀稀拉拉放完了，大家还不尽兴，不知是谁唱起了《打靶归来》：

日落西山红霞飞，
　　战士打靶把营归把营归，
　　胸前红花映彩霞，
　　愉快的歌声满天飞。
　　……

　　听着外面热闹，机房里、保障油车上的官兵纷纷走出来，和天台上的人应和着唱起来，歌声由三三两两变为齐声合唱，大家面向遥远的戈壁深处，深情地唱着这首最普通的军歌。歌声铿锵有力，激情四溢，官兵们唱了一遍又一遍，嘹亮的歌声穿透夜空，响彻戈壁。

　　红旗9号防空导弹经过无数次失败、改进之后，终于在新年到来之际，各项战术技术指标全部达到设计要求，成功定型。

　　在红旗9号导弹完善的过程中，苏扬和蓝戈一道开发出应用于新型号导弹试验的系统。他们将人工神经网络技术与故障分析方法结合，搭建了故障诊断专用系统。按照设计目的，新型号导弹故障诊断将更加精确，诊断效率和准确率会大大提高。蓝戈说："以后再也不会发生当年红旗3号那样的问题了，只要有故障就能很快找到原因！"

　　又一年春天来了，蓝戈接到基地司令部会议通知。

　　蓝戈来到会场时，苏扬和李伟强已经先到了，大家不知道要安排什么新任务。田学民副司令员也来到会场，他是来给大家做动员的，他说："我国导弹研制经历了仿制、追赶的漫长过程后，现在正逐渐缩小和发达国家的距离，导弹试验靶场也面临着新一轮的革新发展，变程序遥测系统已成为导弹遥测的主要方向。因此基地决定，组建遥测科研组，开展遥测攻坚行动，在未来三年内加快发展步伐，缩短与先进武器系统的距离。"

苏扬、蓝戈和李伟强相视而笑，"三剑客"又在新任务中相聚了。

清明，苏扬陪蓝戈去陵园扫墓。

两人在墓园中边走边看，蓝戈问："我记得你曾经对我说过，每个人都有使命，这是我们存在的意义。"

"是的，这就是你一直在找的意义。"

"如果没有完成使命呢？他的一生还有没有意义？"

苏扬停下来看着她："你是说蓝高工吗？我不这样认为。包括他在内的这五百二十二名首长和战友，无论他们所做的事是不是完美，是不是成功，都已经完成了使命。使命是过程，不是目标。"

苏扬看着远方："只要一直朝着目标方向前进，即使离目的地还有距离，也已经完成了使命。"

"你是说，他们用自己选择的方式度过了一生，就是有意义的？"

"对，他们用有意义的方式度过了自己的青春年华。我们也一样。找到了意义，披星戴月都值得。"

离开墓园前，两名年轻的军人面向陵园，面对陵园中五百二十二名官兵，举起右手，致以军礼。

夕阳侧照着两位年轻的军人，他们的身影与墓碑的倒影重叠，一起融入夕阳的余晖，整个墓园笼罩在温暖的柔光之中。

风声从远处隐约传来，树木微微摇曳，又一场戈壁风要到了。